BIBLIOTHÈQUE

RELIGIEUSE, MORALE, LITTÉRAIRE,

POUR L'ENFANCE ET LA JEUNESSE,

PUBLIÉE AVEC APPROBATION

DE S. E. LE CARDINAL-ARCHEVÊQUE DE BORDEAUX.

LES
FEMMES ILLUSTRES
DE LA FRANCE

AU MOYEN-AGE

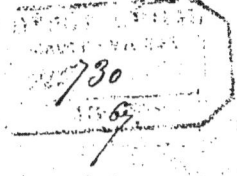

PAR

JOSEPH DELANOX.

LIMOGES,
Eugène ARDANT et C. THIBAUT,
Imprimeurs-Libraires-Editeurs.

1867

LES
FEMMES ILLUSTRES
DE LA FRANCE.

VOULQUIER

LA BERGÈRE GENEVIÈVE.

I

Afin de mettre plus en relief les personnages qui doivent entrer en scène dans ces pages, il est essentiel de faire voir au lecteur le théâtre sur lequel ils vivent, parlent, agissent et meurent.

Notre théâtre étant la Gaule, qui peu à peu va devenir la France, quelques mots sur la Gaule d'abord : nous dirons ensuite la transformation successive qui en fera la France.

La Gaule est hérissée de forêts antiques, presque sur toute sa surface.

Aussi loin que s'étend la vue, et sur quelque point qu'elle se fixe, l'œil ne rencontre partout que des masses immenses de verdure arborescente, dont les plans se superposent, selon les accidents du sol, et ondulent jusqu'aux dernières limites de l'horizon. A peine découvre-t-on, ici ou là, quelques lacunes que l'on peut désigner sous le nom de plaines ; ce sont des landes ou des bruyères. Les larges sillons que le cours des fleuves creuse dans ces grands bois de la vieille Gaule, semblent de longues avenues qui conduisent à la mer.

Pour édifier des villes et réunir des chaumières en villages, la hache des premiers pionniers a dû faire tomber des portions notables de forêts, et pour donner des champs à l'agriculture, les colons primitifs ont eu certainement recours à l'incendie.

Dans cette magnifique contrée silvestre, composée d'innombrables bassins et merveilleusement accidentée, s'agitent les nombreuses tribus des Celtes, Gaëls, Galls ou Gaulois, mélangés de Kymris ou Cimbres, qui, venus du fond de la Germanie, se sont établis parmi eux. Ils forment ensemble un peuple ardent, enthousiaste, amoureux de nouvelles, mobile d'esprit et de cœur, fin, railleur, fécond en ressources, et plein d'élan, d'audace et de vaillance.

Le Gaulois laisse flotter ses longs cheveux sur ses épaules ; ses moustaches sont formidables quand il se fait homme de guerre. Il a le regard ouvert, intelligent et bon : mais un certain orgueil l'anime, et quand il s'agit de sa patrie, de son amour pour sa famille ou de ses intérêts, il lance des flammes.

Le principal vêtement du Gaulois est la *saie*, casaque de laine brune, et les *braies*, larges culottes s'arrêtant au-dessous du genou. Il couvre sa tête d'un bonnet de fourrures et protège ses pieds sous des *caligas*, sorte de bottines qui a donné son nom à l'empereur Caligula, comme le *carachallamh*, manteau qui complète l'habillement gaulois, a laissé le sien à l'empereur Caracalla.

Aussi, à raison de la longue chevelure et des braies des Gaulois, appelle-t-on la Gaule, au-dehors, tantôt Gaule chevelue, *Gallia comata*, tantôt Gaule à braies, *Gallia bracata.*

Les Gauloises sont belles et fortes, blanches et blondes, vêtues de saies amples et longues. Leur cou, leurs bras et leurs doigts sont ornés de bijoux en or et en argent, fabriqués dans le pays. Elles ont le regard fier et l'âme brûlante, mais aussi l'esprit mobile de leurs maris.

Ces derniers sont fort amateurs de chasse; et pendant qu'ils se livrent à cet exercice ou qu'ils cultivent leurs terres, les femmes vaquent aux soins du ménage.

Les demeures des Gaulois portent le nom de *manses*. Ce sont des constructions de forme ronde, ou en carré long, faites en torchis, couvertes en chaume, précédées d'une cour et d'un puits, entourées d'étables et de remises, et suivies d'un jardin ou d'un verger.

Le chien, grand ami du Gaulois, garde son domaine, ses troupeaux, et accompagne son maître à la chasse. Au besoin, en lui mettant un collier de fer acéré au cou, on en fait un chien de guerre.

II

Nous sommes en 440.

Voici la perspective qui s'offre aux regards :

La rive droite de la Seine se dessine en une longue chaîne de monticules et de falaises crétacées de l'aspect le plus pittoresque. Le Mont-Valérien est le plus élevé de ces éminences, et le Mont-des-Martyrs, ou Montmartre, est assurément le plus fameux, depuis qu'il a été arrosé du sang de l'apôtre des Gaules, Denys, et de ses compagnons, Rustique et Eleuthère. Mais ces hauteurs sont encore à l'état de landes, et à peine y découvre-t-on, noyés dans la verdure de vergers et de bocages, quelques rares villages et des hameaux groupés çà et là au soleil du midi, comme des rochers d'abeilles.

Si on chemine sur les crêtes ou les talus de ces collines, on voit à ses pieds, au milieu de la vallée, nageant à la surface des eaux, telle qu'une corbeille de fleurs, la blanche Lutèce, scintillant comme un diamant au centre de l'auréole d'émeraudes que lui fait l'île d'où elle émerge, et le courant sinueux de la Seine, semblable à une longue écharpe d'argent qui se déroulerait au gré du vent sur le tapis de vertes prairies. A droite et à gauche, c'est-à-dire en amont et en aval du fleuve, l'œil s'égare dans les profondeurs vaporeuses de la vallée, dont on ne peut deviner les lointains cachés.

Mais ce qui frappe davantage le regard, c'est l'immense et majestueux développement d'une forêt druidique, la forêt de Meudon, qui verdoie sur les rampes de la rive gauche du même fleuve, descend en clairières mystérieuses jusque sur les bords de la Seine, y baigne le pied de ses arbres séculaires, et accompagne fort au loin les ondulations de capricieux méandres.

Ces clairières, qui se reflètent dans le cristal de l'onde endormie sous leurs épais ombrages, laissent entrevoir parfois quelques bêtes fauves, élans, urus, sangliers, daims, cerfs et buffles sauvages, qui, appelés par la soif, tout d'abord montrent une tête effarée, puis se dérobent en hâte, en s'enfonçant dans les profondeurs des taillis.

De l'admirable fourrure de ces bois, dont une main téméraire ne contrarie jamais la vigoureuse végétation, on dirait une forêt vierge, tant on y compte d'essences variées, d'arbres centenaires au feuillage chenu, tant on y rencontre de halliers inextricables et d'impénétrables fourrés. L'œil étonné s'arrête sur le plus étrange pêle-mêle de plantes et de fleurs. Des liasses flexibles pendent en festons de tous les arbres, remontent en guirlandes, se suspendent aux branches, s'y balancent, redoublent encore et s'enchevêtrent de toutes parts. Ici, les panaches argentés d'énormes bouleaux font contraste avec le feuillage élégamment découpé des érables et des yeuses, ou bien avec le vert sombre des ormes et des frênes. Là, une colossale ramure de hêtres et de chênes appelle l'attention du visiteur. Souvent il est de ces vénérables géants des bois qui ont été inclinés par la tempête au-dessus des eaux. Leurs branches alors, en retombant sur l'humus végétal de l'alluvion du fleuve, y prennent racine, poussent en sens inverse et forment de merveilleuses grottes de verdure, d'une physionomie féerique. Parfois aussi, cachés par des myosotis et des pervenches, de petits ruisseaux s'épanchent sur les mousses, ou murmurent sur des lits de cailloux. Ou bien encore, au loin, dans les gorges des vallons, de plaintifs sanglots annoncent les eaux de torrents qui bouillonnent en de creux ravins, ou des sources qui tombent des rochers en cascades échevelées. A chaque pas, on aperçoit, suspendus à des rameaux aériens, des nids de ramiers et de tourterelles, de merles et de geais. Nombre d'oiseaux, plus petits mais étincelants de vives couleurs, fauvettes, pinsons, bouvreuils, rouges-gorges, pics-verts et martins-pêcheurs aux demeures cachées dans de minimes dunes sablonneuses, voltigent sous des rayons de blonde lumière qui percent furtivement le feuillage.

III

Au moment où commence notre histoire, on est au premier jour du printemps.

L'herbe s'épanouit au pied des buissons : une verdure infinie, du ton le plus doux à l'œil, s'étend sur la terre en larges nappes, s'aligne en longues allées, s'élève en majestueuses coupoles, et enfin se déploie en tout sens, à perte de vue. Les corolles des fleurs, les bourgeons des plantes et les chatons des arbres, noués jusque-là dans leur bourre de soie, commencent à s'ouvrir sous le souffle de tièdes brises, et l'air est embaumé des parfums qui en émanent. Quelques cygnes, savourant l'eau fraîche et la sérénité des cieux, se reposent à la surface du fleuve sur leurs ailes fermées, et de toutes parts les oiseaux entonnent l'hymne du soir.

Au lieu de colons évoluant dans leurs sillons, au milieu de leurs chars rustiques, comme en plein jour, on voit les laboureurs gaulois regagner leurs chaumières en tête de leurs attelages de grands bœufs aux cornes menaçantes. En même temps, des essaims de jeunes filles et d'adolescents s'élancent joyeusement sur les coteaux et la marge des prés pour y fourrager les ajoncs et picorer sur l'aubépine des diadèmes et des aigrettes.

Mais la nuit tombe peu à peu, et la nature reçoit l'adieu du soleil qui se couche en un tabernacle d'or et de pourpre que lui font les nuages. Car comme la journée a été prématurément brûlante, de gros nuages se forment et déroulent leurs noires volutes sur les derniers rayons de l'astre qui flamboie encore néanmoins à travers les déchirures des sombres vapeurs.

A ce moment, à l'entrée de l'une des manses de Nanterre, petit village assis sur le revers oriental du Mont-Valérien, une femme, jeune et vêtue de la saie nationale, s'agite sans relâche dans les apprêts du repas du soir. Alors, pendant qu'elle allume dans la salle basse un feu clair qui pétille, entre soudain, en poussant un bruyant soupir de satisfaction, un Gaulois robuste, mais aux cheveux grisonnants. En même temps il jette lourdement sur l'aire de terre sèche un énorme chevreuil dont le sang coule encore par la plaie béante que l'épieu lui a faite au flanc.

Notre chasseur porte un hoqueton de toile bleue. Ses braies sont maculées de la fange des fondrières, ainsi que ses caligas de cuir fauve. Il dépose son bonnet de loutre et laisse voir que la sueur inonde son front. Aussi espère-t-il un mot de félicitation de sa ménagère : mais c'est en vain qu'il la regarde du coin de l'œil, celle-ci reste muette.

— Voici pour célébrer la fête du gui, Géroncia, dit-il enfin, car nous sommes au gui l'an neuf, aujourd'hui, femme. Sais-tu bien que j'ai eu du mal à trouver cette victuaille ; mais par Hésus ! j'en suis venu à bout.

— Que dites-vous donc, Sévérus, et où avez-vous la tête ? répond la femme d'un ton aigre-doux et avec un regard oblique. Fêtes du gui !... Hésus !... autant de mots que nous ne devons plus prononcer, autant de choses que nous ne devons plus savoir... Ah ! si Génovèfe avait été là, qu'eût-elle dit, seigneur ?...

— Vous parlez comme une femme, Géroncia, reprend le chasseur quelque peu interdit pourtant. Quel mal de célébrer la venue du gui, notre plante nationale, avec l'arrivée du printemps ? Quel mal d'aller dans la forêt voir les cérémonies de nos druides ?...

— C'est cela !... Et d'assister à des sacrifices de jeunes hommes et de jeunes filles, n'est ce pas ? fait ironiquement la ménagère.

— J'aime la guerre, moi, et nos druides en parlent si bien ! Car tu ignores, femme, qu'il vient encore en notre Gaule de nouveaux barbares, les Franks... A ceux-là, quand ils eurent chassé les Romains qui nous ont bien assez pillés, les misérables ! je ferai avec mon gæsum comme mon épieu a fait ce matin à ce chevreuil... Alors, qui nous dirigera dans les sentiers de la guerre, sinon Hésus ?...

— Silence encore ! Et le Jésus de notre religion chrétienne ? fit Géroncia en baissant le ton, de crainte d'être entendue au-dehors.

— Jésus est le dieu de la paix, et je l'adore : mais Hésus est le dieu de la guerre, et je l'invoque, continue Sévérus, en avouant ainsi qu'il se fait un culte à sa guise, et qu'il n'est encore que converti à demi à la vraie foi... Et la vaillance, qui me la donnera, sinon Hésus ? ajouta-t-il.

— Le dieu des chrétiens est le dieu des batailles, nous dit souvent Génovèfe, et nous devons le croire. Et puis la vaillance, la vraie vaillance, est dans le cœur des Gaulois... Ne seriez-vous pas Gaulois, Sévérus ? dit avec une certaine hostilité la ménagère offensée. Oh ! si Génovèfe vous avait entendu, qu'eût-elle dit? ajouta-t-elle à son tour.

— Oui, mais elle n'est pas là, et, cette nuit, je...

— Cette nuit, vous ?...

Géroncia prend en ce moment l'attitude d'un juge sévère, devant lequel cependant le chasseur ne semble pas précisément intimidé ; mais tout-à-coup leur attention est appelée au-dehors par un bruit inusité. On entend le rapide et sonore galop d'un cheval qui s'approche de la manse, et, en effet, paraît aussitôt un cavalier dont le coursier, presque blanc de poussière, vient présenter la tête à la porte de la chaumière.

— Au gui, l'an neuf ! fait le nouveau venu en saluant d'un mouvement de son bonnet de renard que décore une branche de gui. Je suis Elwag, l'envoyé des druides, ajouta-t-il, et je viens vous dire que cette nuit, au carrefour de la Roche-Noire, à l'apparition de la lune, a lieu le mai, auquel est convié tout bon Gaulois.

— Mais, Elwag, réplique Géroncia qui s'enhardit quelque peu, vous ne savez peut-être pas que nous appartenons à la nouvelle religion ?... Ma fille Génovèfe, que l'évêque Germain, d'Auxerre, a consacrée à Dieu...

— Nous sauvera-t-elle de la main des Franks qui approchent, et fera-t-elle que nous ne soyons dépouillés, chassés, occis par eux ? Non, objecta le messager des druides. Il faut donc que les Gaulois se disposent à la guerre, car dès demain peut-être votre cheval, vos chars, vos dogues deviendront cheval de bataille, chars de guerre, dogues de combat... Que vous soyez à Jésus ou à Hésus, la patrie est en danger, il faut la défendre.

Géroncia ne sait que répondre à cette argumentation, et la crainte des Franks, dont on la menace, lui jette du noir dans l'âme. Heureusement, un incident imprévu la tire de peine, en même temps que Sévérus, satisfait d'abord, perd toute contenance.

A un piétinement sourd qui se fait sur le sol du grand chemin et à certaines clameurs rustiques, il est facile de reconnaître des mugissements de bœufs et de génisses, et des bêlements de troupeaux qui approchent. Voici venir en effet, dans un nuage de poussière, un nombreux bétail en tête duquel marche une bergère...

— C'est la Génovèfe... Inutile de rester plus longtemps... Oh! nos chers druides perdent chaque jour de leur influence! murmure le cavalier.

Et rendant les rênes à sa monture, il s'éloigne avec la rapidité du vent pour aller porter ailleurs la convocation des druides au mai ou réunion nocturne qui doit avoir lieu, cette nuit même, au carrefour de la Roche-Noire.

Elle a quinze ans, la jeune pastoure qui revient au logis paternel : elle porte au front la candeur ; ses yeux brillent d'un feu sacré ; un doux rayonnement illumine son visage. Tout en elle resplendit de grâces adolescentes et d'exquise virginité. Ses cheveux, blonds comme un rayon de soleil, encadrent harmonieusement ses traits que voile à demi une coiffe de lin, retombant sur ses épaules en deux longues barbes. Ses vêtements sont grossiers : robe de bure, corsage de lin! Mais ce qui fait le charme de sa personne, bien plus que ses prunelles bleues, bien plus que le réseau de ses veines courant sous sa peau fine et blanche en rameaux de saphirs, c'est la pudeur, c'est la charmante modestie de tout son être.

On comprend l'influence que cette jeune fille doit avoir et qu'elle possède en effet, nous le savons déjà, sur son père et sur sa mère.

— Que voulait donc cet homme à la branche de gui? demandat-elle à l'un.

— Est-il donc encore des druides dans nos bois? dit-elle à l'autre.

Puis, voyant que sous le beau semblant d'être affairés, ni Sévérus ni Géroncia ne lui répondent, la bergère ajoute :

— Voici que, tout-à-l'heure, quand je ramenais mon troupeau du pacage, j'ai vu briller au loin, sur des collines, des feux qui ardaient allumés exprès. Ce doit être un signal, et il y a du Hésus dans ces flammes... Et puis, j'ai vu encore des ombres semblables à des fantômes qui descendaient cauteleusement des manses de nos villages et hameaux et marchaient devers le fleuve... M'est avis qu'il y a quelque réunion mystérieuse en cette nuitée...

En parlant ainsi, une douleur amère envahit le visage de la jeune fille, et ses yeux s'illuminent d'un feu de fièvre. Elle se met à la table du souper, mais malgré les causeries de sa mère et les récits de son père à l'endroit de sa chasse, Génovèfe mange peu et semble contempler des horizons absents.

Cependant la nuit est complète ; elle couvre les collines, la vallée, la plaine et les bois. Précisément parce que la journée a été très chaude, les nuages qui se sont amoncelés au coucher du soleil, maintenant répandus sur toute la surface du firmament, voilent partout les étoiles. En même temps un vent d'orage s'est levé, et son souffle violent mugit à travers la campagne. Par intervalles, quand le calme venait un moment, on entend dans le silence les dogues des hameaux qui aboient, et, au loin, sur la berge du fleuve, comme le bruit d'un char fort lourd qui crie sur ses jantes.

Toutefois, malgré la tourmente qui menace, voici un coin du ciel qui blanchit : les nuages s'écartent peu à peu, et, sur un fond d'azur entouré de rousses vapeurs, apparaît la lune dans toute sa majesté de reine des nuits. On peut apercevoir alors des barques qui descendent le cours du fleuve, car des voiles blanches, gonflées par le vent, s'élèvent au-dessus des berges, semblables à des alcyons qui rasent l'eau de leurs ailes, et le sillage que ces embarcations laissent après elles tremblotte et scintille sous les reflets d'argent de l'astre radieux. Mais bientôt l'obscurité reprend son empire, et cette splendeur de nature s'efface dans les ténèbres.

Dans les profondeurs de la forêt druidique, il est une clairière qu'enferme une chaîne circulaire de rochers et que le temps et la décomposition des feuilles ont noircis et rendus funèbres. C'est le carrefour de la Roche-Noire. Transportons-nous sur ce théâtre du mai et assistons aux scènes qui vont s'y accomplir. Nous y trouvons déjà nombre de gens que l'on peut prendre en effet pour des spectres, car aucune lumière n'illumine cette enceinte. Femmes, jeunes filles, adolescents, hommes faits, vieillards et enfants sont entassés là, dans l'ombre, dans l'attente, muets, émus, et dissimulant leur sexe, leur âge et leurs formes, sans doute aussi leurs armes, sous l'épais *tabar* gaulois, sous le grand manteau celtique *carachallamh*, et sous la saie plus étroite.

Soudain, une vive lueur jaillit au centre de cette sorte de cirque ; la cime des vieux arbres et les aspérités fantastiques des roches se colorent de feux rougeâtres, qui s'échappent de tourbillons de fumée. C'est un bûcher formé de ramées sèches que l'on entasse sans interruption, qui devient le fanal de cette assemblée qui s'agite comme les flots moutonneux d'une marée humaine. Le plus profond silence règne encore, et il est à peine interrompu par le vent qui siffle d'une façon lamentable dans les ramures des grands arbres.

Au milieu de l'enceinte, une pierre longue, brute, appelée *men-hir,* et placée debout depuis des siècles déjà, est entourée d'un cercle d'autres pierres couchées que l'on nomme *crom-lechs.*

En avant et en arrière, est placée sur deux pierres basses une autre pierre plate, large, creusée à sa surface de manière à laisser sur le plan incliné une petite rigole destinée à permettre l'écoulement d'un liquide quelconque. C'est un *dol-men,* et son aspect sinistre donne le frisson, car il semble que ce soit un lit de mort.

Au pied des Roches-Noires, il est d'autres pierres simplement posées à terre, tombeaux de quelques chefs, et appelées *peul-vens.*

Tout autour de ces monuments de la clairière, véritable temple de la nature tel que les voulait la religion de Hésus, se tiennent debout des vieillards dont le visage est plein d'expression ; leurs longs cheveux blancs flottent au vent, à peine retenus par un ruban rouge, une couronne de chêne, ou un bandeau de lierre.

Les uns, vêtus de robes blanches, une faucille d'or à la main, sont les druides proprement dits, les prédicateurs de la religion.

Les autres, habillés de rouge, tiennent un couteau d'acier, instrument d'immolation. Ce sont les eubages ou sacrificateurs.

Les troisièmes, armés de lyres et de harpes, vêtus d'une tunique rappelant la trabée antique, car elle est composée de bandes alternées d'or et de pourpre, sont les bardes. Tantôt ils chantent avec enthousiasme, tantôt ils conjurent avec l'accent de la prière.

Enfin, un des druides s'avance au pied du men-hir :

— Frères, dit-il, voici la lune qui nous salue de l'un de ses rayons. Donc, au gui, l'an neuf ! Puisse cette année qui commence nous être propice ! Il a paru sur les branches du chêne, ce gui printannier ; les dieux nous l'envoient comme un gage de protection. Recueillez-vous donc, frères, et recevez tous pour votre bonheur un rameau de ce divin talisman !

Le ministre sacré n'ajoute rien de plus, mais il monte sur une échelle d'érable qui est dressée sous le chêne le plus voisin, et dont la luxuriante chevelure monte jusqu'au ciel ; tandis que ses racines s'enfoncent dans les profondeurs du sol. Alors les bardes entonnent leurs cantiques, et les autres druides étendent à terre de blancs tissus faits des plus fines toisons de brebis. Il tombe alors comme une pluie du gui sacré sous la faucille d'or du prêtre. Partagées aussitôt entre tous les croyants, ces reliques précieuses sont placées avec respect aux bonnets de fourrures des hommes, à la ceinture des femmes, et tous de s'écrier avec enthousiasme :

— Au gui, l'an neuf ! Salut à Hésus !

Mais alors c'est un eubage, en rouge chlamyde, qui s'avance au pied du men-hir. Lui aussi prend la parole :

— Est-il donc à jamais éteint ce bouillant courage des fils de la vieille Gaule ? s'écrie-t-il. Quoi ! le Frank arrive, il approche, et nous restons paisibles ? Brenns de notre Gaule, qu'êtes-vous devenus ? Vous alliez conquérir le monde, vous ! et nous, nous laissons prendre et profaner notre patrie ! Le Romain nous a soumis ; à cette heure, c'est le Frank qui va nous envahir ! Oh ! honte sur nous, si nous ne saisissons pas la hache des batailles... Il est fourbi dans l'ombre, le glaive du combat : tirons-le donc du fourreau, et sus aux ennemis de la Gaule... Hésus est avec nous ; c'est lui qui nous inspire, c'est lui qui nous crie : Aux armes !

— Aux armes ! répond la foule surexcitée, et toujours entraînée par l'autorité de ceux qui parlent au nom des dieux.

— Aux armes ! oui, frères, reprend l'eubage : mais pour que nous puissions verser le sang des ennemis de la patrie, il nous faut répandre en ce moment celui de nos enfants ! Quelle gloire pour eux ! quelle gloire pour nous ! Paraître devant Hésus, vêtu de la robe de pourpre du sang donné pour lui !

On le croira, vous le croirez, lecteur, puisque l'histoire et nos vieux monuments nationaux en font foi. A cette époque où les âmes sont fortement trempées, où les cœurs sont remplis du véritable amour de la patrie ; à cette époque, où les croyances religieuses se manifestent par une sauvage énergie, l'attente de l'eubage n'est pas trompée.

Il se présente en toute hâte cinq jeunes Gauloises et six adolescents, dans toute la fraîcheur de l'âge et de la beauté.

Ils portent l'orgueil au front, et la joie de mourir pour la patrie : leurs lèvres frémissent de bonheur. Ils se tournent vers leurs parents, aussi radieux qu'eux-mêmes, et, après un adieu sans larmes, ils vont droit aux eubages, s'agenouillent devant eux et se mettent à leur merci. Incontinent on les dépouille de la saie vulgaire qui les couvre, et ils apparaissent vêtus d'une robe de fine toison, noire comme les ténèbres. Une ceinture de bronze serre leur taille, et leur tête est couronnée d'un diamant d'or.

Le bûcher flamboie sous de nouvelles ramées dont on le charge, et des lueurs fantastiques éclairent la scène qui se fait.

Aussitôt la plus jeune des vierges, Limara (c'est le nom que l'on prononce tout bas), Limara, qui depuis quelque temps aspirait à devenir druidesse, joyeuse, et se félicitant d'ouvrir la marche de cette procession funèbre vers la mort, Limara, pâle de cette pâleur qui transforme la beauté et la rend céleste, s'enveloppant avec pudeur de sa funèbre tunique, le sourire aux lèvres, monte sur le dol-men et se couche sur ce lit du martyre.

Les autres victimes l'entourent sans terreur : au contraire, elles semblent envier sa place, et lui jettent des fleurs.

Alors les bardes chantent un hymne triomphal, dont les échos du bois répètent les accents énergiques.

La masse compacte des Gaulois répète le chœur druidique avec l'enthousiasme du fanatisme, et les anfractuosités des Roches-Noires répercutent ces sauvages clameurs ; le formidable cri de guerre qui s'élève de la clairière domine le mugissement de la tempête.

Car une tempête éclate en ce moment sinistre.

Il semble que le ciel veuille faire comprendre à la terre qu'il proscrit l'œuvre homicide qui s'accomplit sous ces mystérieuses futaies. Mais druides et Gaulois interprètent autrement les éclats de la foudre qui gronde, et ces grandes lueurs électriques qui déferlent comme des lames immenses d'un océan de feu, ou les éclairs qui sillonnent les sombres nues de leurs dards enflammés. Les rugissements du vent, le roulement du tonnerre, les déchirements de la rafale leur semblent au contraire l'approbation bien évidente que leurs dieux accordent à l'égorgement de leurs victimes.

Enfin, à un moment où les poitrines humaines cessent de vibrer et où la tourmente suspend sa rage, on entend la voix douce de la patiente Limara qui dit avec la douce mélodie du cygne qui va mourir :

— Pour notre Gaule que vous avez toujours protégée, Hésus, je vous donne mon sang, le sang d'une vierge. Rendez forts les bras de mes frères. Oh ! soyez propice à ma chère patrie !

Elle n'achève qu'à demi, car tout-à-coup le couteau de fer de l'eubage pénètre dans le cœur de la jeune fille.

Limara ne pousse pas un cri ; elle ne fait entendre aucune plainte ; tout au plus une convulsion agite-t-elle son corps. Comme celle d'un faon blessé, sa tête s'incline sur le côté gauche, ses yeux brillants s'éteignent, une pâleur mortelle envahit son visage.

Mais alors deux eubages, prenant le corps inerte de la fille de Gaule, dont le sang inonde le dol-men et s'écoule par la rigole ménagée à sa surface, le balancent un moment, puis le jettent au milieu de la fournaise du bûcher. La flamme jaillit jusqu'à la voûte de verdure ; le feu crépite avec plus de violence, et au milieu du brasier on voit se tordre les chairs vives de la victime. Puis, peu à peu, le point noir que forme le cadavre devient rouge, et la trace du meurtre disparaît dans l'ablution du feu.

Cependant une autre vierge, Dyona, s'est couchée à son tour sur la pierre du sacrifice. Qu'elle est touchante et belle dans son exaltation religieuse, dans l'expression de son amour pour sa Gaule bien-aimée ! Resplendissante de grâce sur sa couche humide de sang, déjà son œil cherche à sonder les horizons des mondes nouveaux qui vont s'ouvrir devant elle, quand soudain un grincement de char lourdement chargé se fait entendre.

C'est le char qui, tout-à-l'heure, criait dans la plaine sur son essieu fatigué.

La foule s'écarte, elle s'ouvre pour laisser passer les grands bœufs qui traînent péniblement une proie nouvelle, celle de captifs en parements de guerre, que l'on amène enclos en une immense statue d'osier, pour les offrir au dieu des batailles, Hésus, en les brûlant vifs en son honneur... En effet, à travers les treillis de leur prison roulante, on entrevoit de pâles visages de femmes, des faces plus énergiques de jeunes hommes, des enfants même et des vieillards. Tous s'agitent comme sous la pression d'un affreux cauchemar. Avec eux, on a renfermé nombre de chiens, dont le supplice est d'agréable odeur aux narines de la divinité druidique.

Les bardes chantent les exploits des Gaulois sur ces pauvres soldats tombés sur le champ de bataille.

La généreuse Dyona, de son côté, impatiente d'en finir avec le trépas, elle aussi s'écrie d'une voix haletante, pure comme une brise :

— Frappez-moi et voyez si la moindre émotion soulève ma poitrine, au moment de mourir pour notre belle Gaule.

Mais elle est interrompue tout-à-coup par une voix vibrante comme celle d'un archange qui parlerait aux hommes des hauteurs de l'empyrée.

Druides, eubages, bardes et innocentes victimes sont interdits et stupéfaits. Le plus profond silence règne... On écoute :

— S'il en est temps encore, malheureux, arrêtez! s'écrie la voix.

Une nouvelle oscillation se produit aussitôt dans la masse des assistants. Tout chacun veut voir; on s'exhausse, on se foule.

Paraît à la vive lumière du bûcher une toute jeune fille, émue, le souffle oppressé par une marche précipitée. Mais de son regard elle fait jaillir un feu divin.

Cette jeune fille, c'est Génovèfe.

Elle est vêtue d'une simple tunique de lin que captive à sa taille une mince écharpe. Mais à raison de la fraîcheur de la nuit et sans doute de l'ouragan, elle s'est enveloppée la tête d'un surcot, dont le capuchon retombe sur les épaules. Ses beaux et longs cheveux blonds sont détachés par les branches du bois et flottent à même sur la laine de neige de ses vêtements.

Redirai-je les paroles de cet apôtre de quinze ans, de cette vierge pudique qui se fait l'interprète de Dieu en face des Gaulois ses frères et ses amis. Avec quelle verve elle démontre l'inanité des idoles, la grandeur et la puissance du créateur des mondes. Comme elle le fait majestueux, et cependant généreux et bon, en regard de ces idoles qui ne veulent que la souffrance et la mort.

Puis aussi, avec quelle espérance dans l'avenir elle annonce que le Frank, si terrible qu'on veut bien le dire, reconnaît cependant la loi de ce Jésus que dédaignent les Gaulois. Les Franks n'ont-ils pas pour roi un grand prince du nom de Clovis, dont la femme Clotilde est douée de toutes les vertus? Mais c'est pour expulser tout-à-fait le Romain des Gaules que le Frank s'avance et s'éloigne des bords du Rhin.

Dans le nord de la Gaule, Frank et Gaulois se sont déjà donné la main : au voisinage de Lutèce, il en sera de même, et la paix règnera. La terre de Gaule n'est-elle pas assez riche pour nourrir les deux peuples?...

Peindre le trouble, l'agitation, dire les murmures, les sourdes colères qui grondent dans le mai est impossible. Les druides, les eubages, les bardes ne savent s'ils doivent opposer leurs discours à celui qu'ils viennent d'entendre. Mais l'attitude de la bergère a quelque chose d'une autorité souveraine ; sa parole est impérative, son regard rayonne, un dieu invisible est avec elle et change les esprits et les cœurs.

A la voix de Génovèfe, Dyona s'est mise debout. Ses vêtements ensanglantés attirent les regards. Elle prête l'oreille et reste muette, un doigt sur les lèvres, la tête penchée, pour mieux entendre.

Les autres victimes, qui attendent ou le fer ou le feu, semblent sortir d'un rêve à mesure que parle la jeune chrétienne. On dirait qu'ils ne seront pas fâchés de se rattacher à la vie. En effet, le paroxisme du fanatisme s'éteint peu à peu dans leur âme, et ils se demandent ce qu'ils doivent faire.

Des Gaulois, les uns, encore attachés à la religion de leurs pères, sentent de mauvaises passions bouillonner en eux ; mais l'affaissement des druides, frappés d'inertie comme par la main de Dieu, les rend plus accommodants : les autres, déjà quelque peu initiés aux dogmes de la religion chrétienne, en apprécient la beauté et l'évidence, et ils sont naturellement portés en faveur de Génovèfe.

Mais survient un nouvel incident.

Voici que, tout autour de l'assemblée, et sur les talus des Roches-Noires retentit un cliquetis d'armes et les pas nombreux de vaillants hommes de guerre. Apparaissent en effet, couverts de fer, des Romains et des Gaulois de Lutèce. On reconnaît les premiers aux cimiers rouges de leurs casques de bronze et à leur glaive large et court ; les seconds, au sayon ou blouse gauloise qui emprisonne la partie haute de leur corps. Eux aussi poussent un cri de guerre terrible, et dégainant l'épée se précipitent sur l'assemblée entière.

Saisissant les femmes par leurs cheveux, ceux-ci ; ceux-là luttant avec les Gaulois des champs qui ont tiré leurs armes cachées jusque-là, la mêlée commence et le sang va couler.

Convertis depuis longtemps déjà au christianisme par les prédications de Denys, l'apôtre des Gaules, les gens de Lutèce ont été informés de la convocation faite aux cérémonies homicides dans la forêt druidique, et ils ont voulu mettre un terme à ces horribles sacrifices. Aussi se sont-ils adjoints les Romains, et s'embarquant tous ensemble sur la Seine, ils sont arrivés aux clairières de la forêt dans ces nacelles dont nous avons vu les voiles blanches et le sillage au moment où la lune s'est un instant montrée dans les nuages. Aussi, maintenant que le conflit a lieu, la mort va faire des victimes, car, à ces âges barbares, on ne connaît pas le langage de la persuasion. Le tranchant du glaive seul a raison.

Heureusement qu'il est un représentant du dieu de la paix et de la concorde parmi les batailleurs du carrefour de la Roche-Noire.

C'est encore Génovèfe.

Aussitôt qu'elle voit le nouveau danger qui menace, d'un regard elle invoque le ciel, et du bras, majestueuse comme une reine qui commande, elle arrête les combattants. Une autorité divine émane de son humble personne, et Romains, Gaulois de la ville et Gaulois des champs, druides et populaire, tous obéissent à la pastourelle.

Dieu lui-même la seconde.

Un dernier éclair embrase l'éther avec une telle violence et sur une si grande étendue que l'on s'attend à une explosion incomparable. Elle a lieu en effet. Un coup de tonnerre formidable retentit avec un fracas épouvantable, suivi de crépitements sans précédents encore ; les arbres de la forêt s'agitent et leur chevelure est secouée avec rage. L'un d'eux, chêne de dix siècles, frappé à sa cime, est pourfendu de haut en bas, comme par le sabre d'un géant. Un autre vieux témoin des âges, foudroyé, arraché, brisé, tombe sur les Roches-Noires, et fait retentir le vallon du bruit affreux de sa chute. En même temps la foudre soulève et pulvérise le men-hir et les crom-lechs, aussi bien que le dol-men ensanglanté. Leurs débris roulent au loin et se dispersent sur le sol.

— Vous le voyez tous, druides et Gaulois, le ciel est contre vous, il proscrit votre religion meurtrière, il détruit votre temple et vos autels ! s'écrie Génovèfe avec les transports et l'exaltation d'une pythonisse. Maintenant, c'est mon Dieu, c'est le Jésus de la croix qui vous appelle... Venez, venez tous vers cette croix qui vous ouvre ses bras...

Génovèfe apparaît alors aux yeux de tous les témoins de cette scène comme un être surnaturel. A sa voix les armes tombent, les passions sont réduites au silence, les cœurs s'ouvrent, la vérité paraît éclatante de lumière.

Cependant le bûcher achève de se consumer, et la foudre ne projette plus que de courtes traînées de feu. Les acteurs du drame profitent de cette obscurité pour disparaître un à un ; et, quand le jour se fait sur les Roches-Noires, Génovèfe est là, parlant encore à son père, quelque peu confus, et qu'elle ramène à leur demeure, bien changé cette fois.

Quel est donc le secret de cette étrange influence d'une jeune fille des champs, d'une bergère, sur tout un peuple ?

Le voici :

IV

A Nanterre, au pied du Mont-Valérien, sous l'ombrage d'une modeste closerie, vivaient deux époux encore attachés au culte des druides. Attentifs aux besoins de leurs frères pour les secourir, à leurs douleurs pour les soulager, Sévérus et Géroncia étaient pauvres d'or, mais riches de vertus humaines. Tôt ou tard ils devaient appartenir à la foi de Jésus.

Sévérus et Géroncia possédaient un champ et un troupeau. Le champ était fertile, car le mari l'arrosait de ses sueurs ; le troupeau prospérait, car le fuseau de la femme ne chômait aucun jour.

Mais ils avaient un bien autre trésor : c'était Génovèfe, une fille que le ciel leur avait donnée, et dont il restait jaloux. La preuve, c'est que l'ayant envoyée, à l'âge de sept ans, chez une sœur de sa mère, à Lutèce, celle-ci dota Génovèfe du baptême, se fit sa marraine, l'instruisit dans les dogmes et la morale du Christ, et la renvoya chrétienne à Nanterre.

Ses parents ne lui donnèrent pas des habits fins et recherchés ; ils l'enveloppèrent d'une noble simplicité. Telle qu'une colombe argentée, dont le pennage brille au soleil de mille reflets, Génovèfe crût bientôt en grâces et en sagesse.

A dix ans, sa mère la fit bergère et lui confia son troupeau. Alors on la vit, dès l'aube blanchissante, courir aux étables, appeler ses brebis, et descendre vers les rives de la Seine ou gravir les pentes de la colline : mais toujours elle allait en des lieux écartés faire paître ses agneaux. Là, assise sous les panaches odorants des buissons, la naïve enfant écoutait bourdonner les abeilles, craqueter les cigales ou causer les flots jaseurs et les petites vagues du fleuve. Elle regardait s'épanouir les fleurs et tomber les fruits mûrs. Mais tout en tirant de sa quenouille la laine des toisons, elle semblait toujours s'entretenir avec des êtres qu'elle ne voyait pas, et elle passait ainsi des heures entières dans une quiétude non pareille, en face du soleil qui se couchait ou des beautés que le soir répand sur les paysages.

Un jour sa mère, s'irritant contre elle, la frappa au visage. Une main invisible rendit aussitôt Géroncia aveugle. La punition était sévère : mais Génovèfe pria tant, et sa mère se soumit si humblement que le ciel en eut pitié. Comme Génovèfe allait aux champs, Géroncia lui dit :

— Ma fille, va donc au puits me chercher de l'eau, et prie ton Dieu pour moi.

La pastourelle se rendit en hâte vers le puits, et tandis que le vase se remplissait, la douce enfant sentait aussi se remplir son âme d'angoisses extrêmes, à ce point que, appuyée sur la margelle, elle se prit à pleurer. Mais alors ses larmes tombèrent dans ce puits et dans le vase alourdi qu'elle tirait avec effort. Alors Génovèfe présente l'eau à sa mère, et fait sur le vase, selon sa coutume, le signe de la croix. Géroncia eut à peine baigné ses yeux dans cette eau pure, qu'elle recouvra la vue.

Les habitants de la contrée la connaissaient tous, et souvent ils l'appelaient la *vierge des collines.*

Mais elle, dans son cœur, se donnait à elle-même le nom de Promise du Seigneur ! car elle avait fait vœu de virginité.

Un soir que, parmi son troupeau bêlant, elle s'était arrêtée près des églantiers en fleurs, pour cueillir une couronne qu'elle voulait déposer sur l'autel de Marie, dans une petite chapelle que les quelques chrétiens de Nanterre venaient d'édifier, elle rentra plus tard au village. Mais alors elle dépassait les premières maisons quand, en face du modeste sanctuaire, voisin de sa demeure, et sur l'espace qui bordait son parvis, elle avisa une foule compacte et curieuse qui regardait. Elle se signa d'abord, puis se hâtant de conduire aux bergeries ses compagnes incommodes, la fervente enfant revint à l'enceinte sacrée, où s'étaient déjà rendus Sévérus et Géroncia. Car nous devons le dire : Sévérus et Géroncia, touchés par la grâce et gagnés par la piété de leur fille, avaient renoncé aux erreurs du druidisme et s'étaient rangés sous la bannière du Christ.

Le peuple était en grande presse dans la chapelle; mais la petite Génovèfe trouva moyen de se glisser parmi les plus proches de l'autel, où elle vit, non sans surprise, debout et en face des fidèles, deux vieillards à barbe blanche, couverts de manteaux parsemés de croix, la tête couverte de mitres d'or et la main appuyée sur une sorte de houlette de même métal. L'un de ces vieillards parlait. Mais du moment que Génovèfe fut en sa présence, tout en parlant, ses yeux se portaient sur la jeune bergère, dont le front lui semblait rayonner d'une lumière surnaturelle. Aussi, quand la pieuse cérémonie fut à sa fin, le vieillard fit appeler sous le porche de l'édicule et Génovèfe, et Sévérus, et Géroncia.

— Est-ce là votre fille ? demanda-t-il au père et à la mère. Alors soyez bénis, fit-il sur leur signe affirmatif, car vous avez donné le jour à une élue de Dieu : à l'heure de sa naissance, les anges se sont réjouis dans le ciel. Cette jeune fille sera grande devant les hommes, mais plus grande encore devant Dieu. Elle fera le bien, et nombre d'infidèles et de pécheurs lui devront leur salut.

Puis, s'adressant à Génovèfe, le vieillard lui dit :

— Ma fille, venez avec moi.

Aussitôt l'un et l'autre rentrent dans la petite chapelle, et là, d'après l'inspiration naïve et la sainte candeur qui rayonnent sur le visage de la vierge enfant, le prêtre comprend que Dieu fait sa demeure dans cette âme céleste.

En effet, Génovèfe dit avec l'accent d'une charmante ingénuité :

— Père saint, je voudrais, quand j'aurai plus d'âge, me consacrer au Seigneur.

— Jésus accepte votre cœur, ma fille, répond le vieillard ; dès à présent soyez sa fiancée : c'est en cette qualité que je vous bénis.

Le soir même, l'étranger faisait asseoir la jeune pastoure à sa table, et après qu'elle eut partagé le frugal et apostolique repas des deux voyageurs :

— Revenez demain, mon enfant, lui dit le vieillard, et je célèbrerai vos célestes fiançailles.

Quels étaient donc ces deux vieillards cheminant ainsi sur les routes de la Gaule? Deux évêques, envoyés en mission par le pontife de Rome, le pape Célestin. A cette époque, l'Eglise naissante subissait une cruelle épreuve : la séduisante hérésie des pélagiens, qui niait les effets du péché originel et anéantissait tous nos dogmes. Le pays des Angles était surtout peuplé de partisans de Pélage : aussi la lutte était ardente et les passions s'entrechoquaient avec violence. Il fallait qu'une voix puissante rappelât aux hommes les bases immuables du dogme chrétien. Soldats de la foi, deux évêques des Gaules, Germain, d'Auxerre, et Loup, de Troyes, qu'il devait bientôt sauver de la fureur d'Attila et des Huns, s'étaient levés, et ils se rendaient en Angleterre, lorsque nous les trouvons passant à Nanterre, et recevant l'hospitalité d'une famille déjà convertie de la foi des druides à la foi de Jésus-Christ.

Le lendemain de cette rencontre de Génovèfe avec le saint évêque Germain, Sévérus et Géroncia ramenèrent leur fille à son père saint.

— Vous souvient-il, mon enfant, lui dit le prêtre, de la promesse que vous fîtes hier à notre Seigneur ?

— Il m'en souvient et j'y serai fidèle, répond la petite vierge.

L'évêque la conduit alors à l'oratoire, et il y célèbre les saints mystères en présence de la multitude accourue des environs. Tout enfant qu'elle est, Génovèfe y communie. Puis, après la cérémonie, Germain prenant une médaille de cuivre sur laquelle la figure du Christ en croix se dessine en relief, il la suspend au cou de la fiancée du Seigneur et lui dit :

— A compter d'aujourd'hui, ce sera là votre parure. Portez toujours ce symbole de votre consécration à Dieu, et souvenez-vous que Dieu vous appelle à marquer toutes vos journées par de bonnes actions.

Alors les deux étrangers reprirent le bâton blanc du voyageur et s'éloignèrent pour aller franchir le détroit.

La jeune promise du Seigneur continue, de son côté, à garder les troupeaux de son père : mais elle produit en même temps les fruits de sa consécration, car rejetant de son âme tout amour des choses créées, elle en fait comme un vase que remplit la grâce. Aussi dit-on dans le pays qu'elle a des visions.

Nous l'avons vue à l'œuvre, tout-à-l'heure, dans le drame de la forêt druidique, et aux prises avec les passions de la religion terrible des premiers fils de la Gaule.

Quelque temps après, Flavinus, l'évêque de Lutèce, lui donne le voile sacré des vierges. Heureusement cette cérémonie ne se complète pas alors par la claustration : au contraire, elle laisse à

Génovèfe une liberté qu'elle emploie pour multiplier ses bonnes œuvres.

Privée bientôt de son père et de sa mère, qui s'endorment l'un et l'autre dans le Seigneur, Sévérus entièrement converti à Dieu, Géroncia pleine d'amour et de foi, Génovèfe leur ferme les yeux, et attendant pour eux le bienheureux réveil, elle les dépose pieusement dans le dortoir des morts, puis elle quitte Nanterre.

A l'angle d'un rempart de Lutèce, non loin de la Seine, se cache une chétive demeure qu'entoure un réseau de verdure. Souvent un rayon lumineux, descendant du ciel, s'arrête sur cet humble séjour, et alors les esprits aériens, les anges aux ailes d'azur plongent avec complaisance leurs regards en ces obscurs réduits, car c'est là que se trouvent deux âmes élues objet des tendresses de Dieu : C'est là que demeurent maintenant Génovèfe et la sage marraine qui a fait venir près d'elle la douce orpheline.

Combien de fois, tandis que les filles de la cité, le front paré de roses champêtres, dansent en chœur sur la lisière du bois qui couronne le Lucotitius, montagne en miniature qui deviendra la montagne Sainte-Geneviève ; tandis qu'elles visitent les ruines du temple d'Isis, non loin du camp romain, toujours occupé par les vainqueurs de la Gaule, et près du palais des Thermes, assis sur la rive gauche du fleuve, hors de la ville ; combien de fois, Génovèfe, jeune comme elles, ne pénètre-t-elle pas dans la prison obscure ou dans une sombre maladrerie pour consoler et pour guérir ceux qui souffrent ?

L'excès de son zèle la fait tomber malade : mais de la part du ciel, c'est une mystérieuse crise qui devient pour la jeune fille une source de révélations. En effet, cette maladie semble confirmer les pressentiments de saint Germain, et Génovèfe elle-même est désormais convaincue que Dieu la réserve pour de grandes choses. Hélas ! ses naïves confidences à cet égard, travesties comme l'expression d'une vanité menteuse, lui suscitent d'innombrables animosités, et l'envie trouve moyen de dénaturer les mobiles de cette vie droite, austère et chaste. La calomnie fait si bien son chemin que son protecteur Germain, revenant d'Albion, en compagnie de l'évêque de Trèves, et passant par Lutèce, apprend ce qui se dit de Geneviève. Il accourt, suivi d'une grande foule, et va droit à la demeure de la pauvre victime des méchants. Il ne se fait pas annoncer, mais il ouvre brusquement. O spectacle digne du ciel ! il trouve Génovèfe pâle, prosternée devant le

crucifix, le visage en pleurs, priant pour ceux qui la persécu-
tent.

V

Que se passait-il donc à Lutèce, ce jour-là ?

C'était à quelque temps de là ; le soleil, un doux soleil d'hiver
brillait depuis deux heures déjà, et cependant les maisons de la
cité demeuraient obstinément fermées.

Au châssis de plomb de quelques fenêtres on voyait bien, par-
ci, par-là, le visage effaré de pauvres femmes et la tête inquiète
de timides Gaulois avisant du regard. Alors on se montrait, de
voisin à voisin, une épaisse fumée qui s'élevait de l'extrême pointe
de l'île, et qui s'élargissant en nuages gris, dominait la ville. Puis
on se signait dévotement, comme pour se recommander à Dieu,
dans les dangers qui menaçaient.

Mais, du reste, rues et ruelles, places et carrefours restaient
déserts. Seulement, par intervalles, d'un pied furtif, quelques
hommes de guerre, rares, sombres, l'oreille basse, rasaient les
murailles, sur un roussin poussif qu'ils menaient à l'amble, tout
en récitant des prières. En outre, quelques manants traversaient
d'une rue à l'autre, rapides comme une flèche, et prenant où ils
pouvaient des menus vivres et du pain, ils se hâtaient de rentrer
en leur bouge.

Si bien que Lutèce semblait un tombeau, une ville morte, où
revenaient de pâles fantômes sur des haquenées d'enfer, et où se
glissaient d'un pied furtif de pauvres âmes en peine.

Pourtant si ce jour-là la bise soufflait encore, quelque peu mor-
dante, d'autre part le bleu du ciel mettait joyeusement en relief
les pignons des maisons gauloises qui brodaient les berges de
la Seine de leurs dentelures fantaisistes. Et puis les rayons du soleil doraient la nef de pierre de l'île, et, au-dehors de l'île, le palais
des Thermes, édifié par Julien, l'empereur de Rome, qui avait
habité cette belle demeure sise sur la rive gauche du fleuve, et
le camp romain qui s'étalait près des murs de ce palais, et sur la
rive droite du même fleuve, l'oratoire de Saint-Denis élevé au lieu
même de Montmartre où le sang des martyrs du Christ avait
coulé, ainsi que quelques édifices qui commençaient à surgir dans
le bassin et autour de Lutèce.

Donc il faut dire tout de suite que, depuis la veille, Lutèce était en grand émoi de terreur et d'épouvante, et en travail d'émeute.

Oui, Lutèce préludait à ses grandes émeutes futures, par une émeute dirigée contre une femme, contre Génovèfe.

Vous le savez déjà, lecteur, la Gaule à cette époque tressaille jusque dans ses parties les plus intimes. Indice de la dislocation du colosse romain qui s'est imposé au monde par la force des armes, les invasions des barbares venus de l'Asie du nord, de partout, se succèdent sans fin, laissant derrière elles la désolation des cadavres et des ruines.

Arrivent en effet les Huns, et à la tête des Huns, Attila, Attila le fléau de Dieu, Attila qui dit aux peuples :

— Je suis le marteau de l'univers... Malheur aux hommes ! Partout où passe mon ombre, partout où mon cheval pose le pied, l'herbe ne croît plus... Je donne la mort à tout ce qui me résiste...

Et non-seulement les Huns, mais aussi les Franks, ne s'arrêtent plus aux rives du Rhin et à la chaîne des Alpes, ces forteresses naturelles si longtemps respectées : ils osent regarder en face les aigles romaines qui planent sur la Gaule, et se mesurer avec les légions des proconsuls et des empereurs.

Aussi l'épidémie de la peur règne partout. Comment ne pas avoir peur ?...

Quelques jours auparavant, des gens de Lutèce, allés en la forêt de Senlis pour y trafiquer avec la peuplade des Bellovaques, alors que le soleil à son déclin ne dorait plus que la cime élevée des grands arbres, s'étaient trouvés soudain face à face avec l'avant-garde de l'armée des Huns, marchant sur Lutèce : et ils étaient revenus en hâte perdus de terreur, car depuis l'invasion des Romains les Gaulois redoutaient fort les envahisseurs, et ils avaient annoncé la désastreuse nouvelle, en disant aux manants de la cité ce qu'ils avaient vu.

D'après leur récit, les Huns sont des hommes hideux, féroces, repoussants. Leurs têtes à longs cheveux rouges sont enfouies sous de lourdes coiffures représentant des muffles de bêtes fauves ; un manteau de fourrures couvre leurs épaules, et leurs jambes se cachent en des chausses de peaux de rats cousues ensemble. Aussi semblent-ils d'affreux animaux de race inconnue. Leurs joues sont déchiquetées par le couteau de leurs prêtres, tailladées de la façon la plus bizarre, selon que l'exigent leurs rites reli-

gieux. Ils paraissent avoir des bouches dans tous les sens tant
s'ouvrent ici et là des lèvres de plaies béantes. Leur nez aplati
disparaît sous ces bouffissures sanguinolentes, et leur visage
n'offre qu'une masse difforme de chair, d'où s'échappent les
rayons fauves d'yeux enfouis sous des buissons de poils roux.
Pendant que les uns, cloués sur leurs petits chevaux, observent
les profondeurs des bois, en sentinelles vigilantes, les autres préparent le repas du soir. Nos Gaulois les ont vus détacher de la
selle de leurs coursiers des viandes faisandées par la pression de
leur corps et la chaleur de l'animal. Ils les ont alors placées entre
leurs cuisses, centre et foyer plus actif qui devait achever de leur
donner une saveur exquise, au goût de ces grossiers enfants de
la nature. Puis tous ont été conviés à cet immonde festin. Alors
ces viandes putréfiées ont disparu, déchirées avec une avidité
révoltante, englouties avec une singulière gloutonnerie.

Jugez quelle est l'épouvante de Lutèce ! C'est par suite de cette
terreur que les Gaulois de la cité sont en émoi, et que ses habitants se livrent à l'émeute. Car notre héroïne, à l'approche
d'Attila de la Gaule, s'est mise à parcourir les rues et les places,
afin de combattre la peur. Guidée par une prudence surhumaine,
elle a tout d'abord averti le peuple que les Huns ont franchi le
Rhin et viennent droit vers Lutèce, mais en même temps elle leur
annonce, avec un accent prophétique bien capable de les rassurer,
que le fléau de Dieu passera sans mettre le pied dans l'enceinte
de leur île.

Hélas ! il ne passe pas, puisque les trafiquants, qui ont fait la
rencontre de l'avant-garde des Huns à Senlis, affirment qu'ils en
étaient suivis à leur départ. Aussi la foule se révolte ; elle court
au logis de Génovèfe, elle veut y mettre le feu ; tout au moins
elle brise portes et fenêtres, et un brasier est allumé pour y jeter
l'insigne trompeuse qui se joue de leur crédulité. De sorte que
Lutèce est dans le deuil : la moitié de ses habitants se désole
dans le secret des demeures ; l'autre moitié fait le siége de la
maison de la timide vierge.

Soudain celle-ci se montre à l'huis du logis. Deux jeunes filles
l'accompagnent ; un diacre se tient derrière elles.

— Que voulez-vous ? dit-elle aux révoltés.

— Ta mort... fait la voix d'un manant.

— Alde, ma sœur chérie, Céline, ma compagne bien-aimée,
vous que Dieu m'a confiées pour sa gloire et votre salut, allez

avec ce prêtre que m'envoie Germain, le saint évêque d'Auxerre.
Pour moi, je vais mourir : mourir n'est-ce pas aller aux cieux?

A ces mots, les deux jeunes filles, perles de pudeur, veulent
enlacer Génovèfe de leurs bras : mais une pierre frappe tout-à-
coup la poterne au-dessus de leurs têtes, et, suivie d'une pluie de
cailloux, menace le groupe de ces vierges innocentes.

— Malheureux égarés, s'écrie le diacre en s'avançant à l'encon-
tre de l'émeute, ne comprenez-vous pas le crime que vous com-
mettez? Génovèfe est une fille de Dieu. Germain, le vieux Germain
l'estime à ce point qu'il lui envoie en don ces deux dyptiques
qu'il tient du pontife de Rome. Et voici que vous voulez occire
cette fille qui ne vit que pour le bien?...

Le diacre Sidulius allait continuer, mais une longue clameur
se fait entendre, une nouvelle foule approche; elle vient de l'autre
extrémité de l'île. La voici, cette foule. Salvien, le poète Salvien,
le Jérémie du temps, marche à sa tête; il est suivi de Prosper, de
Paulin, de Sidonius, lévites du Seigneur. Ils arrivent tous d'observer l'horizon, et la joie, le bonheur, la reconnaissance les
inspirent tous. A peine sont-ils en présence de Génovèfe, dont le
pâle et doux visage respire la sérénité, la confiance, l'abnégation,
qu'ils s'écrient, en écartant les gens de l'émeute :

— Arrière, ingrats! arrière, frères égarés! Que voulez-vous à
Génovèfe? Elle nous sauve en ce jour par ses prières, et, ainsi
qu'elle nous l'a prophétisé, Attila s'éloigne de nos murs, les Huns
tournent le dos à notre Lutèce... Vive, vive Génovèfe!...

En effet, à la voix de Génovèfe, les chérubins sont descendus
du ciel; ils ont abaissé les nuages d'or et de pourpre du firmament, pour en composer un voile qui cache Lutèce aux yeux du
barbare; ils ont ainsi détourné de sa route le géant Attila, et le
fléau de Dieu porte ailleurs son torrent dévastateur que vont en-
gloutir bientôt les plaines de la Champagne.

VI

Je voudrais redire ici toutes les belles actions de Génovèfe, devenue la Geneviève populaire de Paris et sa bien-aimée patronne,
actions qui ne sont pas celles d'un conquérant portant les fou-
dres à sa main, mais celles d'une modeste femme gagnant tous
les cœurs à la foi par sa piété, versant du baume sur toutes les

blessures, et répandant la force et la sagesse dans toutes les âmes. Mais n'ai-je pas dit assez pour la faire aimer et vénérer ?

Cependant j'ajoute encore ceci :

L'aurore de la France rutile à l'horizon, derrière les cohortes des Franks.

Clodowitz ou Clovis traverse son futur royaume pour en chasser les Romains, et il en marque les frontières par ses victoires.

Dans cette invasion nouvelle, Lutèce est l'enjeu de la lutte.

Tantôt le gonfalon des Franks flotte sur ses remparts, tantôt ce sont les aigles romaines qui y déploient leurs ailes.

Il advient alors que, dans ces alternatives douloureuses, Lutèce est en proie à la détresse : la faim, la redoutable faim décime la population.

Que fait alors Geneviève ? Elle recueille des dons de toutes parts, et pendant que ces sommes alimentent un moment les Parisii, la voici qui s'embarque suivie de quelques nacelles, et traverse hardiment une contrée envahie. Elle arrive heureusement en Champagne. Arcis, Plancy, la Chapelle, Troyes, Moutier-en-Der, toutes les villes et les bourgades riveraines de la Seine, de l'Aube et de la Voire, lui fournissent du blé pour charger ses embarcations, et la petite flotte redescend bientôt le fleuve, en portant à Lutèce une riche cargaison qui doit lui rendre la vie.

Toutefois Geneviève ne limite pas à Lutèce son influence bienfaisante. Elle s'est rendue à Tours, où l'attiraient les vertus de saint Martin ; elle est allée à Orléans, qui regarda sa venue comme une bénédiction. Reims et Laon reçurent aussi ses visites. Partout on la vit consolant les familles, protégeant les faibles, secourant les opprimés.

La ville de Meaux surtout fut l'objet de ses soins. Elle ne manquait pas d'y faire un voyage chaque année pour surveiller la moisson de quelques héritages dont elle avait fait le bien des pauvres.

C'est dans le cours de ces voyages qu'elle connut Céline, Céline que nous voyions tout-à-l'heure à ses côtés, à l'heure de l'émeute, Céline à laquelle elle donne le voile des vierges, Céline la patronne de Meaux, la fondatrice du couvent de Bénédictines qui fut l'abbaye de Marmoutier.

Enfin Lutèce devint Paris, en même temps que la Gaule devenait France, et Clodowitz en fit la capitale de son empire. Bientôt Geneviève fut appréciée, chérie de l'empereur et de l'impératrice

Clotilde. Mais cette amitié ne fut pas de celles qui se maintiennent par la flatterie. Souvent le prince frank entendit de dures vérités de la bouche de la bergère de Nanterre.

Et quand, âgée de quatre-vingt-neuf ans, après quatre-vingt-quatre ans d'apostolat, Geneviève, pleine de jours et de vertus, rendit son âme à Dieu, ce fut dans tout le monde chrétien une immense douleur, car le nom de notre héroïne avait fait bruit, et les contrées les plus lointaines le connaissaient. Du haut de sa colonne, d'où il regardait passer les événement du monde, Siméon Stylite, le pieux anachorète du mont Télénisse, en Syrie, songea à Geneviève, et il en demandait des nouvelles aux voyageurs gaulois qui traversaient son désert.

Comme il est dans la destinée des fleurs de parfumer les lieux qu'elles ont ornés, lors même que le bœuf et la brebis ont détruit leurs tiges, ainsi la sagesse et la vertu, ces fleurs immortelles, laissent après elles, toujours, une resplendissante traînée de lumière.

Je vous en donne la preuve.

Après avoir gravi la montagne Sainte-Geneviève, dans notre Paris moderne, pénétrez dans l'église Saint-Etienne-du-Mont. Là, sans regarder le jubé, l'élégant jubé de la nef, ni la chaire de Laurent de la Hire et de Lestocard, ni le musée des merveilleux vitraux, œuvre de Claude Henriet, de Pinaigrier, de Jean Cousin, etc., allez jusqu'à l'abside. Là, pénétrez à droite dans la petite chapelle où flotte un jour mystérieux et voilé comme celui d'une crypte. Le silence y règne, l'air y est chargé de parfums et, dans cette demi-teinte crépusculaire, scintillent de pâles clartés.

Parmi toutes les bougies et les fleurs qui décorent ce petit sanctuaire, que d'objets entassés là par la piété, que d'ex-voto!

Et qu'ils sont éloquents!

Ces lumières qui constellent le jour sombre, révèlent mille angoisses et des douleurs et des supplications! Derrière chacun de ces cierges, ne voyez-vous pas une âme en peine, qui n'espérant plus rien de la terre, attend tout du ciel?

Ces fleurs, ces mille objets, sont tout un drame souvent. Il y a là des voyageurs qui s'exposent chaque jour à de cruels dangers sur les mers; il y a des soldats qui courent les périls et les hasards de la guerre; il y a des époux qui demandent le secret de l'avenir; il y a des malades, dont l'âme malade aussi, fait qu'on invoque la grâce d'en haut; il y a des mères, il y a des fils, des filles, des amis, qui conjurent, qui implorent ; il y a des secrets inexpliqués et inexplicables pour celui qui passe, et dont le mot n'est connu que de Dieu...

Cierges, fleurs, ex-voto ne sont pas seuls ! De tous côtés, les genoux sur les dalles, se courbent les mains jointes, la prière dans les yeux, dans le cœur et sur les lèvres, une foule d'hommes, de femmes, de jeunes filles, d'enfants et de vieillards...

Et tout cela, c'est à l'entour d'un bloc de marbre blanc grossier, taillé en cercueil, cercueil vide, hélas ! car, en 1793, nos maîtres, ceux qui nous gouvernaient alors, firent jeter au feu les ossements qu'il renfermait. Ces reliques, que quinze siècles de foi avaient vénérées, la municipalité de Paris les traîna à la voierie. Mais elle eut beau faire, ne laisser qu'un tombeau vide, et s'emparer du reliquaire merveilleux, en forme d'église, œuvre de l'habile orfèvre Bonneau, en 1242, lequel reliquaire était orné de pierres précieuses données par les rois et les reines de France, et, en dernier lieu, se montrait surmonté d'un riche bouquet de diamants, offert par Marie de Médicis, elle n'effaça ni la foi, ni la ferveur, ni la confiance, puisque, en notre siècle d'incrédulité, la chapelle de ce tombeau n'est pas une minute sans croyants.

C'est que cette chapelle, c'est que ce tombeau sont la chapelle et le tombeau de notre Geneviève !

Impies, empêchez donc le peuple de Paris de l'aimer et d'avoir recours à elle dans leurs misères !...

LA REINE CLOTILDE.

I

Deux étoiles d'un merveilleux éclat font ruisseler leur éblouissante lumière sur les épaisses ténèbres de notre France, à son origine.

Les rayons du premier de ces astres vous sont déjà connus, cher lecteur, et vous en êtes tout pénétré.

Nous allons faire luire à vos yeux les splendeurs du second.

Mais auparavant permettez-moi de faire appel à votre indulgence pour les personnages qui vont se montrer à vous.

Hélas ! ils vivent à une époque de transition entre l'ancien monde et le monde nouveau qui se fait, qui se fait lentement, non sans secousses, au contraire avec force convulsions ; leur âge est le règne de l'agitation et du tumulte des barbares ; les peuples se substituent les uns aux autres, et alors, souvent, trop souvent, il y a dans leurs actes des reflets de ces mauvais jours.

La lune se levait sur la cime des montagnes, des montagnes les plus hautes de notre Europe, celles du Mont-Blanc et de la chaîne des Alpes. Sa lumière argentait les rives du lac, et ce lac brillait comme un miroir. Par moments, le souffle de la brise passait sur les eaux et en moirait la surface qui étincelait. Mais surtout, dans le lointain, certains sommets gigantesques brillaient dans la nuit de tout l'éclat du diamant, et çà et là l'ombre de rochers s'élevant en cônes se dessinait sur leur blanche nudité. Les étoiles enflammaient l'azur du firmament. Quelques-uns, plus brillants, semblaient des phares allumés par les anges sur les points culminants.

Femmes illustres de la France. 3

On voyait à distance les profils flottants d'une ville antique dont les angles, nettement accusés par les reflets de l'astre, annonçaient de hautes fortifications. Les toits aigus dessinaient de folles figures, et les façades des maisons, lumineuses à leur faîte, ombrées à leur base, présentaient de fantastiques images.

Parfois des notes vives, légères, mélancoliques, perçaient le silence de la nuit. A ce chant sublime du rossignol se mêlait pourtant, à de rares intervalles, quelques plaintes d'engoulevent sorties des ténèbres de massifs donjons. Par moments aussi, des nuages transparents éparpillés comme de riches lambeaux de guipure, voilaient les brillantes étoiles qui scintillaient aux cieux.

Cette ville était Genève ; ce lac, le Léman ; et ces montagnes, le Mont-Blanc et sa chaîne, nous l'avons dit.

Tout dort dans l'enceinte de la cité ; tout dort aux alentours du lac et au pied des montagnes : tout dort, et cependant c'est une région que viennent d'envahir des barbares, les Burgundes, et la violence en soumet tous les habitants.

Le chef des barbares est Gundebald. Il a signalé son arrivée par le meurtre et l'incendie.

La nuit a développé depuis deux heures ses placides beautés, quand s'ouvre avec précaution l'une des portes de la ville, et on peut voir sortir un soldat reconnaissable à ses armes, et, derrière lui, une femme qu'enveloppe une longue mante grise, dont le capuchon cache parfaitement le visage. Nos deux personnages quittent presque aussitôt la route battue et prennent un sentier qui se perd sous des aulnes et des tilleuls, le long du fleuve du Rhône, à sa sortie du lac.

A quelques cents pas de la ville, brille une lumière à l'huis d'une maisonnette solitaire. C'est vers ce point que s'avancent, sans mot dire, l'homme d'armes et sa compagne. Ils vont atteindre la chaumière, quand de l'intérieur s'élance une ombre qui, s'attachant au cou de la femme, la baise au front et s'écrie :

— Enfin, c'est donc toi, ma Clotilde !

Et cette ombre, qui n'est que l'humble maîtresse du logis, fait entrer la nouvelle venue, sans attendre de réponse.

Le guerrier reste debout, au-dehors, et se promène en gardien vigilant.

Arrivée sous les rayons d'une lampe qui éclaire la pauvre manse, la voyageuse se débarrasse de son manteau, et se jetant à son tour au cou de celle qui l'a si chaleureusement accueillie :

— Ma brave nourrice, que je suis aise de te revoir ! lui dit-elle avec tendresse.

— Tu as donc bien souffert, ma Clotilde, car tu es pâle et tes yeux sont éteints?

Celle qui parle ainsi, âgée déjà, ridée par la fatigue, porte un fourreau de grosse toile, et sous ce vêtement du pauvre on trouve des mouvements pleins de noblesse.

Clotilde, jeune fille de seize ans, vêtue de soie, ayant au cou une croix d'ébène cerclée d'argent, est douée de la plus exquise beauté. Des cheveux noirs ruissellent en boucles épaisses le long de son visage. Un voile de gaze descend de sa tête et glisse sur ses épaules.

— Mais dis-moi donc ce qui t'advint depuis que tu fus arrachée à mes bras, ma fille, ma bien-aimée Clotewich, lui dit Maguelonne avec l'accent de la prière. Il y a si longtemps que nous sommes séparées! Heureusement j'ai pu te faire savoir où je t'attendais. Eh bien ! dis-moi tout; ne cache rien à celle qui t'a donné son lait.

La jeune fille porte la main à sa tête, comme pour en écarter un pénible souvenir.

— Hélas ! pourquoi donc avons-nous quitté notre Germanie, nous, Burgundes, fait Clotilde en poussant un profond soupir, et qu'avons-nous gagné à cette invasion d'un pays qui n'est pas le nôtre, si ce n'est des désordres et des dissensions cruelles? Depuis cent ans notre race est fixée dans cette région, et à présent, 516 de J.-C., la paix ne règne pas encore dans notre foyer. Oh! le foyer des rois est le moins calme de tous!

La nuit pendant laquelle tu fus chassée, Maguelonne, fut une nuit affreuse, continue Clotilde. Mon père, Chilpéric, roi des Burgundes, ému au-delà de ce que je puis dire, me baisa au front, pour arrêter mes larmes, puis il me laissa seule dans ce noir palais de Genève, que tu ne connais que trop. J'eus peur, car tout était noir autour de moi. C'était encore l'hiver, et la pluie battait les vitres, et le vent sifflait dans les galeries, de manière à faire croire que tous les trépassés criaient.

Il y avait deux heures que j'étais ainsi muette, consternée, éperdue, quand on entra soudain avec bruit. Je ne pouvais voir, mais on me vit, car je sentis que l'on me tirait par le bras. Je reconnus aussitôt la grosse main de mon oncle Gondebald. Tu sais que je l'aimais peu, Maguelonne, et cela parce qu'il était jaloux de mon père Chilpéric. Il me fit traverser plusieurs salles, et bientôt nous descendîmes un escalier que je ne connaissais pas. Il fallait que ce chemin lui fût bien familier, car il ne trébucha pas une fois, tandis que, moi, je fléchissais à chaque pas. Mais sa grosse main me soutenait, et il maugréait d'une voix sourde.

Enfin je me trouvai bientôt sous une grande voûte, fraîche, humide, qui laissait suinter l'eau, car je me sentis mouillée. Là, brûlait une lampe... Un instant mes yeux refusèrent de voir... Des corps humains étaient épars sur le sol, ma pauvre Maguelonne... De leur poitrine ouverte coulait du sang... Leur regard fixe, vitreux, semblait exprimer la plus horrible angoisse... et cependant ils étaient morts!... Les lèvres béantes de leurs blessures attestaient la férocité du meurtrier. Alors Gondebald, me montrant plus spécialement l'un de ces cadavres, me dit d'un ton farouche :

— Toi aussi, tu périras, Clotilde, si tu songes jamais à prendre ma place sur le trône que je lui ravis...

Un tremblement indéfinissable me saisit; je regardai mieux... Horreur! j'avais sous les yeux le corps inanimé de mon père... Chilpéric, roi des Burgundes, était assassiné cruellement par son frère, par l'avide Gondebald, mon oncle...

— Vengeance! cria Maguelonne, le regard en feu, la voix brisée... Pauvre mignonne, pauvre mignonne! ajouta-t-elle.

Et prenant à bras-le-corps sa fille bien-aimée, la bonne nourrice l'enveloppa d'un long baiser et d'une pluie de larmes brûlantes.

— Ce n'était là que le prélude de mes maux, Maguelonne, reprend la jeune princesse. Juge de ce que j'ai dû souffrir, obligée que je suis de vivre face à face avec le meurtrier de ma famille! Vingt fois j'ai appelé la mort... Heureusement tu m'as appris à me soumettre au Dieu qui, sur la croix, épuisa toutes les angoisses, et je me suis résignée.

— Tu es une fille du ciel! tu as bien fait : non, pas de vengeance, mais le pardon et la prière, dit la nourrice. Mais qu'est-il arrivé ensuite ?

— Je passais mes tristes jours entre le crucifix du prêtre de Rome que tu nous amenas jadis pour nous instruire de la vraie foi, les parchemins qui retracent les beaux enseignements du Sauveur, et quelques reliques de ma mère...

— Que tu peux invoquer, ma blanche colombe, car ce fut une sainte fidèle de Jésus, elle, dit encore Maguelonne.

— Lorsque me vint un nouveau sujet de douleur, acheva Clotilde, un moment interrompue.

A l'extrémité de la chaîne de ces montagnes que l'on nomme Jura, entre la rivière Moselle et le fleuve Rhin, il est un peuple dont on parle beaucoup, et un roi, un koning, un empereur, dont on parle davantage encore.

On le nomme Clodowitz ou Clovis.

C'est un prince très batailleur. Quand il marche à la tête de ses Franks, la terre tremble, les nations frémissent.

Il n'avait que quinze ans lorsque, succédant à son père Childéric, qui régnait à Tournai, il fut élevé sur le pavois et élu koning.

Mais il veut se faire empereur, car, à peine choisi par les siens, comme un oiseau de proie, il s'est élancé sur la Gaule, dans le but d'en chasser les Romains, ces violents et odieux envahisseurs, et de substituer à leur empire sa propre souveraineté.

Il a réussi. Syagrius, chef de l'armée romaine, après une terrible bataille, livrée à Soissons, a dû s'enfuir avec les débris de ses légions exterminées. Ce qui reste de troupes de Rome, à Lutèce, doit quitter bientôt les Gaules, car Lutèce va devenir la capitale de Clodowitz, et les Gaules son royaume.

Mais alors, devenu grand et fameux, le koning frank a voulu s'unir à une fille du sang des rois et... Qui lui a révélé mon existence ? je ne saurais le dire. Mais hier... le Gaulois Aurélien, un des leudes du koning des Franks, m'a été envoyé par ce prince pour demander ma main à mon oncle Gondebald, dit Clotilde.

— Eh bien ! Dieu sera avec toi, mon enfant, car je devine sa Providence, moi... Veux-tu que je te dise ce que je pense ?... Dieu a de grandes vues sur ce pays des Gaules, et il veut faire de toi l'instrument dont il se servira pour agir sur l'empereur, et, par l'empereur, sur les peuples... Le ciel te regarde, Clotilde, espère en Dieu, ma fille... Crois-moi, tu convertiras le koning frank ; tes vertus, ta piété...

— Mais si tu te trompes, Maguelonne, et que le malheur m'attende là-bas ?

— Tu cueilleras la palme du martyre, ma Clotilde ; le paradis vaut bien que l'on souffre un peu sur la terre... Mais que dit, que fait ton oncle Gondebald, en cette occasion ?...

— Oh! il tremble, il murmure, il tempête... En présence d'Aurélien, le leude du koning, il consent à mon mariage... Mais il subit la géhenne à la pensée de me voir épouser un guerrier, moi, dont il a occis le père et la famille de male mort; de sorte que, seul avec moi, il exige que je refuse cette union !...

— Cependant, qu'as-tu fait?

— Demain, dans une audience solennelle, je dois... me prononcer...

— Que diras-tu?

— D'abord, Maguelonne, réponds à ma demande : Si je quitte Genève, me suivras-tu près de mon nouveau seigneur?

— Partout, près ou loin, à la vie et à la mort !...

— Alors, Maguelonne, je dirai : Oui, j'épouse le vaillant empereur des Franks...

— Mais si le farouche Burgunde, ton oncle, revient sur sa résolution ?...

— Impossible ! Le départ du leude pour Soissons, où l'attend le koning, a lieu après-demain, et après-demain je pars avec lui... Donc, tiens-toi prête, Maguelonne. Chassée par mon oncle de son palais, tu vas rentrer dans le mien, comme compagne de l'impératrice des Franks, et c'est ta présence qui fera ma force...

Un mois après, la jeune Burgunde Clotilde épousait, à Soissons, Clodowitz, le grand koning des Franks...

C'était en 493.

II

Un mois après, encore, le soleil du matin, s'échappant des nuages d'or et de pourpre de l'orient, disperse tout-à-coup sa lumière sur les bois, les collines et la plaine qui entourent Lutèce, et fait resplendir le ruban du fleuve, dont elle enveloppe ses remparts. Enfin, il embrase de mille feux les casques, les cuirasses, les lances et les glaives de nombreux guerriers dont les armures brillent en un vaste espace, sur la rive gauche de la Seine, au pied du mont Lucotitius, et non loin du palais des Thermes, que, dans le siècle précédent, fit élever près de Lutèce l'empereur Julien, l'apostat romain.

C'est que le camp romain qui jusqu'alors gardait Lutèce, assis sur le point exact où s'étale de nos jours le jardin du Luxembourg, et dont on entrevoit alors le Prétorium, l'Augural, le Forum, les portes Décumane, Dextre et Sénextre, les rues, les parapets, les retranchements et le chemin de ronde, est en grand mouvement et s'anime plus que ne s'agita jamais une ruche d'abeilles.

Dès les premières blancheurs de l'aube, les trompettes ont fait entendre l'air de Diane, et aussitôt les soldats ont plié leurs tentes, sentinelles et vedettes ont secoué le givre de leurs manteaux, puis, après avoir été rangés en bataille, hoplites, hastaires, archers et vélites, se sont mis en marche vers l'Italie, en jetant un regard d'adieu à Lutèce d'abord, puis sur le sommet du Lucotitius où dorment du dernier sommeil bon nombre des leurs, depuis l'occupation des Gaules par César.

Qu'est-il donc arrivé qui nécessite cette prise d'armes si matinale, et pourquoi, sur les remparts de Lutèce, voit-on se former, s'arrêter et sonder au loin la plaine du regard tout le peuple des Parisii ?

Le voici : Naguère encore, Clodowitz, le véritable fondateur de l'empire des Franks dans les Gaules, ne possédait que certains districts dans la Belgique, et ses tribus étaient cantonnées aux environs de Tournai. Son armée de Franks-Saliens ne dépassait pas le chiffre de cinq mille guerriers. Mais depuis peu, près de Soissons, il a complètement anéanti l'armée romaine que commandait Syagrius, et détruit l'influence des empereurs ; puis il a étendu sa domination dans les Gaules, car successivement Amiens, puis Beauvais et Rouen, et enfin Lutèce, quoique bien défendue par les nationales inspirations de la plébéienne Génovèfe, lui ont ouvert leurs portes, surtout quand, en dernier lieu, s'est répandue la nouvelle de l'union du koning frank avec la catholique et douce Clotilde. Enfin, Orléans, Blois et Tours viennent aussi de se soumettre à son autorité.

Dans cette dernière ville, il a reçu les ambassadeurs d'Anastase, l'empereur d'Orient, qui, heureux de voir s'élever au-delà des Alpes un rival du grand Théodoric, l'Ostrogoth, envahisseur de l'Italie, lui envoie de Constantinople le titre de consul et de patrice d'Occident, avec la chlamyde d'or et la tunique de pourpre.

C'était le proclamer empereur, et, de fait, le même jour, à Tours, alors qu'il monte à cheval, les Gaulois-Turones lui mettent la couronne impériale sur la tête, et pendant qu'il jette à poignées or et argent au peuple, on le proclame consul, auguste, empereur.

Il advint de là que Clodowitz, aux yeux des Gallo-Romains, n'est plus le conquérant barbare, l'envahisseur païen, mais le prince orthodoxe et le consul de Rome dans les Gaules.

Chez lui, désormais, le droit remplace la force brutale.

Dès-lors Clovis congédie les Romains de Lutèce, et vous venez de les voir s'éloigner et reprendre la route d'Italie.

Le voici maintenant, lui, empereur des Gaules, qui arrive et va fixer sa résidence à Lutèce.

Désormais Paris, du nom des Gaulois-Parisii, sera le nom de Lutèce.

Et France remplacera le nom de Gaule.

Le peuple gaulois, un instant appelé gallo-romain, à l'avenir sera le peuple gallo-frank.

Depuis que les Franks, par suite de leurs victoires, se sont trouvés en relation avec les Romains, l'esprit de civilisation, l'amour du progrès et l'attrait pour le luxe se sont emparés d'eux. C'est vrai, leurs armes sont toujours la terrible hache à deux tranchants, la *francisque,* la redoutable massue dite *framée*, et le formidable hameçon de fer appelé *angon* ou *hang*, avec lequel ils harponnent leurs ennemis, les attirent à eux comme une proie et les massacrent. Mais ils ne sont plus ces hordes de sauvages vêtus de peaux de buffle et de mouton, dont la chevelure rougie à l'aide de chaux est retroussée au sommet de la tête de manière à retomber en crinière hérissée autour de leur visage, et qui se tatouent la face de raies noires, bleues ou au vermillon, afin de mieux épouvanter leurs adversaires. Le Frank est farouche toujours, barbare encore, prêt à occire qui lui résiste, mais cependant il commence à avoir l'intelligence de ce qui est grand dans l'ordre moral et beau dans l'ordre physique; peu à peu lui vient le sentiment du juste et de l'injuste, de la gloire et de l'opprobre. Les splendeurs de l'art le trouvent sensible, et Clodowitz lui donne l'exemple de la raison quand, par exemple, il fait tomber la tête du soldat impie qui ne veut pas rendre à l'évêque de Reims le vase sacré qu'il réclame et qui fait partie du butin que l'armée se partage à Soissons.

Malheureusement la religion des Franks n'est autre que le culte belliqueux et grossier d'Odin, le dieu des Scandinaves. Ils croient qu'après la mort le brave est admis dans le walhalla, palais construit au milieu des nuages, où les plaisirs sont encore de continuels combats, interrompus par de longs festins, où la

bière et l'hydromel circulent sans relâche dans le crâne des ennemis tués par les héros. Aussi les Franks aiment-ils la guerre avec
passion, comme le moyen de devenir riches en ce monde, et, dans
l'autre, convives des dieux.

Pourtant, grâce au dévouement de généreux disciples du Christ,
l'Evangile commence à être connu d'un certain nombre d'entre
eux, et peu à peu ses divines lumières dispersent les ténèbres dont
le cœur et l'esprit sont enveloppés chez eux. Les Franks comptent
déjà beaucoup de chrétiens.

Or, les Gaulois accueillent avec allégresse ces promesses d'honneur et d'avenir chez les Franks ; ils agréent les tribus franques
saliennes qui arrivent, étendards au vent et trompettes sonnant.
Aussi peut-on dire qu'il est noble et grand le spectacle de tout un
peuple qui frissonne d'espérance et de joie à la venue de l'empereur qui doit régner sur lui, et de l'impératrice dont il connaît
toutes les grâces et dont il apprécie les éminentes qualités.

Dès la veille, à la tombée du jour, des flots de populaire venant
des campagnes se sont entassés le long de la Seine, sous les arbres des chemins et sur les remparts, au pied des bastions. Tous
ces Gaulois des champs ont campé à la belle étoile et des feux ont
été allumés, comme une ceinture lumineuse, au loin, dans la
plaine qui conduit au Montmartre. Puis, de la cité, pendant la
nuit, se sont élevées de grandes rumeurs de populace en liesse,
et les échos de la vallée y ont répondu.

C'est cette foule de Gaulois de la ville et de la campagne, se
gaussant d'aise et chaffriolant d'allégresse qui se met en mouvement dès le premier son des trompes franques, et court à la rencontre du cortège royal pour lui souhaiter la bienvenue. Le moment est des plus propices : un ciel bleu resplendit ; l'air charrie
des senteurs de parfums ; tout est plaisir, tout est fête.

Est-il rien de plus attrayant en effet que le spectacle de nobles
dames et damoiselles, de pages et de varlets, de seigneurs et de
paladins, d'hommes d'armes bardés de fer, de chevaliers aux
casques d'or empanachés de plumes de toutes couleurs, de vaillants soudards portant les drapeaux que lutine la brise, tous caracolant sur leurs haquenées, leurs palefrois ou leurs chevaux de
bataille ? Aussi quelle volupté pour l'œil guerrier du Gaulois et
la curieuse Gauloise, que cette marche triomphale qui déploie le
luxe de ses étoffes, de ses perles, de ses diamants, de ses chevelures, de ses cuirasses, de ses cimiers, de ses hampes de guerre et

de ses oriflammes flottant au vent, parmi l'épaisse fourrure des bocages, la verdure bordant les voies, et qui s'achemine vers le pont oriental de Paris, pour pénétrer dans le vaste palais romain, dont les murailles et les tours richement ouvrées doivent être longtemps la demeure des rois de France, avant d'être remplacées par notre Palais-de-Justice actuel.

Inutile de faire le portrait de la reine que porte un char magnifique et que couronne un dais splendide. Elle est le type de la fière et pourtant suave Burgunde.

Quant au koning, il a le regard de l'aigle et la majesté du lion.

A la partie haute de la grande table, un siége brodé d'abeilles d'or, sur fond bleu, est disposé pour le couple royal.

Voici quel est l'aspect de la salle du festin :

De forme circulaire, oblongue, très vaste, ses parois revêtues d'un stuc aux brillantes couleurs, sa voûte supportée par des colonnes de marbre blanc, enrichies de cannelures, de socles et de chapiteaux corinthiens, tout révèle le talent d'un architecte de choix. Des peintures à fresque, qui démontrent leur origine romaine par la légèreté des sujets, décorent les voussures et les angles de la coupole supérieure. La Gaule possède beaucoup de ces palais que Rome a fait élever à grands frais pour inspirer le goût des arts et étendre la civilisation. Les dalles de marbre disparaissent sous la pourpre ; entre les colonnes sont placés des dressoirs d'ébène, incrustés d'ivoire, d'écaille, de nacre, et merveilleusement sculptés ; les diverses nations du monde y sont représentées par les plus beaux produits de l'art : la Grèce, l'Italie, l'Asie même pourraient y reconnaître leurs coupes de jaspe, leurs hanaps de sardoine et leurs cassolettes d'or.

Des esclaves, en courte robe de Gaule, dispersés sur les escaliers, dans les couloirs et les salles, partout, éclairent les convives avec des torches de cire, car la nuit tombe quand l'empereur et l'impératrice mettent le pied dans le palais. Ces phares vivants demeurent immobiles comme des statues.

En face du siége royal on voit des coupes d'Orient, faites d'une pâte odorante, décorée des reflets de l'iris, douce au toucher, et que l'on nomme *murhe*. On voit aussi des bassins d'argent chargés de flacons de sagoute, nageant dans la neige pour les rafraîchir. Sur des trépieds fument des parfums et des torches brûlent, exhalant une douce odeur et de balsamiques essences.

Quand Clodowitz et Clotilde entrent dans la grande salle du

banquet, suivis des leudes et des barons, il se fait un grand silence, car on redoute ce prince. Il est entouré des merveilles de l'art antique ; il a illustré son bras par des conquêtes ; il est riche et puissant, mais il est barbare encore, son peuple est rude et grossier, et on tremble en sa présence.

Nombreux sont les convives. Avec quelques Gaulois de renom et quelques Gauloises de bonne famille, les Franks et les femmes franques semblent rivaliser de courtoisie. Plusieurs de ces dernières se distinguent par une élégance qui étonne. Ainsi, Tétralde, l'épousée du leude Vortigern, porte une robe de fine étoffe bleu-saphir, bordée d'une hermine blanche comme le pelage du cygne : une écharpe de soie violette à glands d'or ceint sa taille. Une coiffe d'hermine encore, avec un réseau de perles qui la décore, couvre gracieusement les tresses blondes de sa belle chevelure, et sa figure brille d'un vif incarnat. Hydrude, la brune Hydrude, la baronne de Cerden, qui baisse trop souvent ses grands yeux d'ébène, porte une tunique orange et une écharpe d'un rouge vif qui lui sied à ravir. Je citerais bien encore d'autres femmes franques, dont les physionomies ne sont pas en désaccord avec la grâce, la blancheur et les charmes de nos Gauloises. Mais celles-ci l'emportent par un esprit plus pétillant.

Les Franks, vous le comprendrez facilement, cèdent bien vite à leur penchant naturel pour les plaisirs de la table. C'est du reste un vrai festin de barbares qu'on leur offre : nul accommodement délicat, sollicitant la faim : on peut se repaître, voilà tout.

Après avoir beaucoup parlé, Clodowitz sent sa tête s'enflammer. Il vient de manger d'une grue préparée avec l'origan et la coriandre, quand un misérable esclave laisse maladroitement tomber le flambeau de cire dont il est chargé. Un moment le feu menace la dalmatique du koning. Aussitôt Clovis se lève, tire son grand sabre, et se met en devoir de faire tomber la tête de l'infortuné, dont la pâleur envahit le visage.

Mais Clotilde se lève, elle aussi, et, retenant le bras de son époux, lui dit :

— Ce n'est pas en présence de femmes, ni devant des chrétiens, qu'un prince traite de la sorte un homme, son frère...

Ces sages paroles rappellent le prince à lui-même.

— Que ne s'excuse-t-elle au moins, cette bête brute ! fait-il en reprenant sa place et en désignant l'esclave agenouillé.

— Si la bête brute ne parle pas, lui répond un leude que le vin rend plus hardi, c'est que, un jour, dans un moment de colère, koning, vous lui avez fait couper la langue...

Vaincu par le reproche, Clodowitz sourit à la reine.

— Je veux agir comme les chrétiens, ma belle épousée, dit-il, et je rachète mes fautes... Donnez la liberté à cet esclave...

Un doux sourire s'épanouit sur le visage de l'impératrice.

— C'est le privilége des empereurs de faire des heureux! répond-elle. Voyez la félicité de cet homme, qui tout-à-l'heure a gémi sous le glaive... Dites-moi, noble époux, n'avez-vous pas déjà votre récompense?...

— Elle est dans votre amour, ma Clotilde, fait le prince...

Tout chacun applaudit à cette scène, et on juge, sans se tromper, que grande est l'influence de la reine sur le koning.

Je ne dis rien des fêtes qui ont lieu dans Paris. Gaulois et Franks, femmes gauloises et femmes franques se regardent bien un peu de travers; mais l'armée du souverain est là, qui campe dans les rues, sur les carrefours et les places; or, la vue des hangs, des francisques et des framées contribue pour quelque chose dans le bon accord qui semble s'établir entre les deux peuples.

Et puis, en toute vérité, Gaulois et Gauloises sont tellement charmés et entraînés par la bonté, par le doux visage de l'impératrice Clotilde, et leur cœur lui est si bien donné déjà, que la fusion entre gens barbares et civilisés va se faire sans trop de violence ni d'efforts.

III

Une tour massive, lourd donjon gaulois, domine le vieux manoir dont nous venons de connaître la grande salle : à son sommet on voit la hampe qui soutient l'étendard royal. C'est ce palais qui devient l'aire du grand aigle que l'on nomme Clodowitz; tel est le séjour que ce prince, toujours sur les champs de bataille, donne à sa jeune épouse.

Pendant plusieurs jours, Clotilde est tout entière aux fêtes qu'a préparées son souverain. Mais quand une fois la voix des combats lui a enlevé Clovis, elle se retrouve seule dans son palais.

Un matin, au lever du soleil, elle ouvre la fenêtre de sa chambre royale et s'avance sur son étroit balcon de pierre. Son regard embrasse alors le plus curieux tableau: A ses pieds elle voit la cour d'honneur livrée aux hommes d'armes, qui lui donnent le mouvement et la vie. Au fond s'étend le plus grand corps de logis dont les ouvertures béantes lui montrent et la tête jubilante de sa vieille Maguelonne qui lui sourit, et celle des pages et damoiselles d'honneur qui préparent le service du jour. Le balcon communique avec un escalier ajouré, dont la balustrade découpe ses fantaisies bizarres sur l'azur foncé du ciel, et lui permet de gravir jusqu'aux étages supérieurs et d'atteindre la plate-forme du palais. Là, c'est un spectacle enchanteur qu'elle a sous les yeux. Le soleil sort en ce moment d'un mystérieux lit de nuages empourprés et flotte dans une brume d'or qui éblouit. Une végétation nouvelle se montre sous les pampres jaunis que le vent fait tomber. En amont et en aval le fleuve chatoie en se tordant comme un serpent d'azur. En face, la plaine qui conduit au Montmartre verdoie, et verdoie au loin toute la chaîne des collines que déjà quelques maisons, de rares églises, et surtout des manses champêtres, abritées sous la verdure, égaient de leurs façades blanches et de leurs toits rouges. Des pâtres gaulois, des guerriers franks, vont et viennent sur les sentiers ; et de gentes filles de Gaule apportent des champs à la ville les denrées qui alimentent la vie.

Mais il est une femme qui fixe davantage l'attention de l'impératrice. Vêtue d'une longue robe de laine grise et la tête couverte d'un long voile, cette femme s'est arrêtée sur le pont qui conduit de la cité à la plaine de Montmartre, et là, parmi les malingreux, les truands, les vieux soudards éclopés et les mendiants qui implorent l'assistance de ceux qui passent, elle parle à l'un, elle semble consoler l'autre, elle remet à tous quelque aumône.

Quelle est cette généreuse Gauloise ? Assurément ce ne peut être encore une femme franque ! La reine, dont la sympathie pour la souffrance et la vertu est aussitôt éveillée, s'en informe.

— C'est Génovèfe, la mère des pauvres, la bienfaitrice de Lutèce, lui est-il répondu.

Génovèfe est aussitôt appelée au palais, et Maguelonne est chargée d'aller la prier de se rendre auprès de la souveraine. En pénétrant près de Clotilde, Génovèfe veut s'incliner...

— Votre place est sur mon cœur, lui dit l'impératrice, qui l'entoure de ses deux bras.

Et elle embrasse la fille de Dieu. Un charmant entretien,

l'entretien de deux âmes vraies colombes échappées du ciel,
s'établit bientôt entre elles, et une douce amitié commence de ce
moment à réunir la simplette Gauloise et l'aimable Burgunde.

Déjà le jour même de son entrée dans Paris, Clodowitz avait dit
à quelques notables de la cité :

— Je ne vois pas dans cette foule une tête précieuse que j'y
cherche cependant. Amenez-moi la sainte de votre Lutèce ; je dé-
sire la connaître ; c'est Geneviève que je veux dire.

L'humble femme ne s'était pas mêlée à la multitude des Parisiens, en effet ; âgée, silencieuse et modeste, elle s'était retirée
dans une église et implorait le ciel en faveur de la nouvelle
France.

On présenta Génovèfe au koning. Elle arriva, les membres
tremblants sous le poids des années.

— J'aime à contempler le visage de ceux qui font le bien, lui
dit Clovis : si tous vous ressembliez, je croirais à votre Dieu...

Et prenant Geneviève par le bras, l'empereur l'avait conduite
à l'impératrice, et l'un et l'autre avaient conjuré la sainte de prier
Dieu pour sa ville bien-aimée et ceux qui allaient gouverner la
France. Aussi Génovèfe avait répondu :

— Prince, soyez juste et bon pour votre peuple ; venez vers la
religion du Christ qui vous ouvre les bras de sa croix, et sa bénédiction fera votre bonheur et votre gloire.

Mais qu'un tête-à-tête était de beaucoup préférable pour que
ces deux femmes puissent se comprendre !

Il n'y a pas une heure encore que les deux nouvelles amies sont
ensemble, que les voici en quête dans les salles du donjon. Elles
pénètrent dans une pièce fort grande, mais abandonnée, sans
destination alors, mais qui a dû servir jadis à de joyeuses orgies.
On aperçoit çà et là, finement sculptées, des cornes d'abondance
enlacées à des gerbes de fleurs. Des têtes de satyres rient jusqu'aux oreilles à chaque retombée de voûte, et une figure de
Bacchus est gravée en plein relief à la muraille du centre, parmi
les attributs qui font cortége à ce dieu de l'intempérance. Du reste,
la mousse qui verdit les pavés de marbre remplace les tapis, et les
araignées filent d'admirables rideaux devant les jours qui s'infil-
trent du dehors.

Clotilde, à cette vue, frappe des mains avec une joie enfantine,
et prenant à sa ceinture un sifflet d'argent, elle fait entendre

deux sons aigus que répètent les échos du vieux manoir romain.

Un instant après, une femme, vêtue d'une saie de soie à franges d'argent, paraît et s'incline.

— Viens jouir avec moi de mon bonheur, Maguelonne, s'écrie la princesse affolée, et dis-moi ce que tu penses de ceci...

— Petite reine, répond la vieille nourrice, je ne vois céans que huis brisés, fenêtres éventrées, insectes horribles et mal odorante moisissure... Oh! Jésus! et de monstrueuses idoles qu'ont laissées les Romains, et qu'emporte avec lui Satanas!...

— Tu es folle, Maguelonne, et ta raison est restée aux pays alpestres... Regarde, fait Clotilde, regarde et devine...

Alors, pendant le silence qui suit, on n'entend plus que le termite qui travaille sourdement dans les vieux bois.

— Bientôt, Maguelonne, bientôt, bien-aimée Génovèfe, le Christ va régner dans cette enceinte au lieu de cette infâme figure, dit l'impératrice avec enthousiasme. Les anges saints prendront la place de ces ignobles têtes; de riches draperies se détacheront, sombres et graves, sur le fond blanc de ces vieux murs renouvelés; des vitres de couleur ne laisseront plus pénétrer qu'un jour mystérieux, et un autel qu'envelopperont des courtines d'or, s'élèvera sous le dôme purifié...

Puis, s'adressant spécialement à Génovèfe, elle ajoute avec un éclair dans les yeux :

— J'ai écrit au pieux Remigius, évêque de Reims, je lui demande un prêtre savant, fort savant, afin qu'il instruise dans la religion de Jésus mon seigneur et maître Clodowitz... Et si l'empereur se convertit au vrai Dieu, quelle joie pour l'impératrice !

Et légère enfant, autant que pieuse femme, la belle Clotilde se prend à sauter à l'entour de Maguelonne, elle baise Génovèfe au front, la presse sur son cœur, et, revenant à Maguelonne, la contraint à partager les mouvements rapides qui expriment sa joie.

Hélas! à cette époque, tous les jours des batailles! Les peuples ne s'établissent que par la guerre. Or, un jour que Clovis rentre dans Paris à la tête de sa cavalerie, muraille vivante, étincelante des mille feux des hangs et des francisques, à la porte même de son palais, il est reçu par Clotilde qui se jette en ses bras.

— Venez, époux bien-aimé, lui dit-elle, quittez ces armes qui dégouttent de sang et répandent odeur de carnarge. Donnez un baiser à votre femme si peinée de votre absence, et suivez-moi...

Montez, montez encore ; tenez, voici la demeure de mon Dieu, de ce Dieu qui vient de vous donner encore la victoire...

Et le héros, en entrant dans le nouveau sanctuaire, souriait d'aise en voyant la joie de la princesse, mais il ne fléchissait pas le genou et demeurait froid et morne devant le tabernacle saint. Mais il admirait le pieux *retiro*.

Ce n'était pas sans raison. Le marbre le plus brillant a remplacé les mousses vertes ; des vitrines éblouissantes tamisent les couleurs de l'opale, de la topaze et de l'émeraude sur les murailles sacrées. De riches boiseries ornent le sanctuaire : l'or en couvre les panneaux et le carmin en fait saillir les moulures. Des chérubins et des archanges voltigent aux voûtes, et un christ, effrayant de douloureuse agonie, semble expirer sur l'autel. Sept lampes d'argent, toujours veillant comme l'âme des fidèles, prient et grelottent aux tombées de la voûte.

En ce moment même, le prêtre venu de Reims élève l'hostie sans tache. Clotilde s'incline et adore : mais Clodowitz demeure debout, impassible. Pourtant il se baisse un instant pour murmurer à l'oreille de l'impératrice :

— Priez votre Dieu afin qu'il me donne encore de nouvelles victoires...

— Mon Dieu vous donnera mieux que des victoires, mon beau sire, il vous envoie un fils ! répond Clotilde.

— Un fils ! dit l'empereur en faisant sonner le fer de ses armes dans un mouvement de bonheur.

Et s'inclinant alors aussi bas que lui permettent cuirasse, brassards et jambards, il prononce à haute voix ces paroles :

— Béni soit le Dieu de ma Clotilde...

Dans son âme de femme chrétienne, la jeune impératrice devine qu'en prenant les Franks, très grossiers, mais tout neufs, et en les séduisant, non pas tant par la sublimité des dogmes de la religion que par la pompe de son culte et l'attrait poétique de ses mystères, elle les amènera bientôt à la vraie foi. Aussi fait-elle construire de véritables basiliques somptueuses, où par l'éclat éblouissant des lumières, les nuages parfumés de l'encens, la splendeur des ornements, le chant des vierges, le frémissement de l'airain et les accords de la musique, fascine-t-elle l'imagination des barbares.

Clodowitz lui-même, entrant avec elle, un soir, dans une église de Paris, où l'évêque préside, où les pompes du culte se déploient parmi les feux des autels, s'écrie naïvement, en s'adressant au pontife :

— Est-ce donc là, patron, le beau ciel que tu m'as promis ?...

Lorsque Clotilde vint dans les Gaules pour épouser le roi, Clovis était allé à sa rencontre jusqu'à Troyes. Là, frappé de la merveilleuse beauté de la princesse et touché de ses aimables vertus, le koning s'abandonna bien vite au doux empire de sa jeune femme. Et comme elle lui disait toute sa joie d'appartenir à un empereur grand et fort, qui comprendrait son cœur et sa religion, et qu'elle lui confiait les douleurs qu'elle avait ressenties de l'immolation de sa famille, le prince lui jura de lui laisser l'entière liberté de servir son Dieu.

Dès-lors, cachant sous ses habits de soie et ses broderies d'or le cilice qui ne la quitte jamais et dont la sérénité de son visage ne trahit jamais la présence, Clotilde se fait une joie de se livrer aux pratiques chrétiennes qui ont le plus d'attrait pour son cœur. Souvent, ayant Génovèfe à ses côtés pour émule, elle rassemble les enfants pauvres et les instruit avec une douce éloquence; elle les fait ensuite asseoir à sa table, et se plaît à les servir elle-même dans ces agapes de la charité. Puis elles visitent ensemble les maladreries pour consoler et soigner les malades, panser leurs plaies et leur donner les secours d'une aumône cachée. Ensemble, elles se rendent près des captifs, adoucissent leurs peines par de douces paroles, leur inspirent l'espérance et quelquefois obtiennent leur liberté. Puis encore, elles fondent des monastères, elles élèvent des églises, elles dotent Paris d'institutions qui ont pour but la charité publique.

Plus le trône élève Clotilde aux yeux des hommes, plus elle se fait petite devant Dieu. Lorsque son seigneur et maître parcourt son empire et se livre aux œuvres de bataille, elle prie jour et nuit, elle, la pieuse impératrice, comme jadis les premiers chrétiens, et elle abrège son sommeil afin de prolonger sa vie chrétienne. Que de fois, sous les sombres voûtes des chapelles de Moutiers, ne va-t-elle pas chercher un refuge contre les plaisirs de la cour, n'assiste-t-elle pas aux offices divins, ne se nourrit-elle pas de la parole de Dieu et ne verse-t-elle pas des larmes et des prières sur l'idolâtrie de son époux ?...

IV

Dans une des hautes salles du palais de Lutèce, séjour du koning Clodowitz, assises sur de larges coussins de pourpre que parsèment de royales abeilles, une jeune femme vêtue de blanc allaite un enfant. Deux longues tresses de blonds cheveux tombent sur ses épaules et descendent à ses pieds. Elle regarde avec amour la frêle créature qui presse son sein, et une larme glisse sur sa joue que pâlissent les fatigues de la maternité.

— Doux ange de Dieu, murmure-t-elle, puissent tes jours être sereins ! Tu as le nom de ta mère, ô ma Clotilde, mais sois épargnée plus qu'elle par les douleurs. Que les pleurs ne troublent pas l'azur de tes yeux ; que ta bouche mignonne ne s'ouvre qu'au sourire !

Et, de ses bras, la caressante mère fait un berceau à sa fille qui s'endort.

A ses pieds, sur un riche tapis d'Orient, s'ébattent à l'envi quatre enfants, gais et roses. La longue chevelure des Mérowings tombe en boucles épaisses sur leur cou de cygne. Les jambes nues, les pieds chaussés d'écarlate, aux reins un étroit maillot qui balance aux genoux ses franges violettes, le buste serré d'une casaque à raies vertes et jaunes, les dociles petits princes parlent à voix basse.

L'un d'eux pourtant, celui qui dirige le jeu, parfois aventure un ordre plus sonore. Mais aussitôt un : « Silence, Clothaire ! » éteint sa voix.

A la taille on reconnaît l'âge de ces enfants. De Clothaire à l'innocente Clotilde qui sommeille, une descente progressive signale Childebert, Thierry et Clodomir.

Il en manque un cependant, le premier de tous, Ingomer.

Ingomer est mort, mort entre les bras de sa mère, de la reine Clotilde, car c'est de Clotilde qu'il s'agit, et mort alors que Clovis venait à peine d'apprendre sa naissance.

Aussi le jeune roi barbare, violent et irascible, comme ceux de sa race, éclata en reproches.

— Femme, disait-il, si l'enfant eût été consacré à mes dieux, il vivrait encore. Désormais, plus de baptême...

Et Clotilde de répondre :

—Mes enfants recevront tous le baptême, beau sire. Le roi des Franks n'a qu'une parole, comme Dieu n'a qu'une volonté...

A ces mots le Frank se calmait, car la douceur et la soumission de sa femme l'enchantaient.

Alors était venu un second fils. Mais, hélas! à peine baptisé, Dieu sembla le rappeler à lui, car il tomba dangereusement malade.

— Voilà donc que mon fils va rejoindre son frère! s'écria Clovis. Mais ton Dieu est ennemi de ma race, femme!

Prosternée au pied du berceau, Clotilde priait; Génovèfe priait avec elle, Génovèfe dont l'âge avancé devait rendre ses vertus et ses prières plus agréables au Seigneur. Enfin, un jour, le troisième de l'agonie de l'enfant, Clotilde, épuisée, regardait avec douleur le pauvre patient, quand il lui parut soudain que ses lèvres et ses joues se coloraient et que ses yeux s'ouvraient doucement. La pieuse mère saisit l'enfant dans ses bras et courut le déposer dans ceux de son père.

Depuis ce jour, signalé par un prodige, l'impératrice redouble de prières et de larmes, mais, cette fois, pour obtenir la conversion de son époux. Souvent elle l'entretient du Christ et de sa loi, souvent elle lui explique les beautés de la morale évangélique, souvent elle fait intervenir le prêtre que lui a envoyé l'évêque de Reims. Hélas! des voiles couvrent encore l'intelligence du grand conquérant.

Vers ce temps-là, les Alamans, peuple belliqueux établi entre le Rhin, le Mein et le Danube, voyant les Franks mettre la main sur tant de riches cités romaines, conçoivent le projet de les forcer à partager avec eux. Ils arborent leurs étendards suspendus dans les bois sacrés, plient leurs tentes, passent le Rhin et font une invasion dans le pays de Cologne, où règne Sigebert, un autre Frank allié de Clodowitz.

Celui-ci, inquiet pour ses provinces du nord, rassemble ses tribus franques, ses milices gallo-romaines et marche à la rencontre des Alamans. Au moment de son départ, Clotilde l'arrête et lui dit:

— Mon époux et seigneur, au milieu des dangers que vous allez courir, n'oubliez pas le Dieu des chrétiens!...

Alamans et Franks sont aux prises dans la plaine de Tolbiac, aujourd'hui Zulpic, dans la Prusse rhénane.

Le choc est terrible.

Clovis est obligé de plier : son armée recule. Epouvanté, le koning lève les bras au ciel et s'écrie en brandissant sa framée :

— Dieu de Clotilde, venez à mon aide, et, si vous me donnez la victoire, je croirai en vous et je recevrai le baptême...

Le sort de la bataille change soudain : les Alamans sont rejetés au-delà du Rhin, et tout le pays subit la loi de Clovis.

Plus le succès est grand, plus l'empereur frank se croit obligé à tenir parole. Clovis se fait instruire dans la religion catholique par l'évêque de Reims, Remigius, et tout se prépare pour le baptême, qu'il veut recevoir des mains du prélat.

V

Sur les rives de la Vesle, dans la province de Gaule appelée Champagne, et non loin des plaines qui furent témoins de la défaite d'Attila, se trouve une antique cité, nommée par les Romains *Durocortorum ;* c'était la capitale des *Remi,* et nous l'appelons Reims, du nom de cette tribu gauloise. Rien n'est calme et paisible comme la ville de Reims. Mais voici qu'un jour cette physionomie paterne tombe soudain ; la vénérable cité se fait jeune et répare les outrages du temps. A chaque fenêtre de ses maisons restaurées flotte un étendard royal ; et puis des hommes d'armes arrivent, se hâtent, se heurtent, se pressent ; la foule des manants se précipite ; elle halète d'impatience et de curiosité.

En effet, au mois de décembre 496, alors que la terre est couverte de frimas et que la campagne est ensevelie sous un blanc manteau de neige, dans la nuit de Noël, un cortége nombreux et splendide s'achemine vers l'église de Saint-Martin. Rues, places, carrefours et ruelles resplendissent de milliers de lampes, de torches, de candélabres, de lustres et de girandoles qui les illuminent avec une telle profusion, qu'on pourrait croire le soleil revenu sur ses pas pour assister à cette fête des anges et des hommes. Des feuillages artificiels ornent les murs, alternativement avec les draperies les plus riches, et on y a joint des miroirs d'argent, d'acier poli et de cristal. Puis, comme décoration vivante, un peuple immense a envahi toutes les voies de la ville et attache sur le cortége qui défile des regards émus et joyeux.

Des prêtres en aube de lin, portant les évangiles et la croix, ouvrent la marche. Les évêques, accourus des différentes églises des Gaules, les suivent à pas lents. Derrière eux vient l'évêque de Reims, Remigius, tenant par la main, comme un père tient son fils bien-aimé, le fier Clovis qui, vêtu de la tunique des catéchumènes, s'avance le front radieux. Clotilde le suit, conduisant les deux sœurs de son époux, Alboflède et Lauthilde, qui, elles aussi, vont recevoir le sacrement régénérateur. Enfin succède une immense file de guerriers, en tuniques blanches, amis fidèles qui après avoir été les compagnons de Clodowilz à la conquête des royaumes de la terre, se pressent aussi sur ses pas lorsqu'il se dirige vers le royaume du ciel.

Dès le soir, les troupes royales ont pris place, rangées en bataille, dans le pourtour de l'église. A cette époque toute militaire, l'appareil militaire est toujours et partout nécessaire. D'ailleurs Dieu n'est-il pas, et surtout pour Clovis, le Dieu des armées? Les nombreux soldats gallo-franks, orthodoxes déjà depuis bien des années, en signe de joie s'avancent couronnés de fleurs.

Clovis n'a pas cette attitude majestueuse qui signale un empereur ; il a cette démarche grave qui annonce le chrétien.

Parmi les fleurs apportées des contrées méridionales, qui couvrent les dalles du portique, le koning, apercevant la tige parfumée d'un lis dont le calice s'entr'ouvre, s'en empare, la tresse en couronne, et ornant sa tête de cette image de pureté baptismale :

— Que cette fleur soit désormais la fleur des monarques de France ! dit-il.

Arrivé enfin devant le bassin de marbre blanc qui contient l'eau sacrée du baptême, le cortége s'arrête, et Remigius, se plaçant en face du roi, lui rappelle les engagements qu'il va prendre et lui explique les titres nouveaux qu'il va porter.

— Voulez-vous appartenir au Dieu maître souverain du ciel et de la terre? dit en dernier lieu le pontife.

— Je le veux... répond Clovis d'une voix ferme.

— Courbe donc la tête, fier Sicambre, fait alors Remigius, et jure maintenant de briser désormais ce que tu as adoré, et d'adorer ce que tu as brisé !...

— Je le jure !... répond le koning en mettant naïvement sa main au côté gauche, comme s'il voulait tirer son glaive.

Aussitôt l'eau de la purification coule sur son front royal.

Trois mille seigneurs et guerriers suivent l'exemple de l'empereur Clovis.

Au-dessus de cette foule, qui s'agenouille dans le recueillement, on voit flotter de légers nuages d'encens : mais plus haut que les nuages d'encens, montent les prières de la fervente et heureuse impératrice Clotilde.

Remigius ne baptise pas seulement le conquérant des Gaules, il veut le sacrer comme roi de France ; aussi conduit-il le souverain vers un trône élevé près du chœur. Là, Clodowitz est revêtu d'une tunique de soie bleu d'azur et semée de fleurs de lis d'or. On le recouvre d'une dalmatique plus courte, de pourpre, et on le chausse de bottines écarlates. Chacun de ses leudes ou barons prend alors, placés qu'ils sont sur des coussins de brocart, le diadème impérial, le sceptre, l'épée, les éperons, la figure de la justice, et les remet au monarque. Derrière lui, le capitaine des gardes de l'empereur développe et lève haut la grande bannière dite oriflamme qui suit toujours le vaillant soldat dans les sentiers de la guerre.

En ce moment, Remigius se rapproche de Clodowitz et procède à l'onction sainte qui fit rois Saül, David, Salomon, etc.; mais alors qu'il veut appliquer l'huile et le baume, symboles de force et de douceur, le flacon qui les contient ne se trouve pas. Grand émoi parmi les prêtres, le peuple et la suite du prince. Aussitôt une musique aérienne fait lever les yeux à la foule impatiente, et on voit d'un léger nuage qui flotte sous les voûtes s'élancer une blanche colombe qui, en voletant, vient présenter à l'évêque une ampoule d'or, pleine de l'essence désirée pour l'onction.

— Vive le roi! Gloire à Dieu !

Tels sont les cris qui s'élèvent en présence de ce prodige, qui montre à la terre que le ciel contemple la pieuse action dont est témoin la basilique de Saint-Martin.

En même temps une nuée d'oiseaux, captifs jusque-là, s'envole sous les arceaux du temple, et ces innombrables petites créatures de Dieu s'élancent dans les airs pour aller porter la joie jusque dans les plaines du firmament.

Cette conversion du koning frank doit porter des fruits.

Barbare encore, pour mieux asseoir sa domination, naguère Clodowitz inspirait à Clodéric, fils de Sigebert, chef des tribus franques de Cologne, de tuer son père; et, quand le meurtre a été commis, il a fait étouffer l'assassin dans les coffres pleins d'or dont il héritait, et qu'il montrait avec complaisance aux hommes d'armes du roi, d'une part ;

De l'autre, il guerroyait contre Chararic, un autre chef de Franks, lui faisant couper sa longue chevelure, aussi bien qu'à son fils, et enfin les contraignait à passer l'un et l'autre sous le tranchant de sa francisque royale ;

Puis, à Cambrai, où commandait à quelques tribus le farouche et licencieux Regnachaire, il frappait de sa hache impériale et ce prince et son frère Richaire ;

Enfin au Mans, capitale des Gaulois-Cénomans, par son ordre, Renomer, un dernier chef de hordes venu d'outre-Rhin, était égorgé.

Alors Clodowitz adjoignait à son empire les terres de ces victimes, et recueillait leurs richesses dans ses trésors.

Alors rendait-il grand et vaste le nouveau pays de France, et, quoique entouré :

Des Visigoths qui occupaient le sud-ouest des Gaules ;

Des Burgundes établis dans les vallées de la Saône et du Rhône ;

Des Saxons possédant le territoire de Bayeux ;

Des Alamans ou Allemands fixés entre les Vosges et le Rhin ;

Et des Germains qui, à chaque heure, prétendaient passer le Rhin, suivis des Avares, et de cent autres peuplades sauvages que l'Asie vomissait sans fin sur les riches possessions de l'Europe,

Il rend les Burgundes tributaires, et châtie Gondebaud, leur roi, pour le meurtre de la famille de Clotilde ;

Défait les Visigoths à la bataille de Vouglé, non loin de Poitiers, et s'empare de tout le midi de la Gaule ;

Enfin, il fait de cette contrée notre grande et belle France.

Pour se reposer de ses conquêtes, en l'an 507, un jour qu'il examine le plateau du mont Lucotitius, non loin des thermes de Julien, et sur l'emplacement du cimetière romain dont j'ai déjà parlé, au milieu de vignes et de cépées, il lance droit devant lui sa hache d'armes, afin que la postérité puisse dans l'avenir mesurer la force et la portée de son bras par la longueur de l'édifice, et sur cet espace il fait construire un temple chrétien, à savoir l'église de Saint-Pierre et de Saint-Paul, les apôtres du Christ qu'il adore.

Mais alors, pendant que les artistes, appelés de toutes parts, font de ce sanctuaire un modèle de richesse et d'élégance, la mort appelle à des funérailles royales tout le peuple gallo-frank. Le marbre et les dorures, les colonnes et les voûtes du nouvel édifice se voilent sous de funèbres draperies.

C'est que Clodowitz, son fondateur, rend son âme à Dieu; c'est que Clovis est mort...

Et pendant que le palais des rois franks voit expirer le grand aigle du nord, d'une pauvre et solitaire retraite de la même cité prend son vol vers les cieux la blanche colombe Geneviève, notre Geneviève, encore et toujours si populaire dans Paris, où toute popularité dure cependant si peu...

Alors, aux funérailles d'un empereur sont adjointes les obsèques d'une bergère. Mais Clovis est inhumé dans un tombeau somptueux de l'église encore inachevée des Saints-Apôtres, tandis que Génovèfe repose dans un caveau voisin, modeste comme elle.

Hélas ! voyez l'instabilité des choses de ce monde !

De cette église royale du Lucotitius et de ses sépulcres de princes, il ne reste plus rien de nos jours, si ce n'est une belle tour encastrée dans les bâtiments du lycée Napoléon, car tout au plus la rue de Clovis nous signale-t-elle encore l'emplacement que cet édifice occupait. Et qui pourrait dire ce que sont devenus les restes mortels du grand koning frank et des siens?...

Au contraire, les reliques, malgré les efforts sacriléges des misérables de 93, les reliques de sainte Geneviève sont toujours sur le même mont Lucotitius, devenu la montagne Sainte-Geneviève, et c'est tout un peuple, quel peuple pourtant, le peuple de Paris ! qui les entoure de sa vénération et les protége de son amour !...

VI

Sur les rives de la Loire, fort près de Tours, il est un hameau bien modeste, qui étale ses chaumines au revers d'un coteau. Un rare bétail qui broute l'herbe des prairies, quelques esquifs de pêcheurs dont les voiles blanchissent à l'horizon, des hirondelles de mer qui du bout de leurs ailes égratignent les lames du fleuve, les cheminées de la vieille cité gauloise des Turones qui fument, telle est la perspective qui s'offre de ce lieu désert, et pourtant pittoresque.

Un soir, une femme d'un aspect noble et digne vint frapper à la porte de l'une de ces résidences champêtres, où semblait l'attendre depuis assez longtemps une autre femme, plus humble de vêtements, mais bien plus avancée en âge.

— Chaque fois que débordera ma peine, je pourrai donc maintenant aller prier là-bas, près du tombeau de celui qui me témoigna tant d'intérêt, du pieux évêque Martin! dit la nouvelle venue en plongeant le regard sur la masse des habitations de la ville.

— Eh bien! parle, ma Clotilde, j'attends... fait la plus âgée des deux compagnes d'un ton interrogateur.

— Tu attends, c'est vrai, Maguelonne; mais c'est si pénible à dire!... Je parlerai pourtant, écoute...

Alors la plus jeune de ces femmes, la veuve de Clodowitz, car vous la reconnaissez, lecteur, raconte, en versant bien des pleurs, les drames dont voici la teneur :

Arrivée au terme de ses vœux par la conversion de son époux, l'impératrice Clotilde est bien assurée que la terre ne peut plus avoir d'amertumes pour elle. Quel malheur serait à craindre?

Clovis mort à quarante-cinq ans, en l'an 511, son immense empire vient d'être partagé entre ses quatre fils :

Childebert est devenu roi de Paris, et on lui a donné en plus Poitiers, Périgueux, Saintes et Bordeaux.

Clothaire a été mis en possession de Soissons et de Limoges.

Clodomir a reçu en partage Orléans et Bourges.

Enfin Thierry, qui est d'un autre lit, a été fait souverain de Metz, de Cahors et de toute l'Auvergne.

C'est une étrange division de terres; mais qu'importe, les quatre princes ne sont-ils pas tous frères?...

Aussi leur mère, Clotilde, se retire tout d'abord à Tours, pour y consacrer sa vie à la prière, aux souvenirs et à la charité. Tout au plus, pendant la minorité de ses enfants, revient-elle de temps en temps à Paris et pour leur donner ses conseils et pour donner la dernière main aux travaux de l'église du Lucotitius.

Malheureusement la reine-mère parle souvent avec amertume des outrages violents faits à sa famille, par son oncle Gondebaud, roi des Burgundes : ses fils ne voient pas se dérouler devant eux les noirs souvenirs de sa jeunesse orpheline sans éprouver de vifs désirs de vengeance. Ainsi, le sang des barbares qui bouillonne dans les veines de la femme, provoque les seules fautes de la reine, fautes; hélas! qu'elle va laver par bien des larmes !

Clodomir, son bien-aimé Clodomir, livre bataille à Sigismond, fils du cruel Gondebaud, mais il y perd la vie.

Aussitôt, couverte d'habits de deuil, la mère désolée se prend à chérir d'une immense tendresse les trois fils que laisse l'infortuné Clodomir : elle les aime d'autant plus que leurs oncles, Childebert et Clothaire, avides de terres, les dépouillent de leur héritage et se l'approprient. Clotilde, venue en toute hâte à Paris, dans le palais des Thermes où elle s'établit, ne dissimule pas à ses fils le désir de voir rentrer les pauvres petits orphelins dans les domaines de leur père, et peu à peu les deux rois de Paris et de Soissons s'alarment devant ces droits manifestes, appuyés par l'autorité d'une reine vénérée. Ils s'entendent dès-lors en secret.

Un matin, Arcadius, l'un des officiers du roi de Paris, se présente devant la reine-mère, au palais des Thermes, et lui dit :

— Voici ce que vous disent les deux rois Clothaire et Childebert : Remets-nous les enfants, que nous les élevions au trône!...

Clotilde, remplie de joie, après avoir fait boire et manger les enfants, et surtout après avoir bouclé leur longue chevelure, leur avoir mis leurs plus beaux habits, et les avoir bénis et embrassés, les envoie par Arcadius.

A peine arrivés au palais de la cité, les enfants de Clodomir sont enfermés dans une chambre solitaire ; les princes renvoient Arcadius, portant une épée nue et des ciseaux, et lui font dire :

— Tes fils, nos seigneurs, ô glorieuse reine, attendent que tu leur fasses savoir ta volonté. Ordonne qu'ils vivent les cheveux coupés, ou qu'ils soient égorgés...

Aussitôt la reine éclate en cris de douleur, se reprochant avec amertume sa folle crédulité.

— Qu'ils meurent, plutôt que d'être tondus! fait-elle.

Le messager s'éloigne sans retard.

— Vous pouvez continuer ce que vous avez commencé, la reine ne veut pas qu'on leur coupe les cheveux, dit-il aux princes.

Clothaire s'empresse d'aller chercher les enfants. Revenu dans la salle, il jette à terre l'aîné, Théobald, et lui enfonçant son couteau sous l'aisselle, le tue cruellement.

A ses cris, le petit Gunther se prosterne devant Childebert :

— Mon très bon père, secours-moi, fait-il ; que je ne meure pas comme mon frère !...

Childebert, les larmes aux yeux, veut arrêter Clothaire. Mais celui-ci le regardant d'un œil injecté de sang, l'accable d'injures. Aussi Childebert repousse l'innocente victime.

Clothaire s'en empare et lui plonge de même son couteau dans le côté.

Puis les deux rois égorgent les gouverneurs et les valets des jeunes princes, et, après qu'ils sont morts, Clothaire montant à cheval et sans se troubler aucunement, va se promener dans les faubourgs de Paris, en compagnie de Childebert.

Cependant la reine-mère envoie chercher les enfants; on les lui rapporte sur un brancard, suivis de beaucoup de peuple, avec des chants pieux et une immense douleur. On les enterre dans l'église des Saints-Apôtres, à côté de leur grand-père!

Pauvre Théobald, il avait six ans! Innocent Gunther, il en comptait à peine sept!...

Qui pourrait redire l'inexprimable douleur de Clotilde et ses brûlants remords, en face des cercueils de ses petits-enfants?

La triste et désolée reine-mère se dispose à quitter le palais des Thermes et à regagner Tours lorsque, à la chute du jour, elle voit entrer et venir droit à elle un moine au visage blafard. Déjà sa main charitable cherche son escarcelle, quand l'homme de Dieu, ouvrant son manteau, lui fait voir un enfant endormi, et dont les boucles blondes et joyeuses servaient d'auréole à son pâle visage.

— Grand Dieu! s'écrie l'impératrice, c'est Clodoalde, cet enfant!...

L'enfant à ces mots ouvre les yeux et répond comme si on l'avait appelé :

— Grand'mère, où sont donc Théobald et Gunther?...

Déjà Clotilde couvrait l'enfant de caresses, et apprend avec bonheur que le pauvre innocent a été sauvé, lors du massacre de ses frères. On le lui rend, si la présence de cet enfant peut la consoler. La reine-mère réfléchit un instant, puis soudain le remettant aux mains du moine :

— Gardez-le, mon père, gardez-le! Je l'offre aux autels du Seigneur : puisse-t-il y trouver une couronne préférable à celle qu'on lui a prise!...

En effet, Clodoalde devint prêtre, et l'Eglise invoque sous le nom de saint Cloud cet innocent enfant de Clodomir.

Pleurs, veilles, jeûnes, douleurs, telle fut la fin de la vie de Clotilde.

Les églises qu'elle éleva, les aumônes qu'elle versa dans le sein des pauvres et ses vertus l'ont faite glorieuse dans les cieux comme elle l'avait été sur la terre.

RADEGONDE.

I

Radegonde ! encore une étoile aux lueurs douces et pures.

Suivons-en des yeux le suave rayonnement dans les épaisses ténèbres du temps : assez d'autres fois nous serons contraints de laisser tomber nos regards sur de pénibles scènes de douleur et de deuil.

Heureusement, en ces temps de barbarie, c'est aux femmes que nous devons l'espérance d'un meilleur avenir, et ce sont les femmes qui sèment la civilisation.

Paris n'est plus cette île de Lutèce aux fangeux marécages, où viennent déposer leurs couvées les sarcelles et les oies sauvages. Les vastes prairies où les filles des Parisii formaient leurs danses, les cabanes en forme de ruches qu'ombrageaient les verts rameaux des figuiers, les berges où les cygnes déployaient leurs ailes en sortant de l'onde sont remplacées par des demeures élégantes et de véritables édifices.

Paris a rompu ses entraves; il enjambe le fleuve, et le voilà qui déborde sur l'une et l'autre rive.

Ainsi, pendant que, sur la rive gauche se dessinent et se dressent vers le ciel et le camp des Romains, abandonné et inutile désormais, et le vaste palais des Thermes, qui fut la demeure de l'empereur Julien et de l'impératrice Hélène, et, comme un gigantesque dragon, les larges cintres des arcades d'un aqueduc qui s'estompe sur le bleu du ciel, en amenant des eaux pures au palais, et qu'au pied du mont Lucotitius, non loin des ruines du temple d'Isis, émergent les lourdes assises d'un amphithéâtre où naguère

on entendait mugir lions et tigres ; tandis que, sur le Lucotitius
même, au lieu des pampres verts qui ornaient ses agrestes sentiers, on admire les magnificences d'un temple que Clovis y a
élevé en l'honneur de saint Pierre et de saint Paul ;

Sur la rive droite, des manses, quelques églises, la chapelle du
Montmartre, érigée au lieu même où versèrent leur sang saint
Denis et ses compagnons, et d'autres édifices clair-semés décorent
les collines et la plaine. Mais, plus près de Paris, à l'endroit où
s'élèvera plus tard l'église de Saint-Germain-d'Auxerre, se dresse
fièrement la tour de Mont-joie-Saint-Denis.

Sachez tout d'abord, lecteur, que l'on nomme, à cette époque,
mont-joie, les monceaux de pierres entassés sur les chemins pour
marquer les routes. Ici, mont-joie indique tout simplement la
route qui de la pointe septentrionale de l'île de Paris conduisait
au Montmartre, et, en bifurquant, au Mont-Valérien. Seulement
Clovis, de ce mont-joie fit une tour, qui servait en même temps à
observer le pays.

Plus tard, mont-joie signifiera la bannière qui désignera la marche de l'armée, et ce sera le cri de guerre de nos armées françaises
pour occire ou se rallier en bataille. Il indiquera qu'il ne faudra
jamais s'éloigner de l'étendard de France, l'*oriflamme*, déposé
dans l'abbaye de Saint-Denis. De sorte que, pendant que nos an-
cêtres se battront au cri de *Mont-joie-Saint-Denis*, les Bourguignons auront pour cri de guerre *Mont-joie-Saint-André*, et les ducs
de Bourbon celui de *Mont-joie-Notre-Dame*.

Or, en 505, dans Paris encore endormi, au premier rayonnement du matin, un jour, on entendit une voix inconnue.

C'était comme un chant aérien, une mélodie pure, céleste. En
effet, des rives du fleuve au Lucotitius et de l'île au Montmartre,
des notes sonores, brillantes, s'épanouissaient en grappes har-
monieuses, et courant l'espace, invisibles, allaient frissonner et
vibrer aux oreilles des Parisiens en extase.

— Qu'est donc ce concert du ciel ? se disaient-ils par leurs
fenêtres entr'ouvertes.

— N'est-ce pas un ange de Dieu sonnant la trompette du jugement final ? répondaient les voisins entre-bâillant leurs portes.

Cependant, plus ardente encore, mieux épanouie, la voix d'en-
haut éparpillait ses divins accords, tantôt légers, scintillants,
tantôt graves et mélancoliques. On aurait dit parfois, quand passait une brise, les mélodieux accents des bocages ; puis, quand

ne soufflait plus le zéphyr, elle reprenait sa note retentissante.

Et toute la cité, dans les rues, sur les places, se réveillait, écoutait, admirait...

Cette voix grandiose n'est autre qu'une cloche qui jette pour la première fois dans les airs de l'horizon de Paris ses trilles argentins. C'est Clovis qui en a fait don à la ville, et on l'a placée au sommet du Mont-joie-Saint-Denis. Puis, pour mettre à l'abri des intempéries des saisons ce précieux et rare instrument, une coupole triangulaire la recouvre de ses lames d'airain. Enfin, pour décorer cette sorte de campanille, les statues de Clodowitz, de Clotilde, de Clodomir leur fils et de Childebert, couronnent l'entablement de cette tour et en occupent les quatre angles. Une cinquième, celle de Remigius, évêque de Reims, se dresse au centre et domine les effigies royales.

C'est de là que partent les joyeux carillons de la cloche appelant les Parisiens à une fête nouvelle et à un spectacle militaire et d'hyménée qui les ravit d'aise.

En effet, le peuple est bientôt hors des poternes et des glacis de la capitale ; et, massé sur les larges rebords de la route de Saint-Denis, il attend, l'œil curieux, comme au jour où le koning Clodowitz fit son entrée dans Paris. Seulement, cette fois, ce n'est pas un roi qui arrive parmi les Parisiens, mais bien une reine, et cette reine est la belle Radegonde, l'épousée de Clothaire Ier, fils de Clovis, devenu seul maître et souverain de la France, et résidant désormais à Paris, dans le palais de la cité.

Dans le lointain, autant que l'œil peut plonger dans un nuage de poussière qui s'élève de la plaine, on aperçoit de longues files de guerriers dont les vêtements de toutes couleurs semblent des fleurs épanouies qui composent une guirlande sans fin. De la brume blanche s'échappent sans fin des lueurs d'éclairs : ce sont les innombrables piques des soldats qui s'agitent semblables à des moissons de fer mouvantes s'inclinant sous la brise d'automne.

Bientôt des accents guerriers arrivent aux oreilles de manière à faire battre le cœur et à y réveiller les tintements de la bravoure.

En effet, après que, au premier rang des troupes on a vu s'avancer l'oriflamme royal porté tout d'abord par Clovis, fait entendre ses fanfares un corps de musiciens qui ont en main trompes, buccins, clairons, bugles, etc., dont ils sonnent à ravir, en gonflant leurs joues au point de rivaliser avec Eole.

Derrière eux marchent en un ordre admirable, alignés comme une muraille de fer, des cohortes d'hastaires, armés de longues javelines, que Dijon a la renommée de produire les meilleures. Leur tête est couverte d'un casque de fer, à pointe aiguë, et leur poitrine est protégée par de magnifiques cuirasses gauloises que la ville d'Autun est en possession de forger.

Viennent ensuite plusieurs légions d'archers, armés de ces flèches que fabrique Mâcon, et dont la pointe est si parfaitement trempée que les Romains les ont adoptées pour leurs troupes.

Succèdent des gens d'armes, pesamment chargés de lourds boucliers et de casques d'airain. Ils ont en main, les uns la terrible francisque, les autres la redoutable framée, et un grand nombre le formidable hang.

Chevauchent alors nombre de paladins couverts d'armures ciselées, damasquinées, dorées, que les cités de Gaule, Reims et Trèves, se font gloire de travailler. Les coursiers sont caparaçonnés d'étoffes splendides ; ils ont des freins d'argent et des brides enrichies de pierres précieuses. Les nobles chevaliers qui les montent portent tous une bannière de couleurs variées, que lutinent les brises. Leurs casques sont ombragés de cimiers aux crins retombants ; et des ornements d'ivoire ou de corail, des peintures et des devises d'amour ou de vaillance sont encadrés dans le métal de leurs pavois.

A leur suite, un peu en arrière, s'ébat un essaim de jeunes femmes, dans leurs plus brillants atours. Elles montent des palefrois pleins de fougue, noirs ou blancs, mais sur la couleur desquels tranchent harmonieusement leurs longues robes cramoisies, incarnadives, bleues, vertes, jaunes, violettes, en camocas, en brocart ou en serge de soie. Les corsages dorés et pailletés de ces dames et damoiselles étincellent de mille feux, et les franges qui flottent sur leurs épaules n'empêchent pas de voir qu'elles ont au cou de riches colliers de perles, de saphirs, de rubis et de diamants.

Mais ce qui frappe le plus la vue, le voici :

Au milieu d'elles, sur un char d'argent, traîné par des taureaux blancs, on voit la plus charmante jeune femme que puisse rêver l'imagination. Elle sourit avec une grâce infinie ; aussi le peuple de crier :

— Noël à la royne ! Vive Radegonde !

En avant de ce char, sur un blanc dextrier que recouvre une housse cramoisie, cavalcade un guerrier de courte taille, à longue barbe noire, à chevelure épaisse et bouclée, et dont l'œil fauve lance la flamme. Un diadème royal, à triple rang de trèfles, le couronne, et sa dalmatique de camocas vert, fendue sur le côté, achève de lui donner une prestance souveraine, d'autant plus qu'un large baudrier, brodé d'or et semé de perles, suspend à son flanc gauche une formidable épée à poignée de fer.

Ce personnage, dur d'aspect, est le farouche Clothaire Iᵉʳ, le frère de Childebert, roi de Paris, qui vient de mourir et dont il hérite; le frère de Thierry, dont les fils morts à la chasse ou de maladie, après le trépas de leur père, lui ont laissé ses riches domaines, et enfin le frère de Clodomir, dont la main barbare a égorgé sans merci les charmants petits enfants Théobald et Gunther.

C'est pour entrer en possession du royaume de Paris et célébrer ses épousailles avec Radegonde, que Clothaire Iᵉʳ, désormais seul roi de France, arrive triomphalement dans sa ville capitale et reçoit l'hommage de ses nouveaux sujets.

Inutile de dire que toute une armée de pages et de varlets, en grands parements de fêtes, équite à l'arrière du char de la reine, et que d'autres nombreuses phalanges d'hommes de guerre terminent le défilé du cortége, autour duquel s'agite, s'entasse, se presse, clame et crie une foule indescriptible de manants de la ville et de Gallo-Franks de la campagne.

Laissons l'escorte royale pénétrer dans le palais de la cité, où déjà nous avons vu naguère entrer Clovis et Clotilde, et disons ce qu'est Radegonde, notre héroïne, dont Clothaire est l'époux, et à en juger par le luxe de sa suite, l'époux fortuné.

Thierry, roi de Metz, a voulu venger en Thuringe (la Haute-Saxe allemande) une ancienne injure dont les Franks ont été l'objet. Pour assurer son succès, il a convié Clothaire, alors roi de Soissons, à la conquête du pays. Celui-ci, toujours âpre à la curée, suit Thierry en Thuringe, et les deux frères se rendent maîtres de la contrée. Après la victoire, partage du butin. Dans le lot qui échoit à Clothaire, se trouvent quelques esclaves, et, parmi ces esclaves, une jeune fille d'une ravissante beauté.

Elle a nom Radegonde, et elle est de sang royal. Berthaire, un des rois de Thuringe que, peu auparavant, son père, l'ambitieux

Hermanfried, a égorgé, pour plaire à Thierry, Berthaire est son père. Que les frères s'aiment peu à cette époque de barbarie !

Clothaire est frappé de la rare beauté de la jeune captive. Ce n'est point parce que l'orpheline est d'une vertu qui rayonne autour de sa sympathique physionomie qu'il forme le projet de l'épouser, mais parce qu'il voit qu'elle est douée du caractère le plus avenant. Clothaire s'y connaît : ce monstre (un oncle qui assassine ses neveux est un monstre) n'a-t-il pas épousé déjà et Gondioque dont il a fait périr le mari, et Chemseine, et Ingonde, et Arégonde, et Wultrade ? pâle procession de princesses mortes à la fleur de leur âge !

Radegonde est idolâtre ; mais Clothaire la fait instruire dans la religion du Christ, et bientôt les mystères sublimes de la foi font sur elle la plus vive impression. A peine a-t-elle reçu le baptême, qu'elle se consacre au service du Seigneur. Son ardente charité la porte à se retrancher une partie de sa nourriture pour la donner aux pauvres ; la prière, les humiliations, les austérités deviennent ses plus chères délices. Elle se propose même de vivre dans une virginité perpétuelle.

Mais Clothaire, d'abord charmé de la voir aussi pieusement inspirée, et après l'avoir laissée libre de se livrer à tous les exercices de piété, l'arrache à ses instituteurs, et, jaloux de Dieu, la prend pour femme.

C'est en ce moment que nous les voyons arriver l'un et l'autre dans la capitale de la France. Le roi veut faire jouir sa jeune épousée des honneurs et des joies de la terre. Il espère que l'ivresse des plaisirs, des festins, des jouissances que donnent les fêtes des cours, changeront les idées de la jeune femme, et que le luxe des toilettes l'éblouira à ce point que les pures voluptés des cieux perdront de leur attrait sur son esprit. Mais le prince se trompe, et les pompes des palais, des banquets et des spectacles mondains trouvent Radegonde inaccessible à leurs séductions.

Aussi la chevauchée royale quitte bientôt Paris pour retourner à la manse des champs que Clothaire affectionne bien autrement que les plus riches demeures de la ville.

II

Cette manse a nom Braine.

Elle est située dans la vallée de l'Aisne, non loin de Soissons, qui fut tout récemment la capitale de Clovis et de Clothaire lui-même.

Braine est une de ces immenses fermes où les premiers rois franks tiennent leur cour. Cette résidence royale n'a rien de l'aspect militaire des manoirs du moyen-âge. C'est un vaste bâtiment entouré de portiques d'architecture romaine, construit en bois poli avec soin et orné de sculptures qui ne manquent pas d'élégance. Autour du principal corps de logis se trouvent disposés par ordre les logements des officiers du palais. D'autres demeures de moindre apparence sont placées çà et là dans le pourtour, et des familles exercent toutes sortes de métiers, orfèvres, armuriers, brodeurs en soie, en or, etc., ou tisserands, peaussiers, les habitent depuis les premiers temps de la Gaule, fort avancée dans les arts utiles. Des habitations de cultivateurs, granges, étables, bergeries, haras, et des masures où pullulent des cerfs appartenant au domaine, complètent ce village royal, qui donne exactement la physionomie des villages de l'antique Germanie.

Mais, à Braine comme à Paris, alors que le roi se livre pendant des mois entiers à ces grandes chasses que l'immensité des forêts de Gaule rend si intéressantes pour les amateurs de plaisirs cynégétiques, comme aux jours où le prince s'occupe des affaires de son royaume, Radegonde s'isole de la foule des courtisans, et alors, ennemie de la mollesse et supérieure aux atteintes de la vanité, elle partage son temps entre les devoirs de son état, la prière et le soin des pauvres.

Voici comment une reine comprend les devoirs de son état :

C'est à Braine que se trouvent les épargnes de Clothaire, et ces épargnes constituent d'immenses trésors, puisés dans les revenus que font et les conquêtes et les impôts. Evidemment, nombre de gens flairent l'or et l'argent que le koning entasse dans ses coffres. La classe déshéritée afflue à Braine, et bien que les largesses du prince n'aient aucune renommée, cependant une infinité de misères se montrent sans voiles, dans le but d'appeler la commisération du maître. Mais que font à Clothaire ces souffrances du peuple ? N'a-t-il pas à poursuivre en forêt, l'épieu à la main, les aurochs, les buffles, les daims et les sangliers? Alors Radegonde se substitue à son époux. Elle n'attend pas que vienne celui qui souffre ; elle court au-devant de lui. Des paroles de consolation, de pitié, d'espérance, de sympathie, ne suffisent pas : elle y joint des dons, des dons bien autrement éloquents que des mots. Ses bienfaits prennent toutes les formes : hôtelleries où le pérégrinateur trouve gîte et repos ; audience où l'on écoute ses doléances et où on fait droit à ses plaintes ; maisons de refuge où les mires étudient les maladies et les guérissent ; caisses où l'on peut puiser quand, en réalité, la misère a vidé l'escarcelle. Alors les encouragements de Radegonde sont un baume, ses sourires un dictame ; elle calme les plus cuisants chagrins ; les sages avis, les bons conseils, émanés de son âme et de son cœur, effacent les causes de querelles intestines, et rappellent le bonheur.

Ainsi, sous la plus pénétrante influence, la barbarie recule peu à peu, les mœurs s'adoucissent, le pardon se produit, la paix et la charité prennent la place des passions sauvages, et la vertu étend chaque jour son empire.

Radegonde est le bon génie de la civilisation dans la France du vı⁰ siècle.

III

Quelques années se passent de la sorte, et vient l'an 560.

On est dans les nuits noires de l'hiver. La tempête souffle au-dehors ; le grésillement de la pluie fouette les vitres des chaumières, et la voix furieuse des vents se brise contre la ramure des grands arbres. A peine, aux pâles reflets de la lune, que voilent sans interruption de gros nuages qui se heurtent, peut-on reconnaître, dans une étroite vallée, les murailles d'un édifice fraîchement construit et étalant ses larges assises couronnées de tourelles et de clochers.

C'est le monastère de Saix, près de Poitiers. De pieuses filles l'habitent depuis peu, et elles y consacrent au Seigneur leurs veilles, leurs prières et leur amour. A la transparence lumineuse des vitraux de la grande salle, on devine qu'en ce moment même les timides colombes ne se livrent pas encore au repos. En effet,

les murailles de cette salle, peintes de saints emblèmes et garnies
de hautes stalles de chêne noir, voient de nombreuses filles vêtues
de blanc qui écoutent parler l'une d'elles, assise à la place d'honneur, et qui porte le nom de sœur Agnès.

— Remercions bien Dieu, chères filles, dit-elle, de ce qu'il a
permis que nous puissions nous retirer en cet asile pour nous
arracher aux désordres de ce siècle barbare ! Tous n'ont pas tel
bonheur... Oyez les calamités d'une gente fille de roi : c'est à elle
que nous devons ce moutier, et pendant que nous y sommes à
l'abri des orages, elle, oh ! elle conduit péniblement sa barque sur
la mer de ce monde.

Elle a nom Radegonde. Comme un lis au doux parfum, notre
bienfaitrice bénie croissait parmi les épines de la terre, au pays
de Thuringe, quand ses frères, son père, tous les siens, furent
occis et mis à trépas. La pauvre jouvencelle, de déboire, voulut
prendre son vol vers le ciel. Mais, hélas ! un roi, notre roi Clothaire, l'avait vue, et il la voulut pour épousée. Radegonde devint
reine.

Ne dirai pas les épreuves de la femme. Mais tant fut sa vie ca-
lamiteuse, qu'un jour, fatigué de toutes les vertus de sa femme,
le roi Clothaire, ennuyé de tant de sagesse, s'écria :

— C'est une nonne, et non pas une reine !

Le monde en effet ne méritait pas de posséder une telle fleur :
c'est à la solitude qu'elle devait appartenir pour l'embaumer et
l'orner.

Or donc, un jour, Clothaire, par trop avide des biens du temps,
ose tuer le dernier frère de Radegonde, prince de Thuringe, et se
rend maître des états qui lui restaient. Saisie d'indignation, la
reine se réfugie à Noyon, et va trouver l'évêque saint Médard, au
pied même des autels.

— Je t'en supplie, très saint père, consacre-moi au Seigneur !
lui dit-elle avec âme.

Que faire ? l'évêque a tout à craindre de la colère du vautour
s'il lui arrache la palombe qu'il tient en ses serres : aussi hésite-
t-il, l'église est pleine de soudards accourus de Braine. Mais
Radegonde, après avoir disparu un moment, se remontre bientôt
revêtue d'un habit de recluse. Elle somme le ministre de Dieu de
la donner au Christ qui la réclame, et Médard la fait alors diaco-
nesse.

Le monastère où nous cheminons vers le ciel était naguère encore un manoir ayant terre royale : Radegonde s'y retire et y vit tout d'abord de pain et d'eau, tout à son seigneur et maître. Mais bientôt elle convertit le chastel en ce moutier. Tout chacun pouvait croire qu'elle allait y demeurer comme une nef heureusement arrivée au port.

Point, hélas ! nul ne sait ce qu'est devenue Radegonde, la reine de France, notre bienfaitrice.

Depuis que nous sommes en ce nid béni, oncques ne vit, oncques n'entendit parler de Radegonde.

Mais n'en devons pas moins prier Dieu pour elle, afin qu'il la protége et qu'il joigne au sceptre de la France qu'elle a tenu en sa main la brillante couronne du ciel !

Sœur Agnès n'achève pas... Soudain les portes du cloître sont agitées avec une horrible violence. Un bâton noueux, des pierres ébranlent l'huis de chêne, et sous les galeries du monastère les échos répètent cet appel bruyant et impératif. Pauvres femmes ! Toutes se lèvent éperdues de leurs siéges ; l'effroi que leur causait la tempête fait place à une terreur plus grande. Redoutant quelque apparition de manant trop hardi, elles couvrent leur tête de leurs longs voiles ; puis une seule lampe éclaire encore la grande salle, dans laquelle les moindres bruits retentissent comme des soupirs d'âme en peine. C'est une scène effrayante qui rend poignante l'anxiété de ces vierges timides.

Une seconde et une troisième fois, la porte du couvent est ébranlée avec plus de violence encore. Les chiens de garde, qui jusqu'alors ont fait tapage, se taisent à cette heure : ils sont empoisonnés sans doute. Une puissance que l'on ne devine pas exige évidemment l'entrée du pieux asile.

— Ce sont hommes de guerre, mes sœurs, vient dire une religieuse qui a osé aventurer sa tête par une baie de créneau.

— Résistance serait plus dangereuse, ouvrez, répond la mère abbesse.

Et pendant que les pieuses filles effarées se pressent l'une contre l'autre, sœur Agnès s'avance résolument au-devant de l'irruption attendue.

Un homme, un homme seul, se présente. Il se débarrasse tout d'abord de sa cape qui, trempée de pluie, ruisselle sur les dalles. Alors on peut voir une tête grise, un visage dur, des yeux perçants enfouis dans une barbe qui vient rejoindre de très longs cheveux, une fausse bonhomie jointe à un geste peu rassurant. La lueur du luminaire tombe sur le buste large et lourd de ce personnage étrange.

— Vous voyez un maudit, fait-il d'une voix caverneuse, car l'ange des ténèbres me poursuit. Mais si vous me rendez l'ange de lumières que je cherche, et qui est ici, vous me donnerez une nouvelle vie, et je serai l'élu du Seigneur.

Personne ne répond à un langage que l'on ne comprend pas ; seul le ciel, par un roulement de tonnerre qui éclate en une bruyante spirale de feu, semble repousser les derniers mots sortis de la bouche de l'inconnu.

L'abbesse se rassure cependant, et s'adressant à l'étranger :

— Mais enfin que voulez-vous ? lui dit-elle.

— Le maudit que vous avez sous les yeux, filles de Dieu, reprend le voyageur, porte un nom qui vous est connu... Il se nomme Clothaire Ier, et il est roi de France...

A ce nom sinistre, prononcé tout-à-l'heure par sœur Agnès, et dont le titulaire se montre inopinément, comme des fauvettes sous les cris de l'oiseleur, chacune des femmes s'agite et veut fuir. Mais aucune issue ne permet de s'échapper des stalles, sans passer devant le terrible monarque.

— Ah ! vous frémissez, et c'est justice, s'écrie le roi. Clothaire n'est-il pas un bourreau, un parricide, un grand coupable ? Eh bien ! Clothaire sera un saint si vous lui rendez celle qu'il a épousée, la reine Radegonde, renfermée dans ce cloître, mais que mon cœur réclame, et que je veux ramener à la cour, où jadis elle était mon guide...

— La reine Radegonde ! répond l'abbesse interdite.

— La reine Radegonde ! murmurèrent toutes les religieuses.

Et elles semblent dire : Mais Radegonde nous est parfaitement inconnue.

— Oui, la reine Radegonde, fait la voix sonore et pure d'une de ces filles sacrées qui, dépouillant le long voile qui l'enveloppe comme un suaire, quitte sa stalle et s'approche, haute et fière, pour se mettre droit en face de Clothaire.

Les religieuses, immobiles comme la statue de l'étonnement, car elles ignoraient que la reine de France fût cachée parmi elles sous le voile des Filles de la Croix, regardent curieusement la jeune femme qui ose affronter un prince aussi redouté.

C'est une grande et majestueuse Germaine, aux yeux d'azur, à la taille élancée, à la peau fine et transparente. Ses cheveux blonds, qui s'échappent de sa coiffe, pendent en boucles humides le long de ses joues. Le regard, un regard fébrile, fixé sur le prince, elle lui dit :

— Me voici ; mais que voulez-vous de moi, koning des Franks ? Après avoir enlevé à la terre la famille dont j'étais membre, est-ce moi que vous allez poursuivre jusque dans le sanctuaire maintenant ? Ce tombeau que j'ai choisi, et où je me cache, ignorée, proscrite, afin de ne plus vivre qu'en Dieu, n'avez-vous pas crainte de le profaner par votre présence ? Qu'y a-t-il de commun désormais entre le roi Clothaire et la fille du cloître ? La reine Radegonde est morte ; il ne reste plus d'elle que Sœur des Anges, et elle n'appartient qu'à Dieu. Malheur à qui la toucherait !...

Clothaire insiste cependant. Il n'est venu à la tête de ses hommes d'armes, dont les chevaux piaffent sous les poternes, que dans le but de la ramener avec lui à Braine, car, en perdant Radegonde, il a tout perdu ! C'est pour le bonheur des peuples, qui désirent son retour, qu'il la supplie de revenir avec lui. Que peut-elle avoir à lui reprocher ?...

— Ne vous souvient-il donc plus que ce fut par vous que périt Berthaire, de qui je tiens le jour ? répond Radegonde dont le visage s'anime d'une sainte ire.

N'est-ce pas vous qui, tout-à-l'heure, faisiez égorger mon dernier frère ?

Parlerai-je de Gondioque, que vous avez forcée à devenir votre femme, alors que vous aviez les mains rouges du sang de son époux ?

Et de la pâle Chemseine ? Et de la douce Ingonde ? Et de sa sœur, la blanche Arégonde, que vous dirais-je aussi que vous ne sachiez ?

Et de votre nièce Wultrade, n'avez-vous pas à rougir, car elle était à jamais dégradée quand elle devint duchesse de Bavière ?

Que pourraient, qu'ont jamais pu faire mes conseils près de vous, quand vous avez toujours dédaigné ceux de votre sainte mère Clotilde ? Théobald et Gunther, innocentes victimes, immolées presque sous ses yeux !...

— Grâce ! pardon ! Horrible souvenir ! murmure Clothaire dont la chevelure blanche voile heureusement les traits.

— Et le fils de Chemseine, votre fils Ch'ramnès, qu'en fîtes-vous, dites, koning des Franks ? continue Radegonde. Et de Calda, sa jeune femme, de la brune Calda, la fille du duc d'Occitanie, la belle enfant enfouie sous ses longues tresses de cheveux noirs, comme sous le deuil prématuré de sa propre vie, qu'est-elle devenue ? Je vois enfermer ces deux timides époux dans une hutte grossière d'une vallée de Bretagne. Des fascines sèches, des fougères et des branches de sarment sont entassées à l'entour. On y met le feu.

— Grâce encore et pardon ! fait encore le prince en joignant les mains.

Mais Radegonde, le visage inspiré, dit sans s'interrompre :

— La fumée monte en larges et jaunes tourbillons ; la flamme se fait jour, elle éclate, elle pétille, elle embrase, elle dévore. Alors des cris s'élèvent, des voix agonisantes implorent et conjurent. C'est en vain ! le père de ces enfants que le feu atteint et consume, leur père, ce roi que voici, ne s'émeut pas et ne fait pas grâce ! Enfin le toit de la chaumière s'effondre. Ainsi qu'un vaste nid de flammes, le feu, en s'écartant, laisse voir encore debout Chramnès enlaçant dans ses bras sa chère Calda, mais dans quel état, grand Dieu !

— Dans un an et un jour je vous attends, mon père ! s'écrie le jeune prince.

— Dans un an et un jour ! répètent toutes les voix de nonnes, tremblantes, éperdues.

Et l'écho de la grande salle répète après elles, de manière à donner au roi un frisson d'épouvante :

— Dans un an et un jour !...

Enfin la reine recluse ajoute encore, avec des larmes dans la voix et un soupir de compassion qui s'échappe du cœur :

— Allez, allez maintenant, koning des Franks, et ne regardez pas si je vous suis, car je demeure... Mais adressez-vous au Très-Haut ; c'est à lui qu'il faut crier : Grâce ! pardon ! merci ! Ne me cherchez donc plus sur la terre, vous ne m'y rencontreriez pas...

Et Radegonde, couvrant sa tête de son voile, ouvre une porte qui communique avec un corridor obscur, et disparaît dans les ténèbres.

Le prince muet, sombre, abattu, la tête basse et le regard terne, s'éloigne pas à pas. C'est en vain que l'abbesse veut le retenir encore, car la tempête mugit toujours, il sort en disant :

— C'est le temps qui convient aux coupables !

Un moment après, le bruit d'une nombreuse chevauchée de gens de guerre et de cliquetis d'armures qui se froissent se font entendre un moment, mais se confondent bientôt après avec les rumeurs de l'hiver qui gémit et qui pleure.

La pieuse Radegonde n'a tenu un langage aussi sévère à son époux que dans le but de le faire rentrer en lui-même. Cette nature grossière a besoin d'être impressionnée, et rien n'était plus propre à parler à ses sens que cette réunion conventuelle de femmes assez semblables à des fantômes, au milieu de la nuit et dans cette grande salle, où, comme un douloureux écho, les bruits de la tempête venaient expirer sous les voûtes ébranlées.

En effet, Clothaire se rend à Tours auprès du tombeau de saint Martin, si vénéré de sa mère. Il y confesse ses fautes et s'humilie avec de grands gémissements.

Puis, revenu à Braine, afin de fléchir le juge des rois, il distribue des aumônes, entreprend de pieux pèlerinages et fonde des monastères. Il contribue même de ses trésors à ériger, non loin de Saix, à Poitiers même, le moutier de Sainte-Croix, dont Radegonde devient l'abbesse, et où elle établit la règle de Césaire d'Arles. Une précieuse relique de la vraie croix que possède la reine lui fait placer son monastère sous l'égide de l'instrument de mort du Sauveur des hommes.

IV

Cependant l'hiver cesse. La vallée de l'Aisne se couvre de verdure, et l'air est saturé des premières senteurs printanières. On entend de toutes parts de légers bruissements, comme celui de la brise qui se joue dans les pampres, comme celui des eaux vives qui gazouillent.

Tout est fête à Braine et dans son manoir royal. Des cavaliers nombreux se mettent en selle, à l'ombre de hauts sycomores. Des trompes de chasse retentissent sur tous les points. Et, en effet, c'est une joyeuse excursion cynégétique dans la forêt de Guise qui se prépare, et dont le koning des Franks est le moteur. Il y a convoqué ses leudes d'Orléans, de Soissons, de Metz, de Paris. Les varlets, nombreux comme les maîtres, déploient le luxe des plus vigoureux dextriers. Enfin, voici les dames qui descendent des perrons et se huchent sur leurs magnifiques haquenées.

Clothaire conduit la chasse. Il s'anime, il s'égaie ; il monte un cheval ardent que le frein retient à grande peine et que surexcite le murmure de la forêt. Parfois le prince le dirige avec grâce; parfois aussi l'impétueux animal n'obéit plus à la main royale. Alors il franchit les halliers, les fondrières et les ravins, emporté loin des groupes des chasseurs.

Dans un de ces écarts, Clothaire arrive à un bas-fond que couvrent des arbres séculaires. Leur ramure épaisse voile le ciel et empêche les rayons du soleil de pénétrer. L'herbe touffue, des mousses humides, des fougères et des épines arrêtent le coursier. Le roi se trouve seul, pas un de ses leudes n'a pu le suivre; ni damoiseaux, ni varlets, n'ont observé ses traces. Le silence est complet, c'est à peine si la brise agite le feuillage.

Clothaire est ému, il a peur... Le sang lui bat aux tempes, son cœur palpite. Il cherche à voir au loin dans l'épaisseur des bois.

Soudain une voix, voix terrible, se fait entendre :

— Dans un an et un jour !... dit-elle.

Puis elle ajoute :

— L'an est à sa fin; le jour ?... Le jour s'achève...

Clothaire pâlit et chancelle. Il porte autour de lui des yeux effarés... Horreur ! il croit voir des fantômes enveloppés de suaires ensanglantés...

C'est Théobald, c'est Gunther... Ils sourient, les pauvres enfants, ils sourient comme sourit la mort...

C'est Gondioque qui montre la face blême de son époux...

C'est Chemseine, exsangue et les yeux clos ; c'est la blanche Ingonde ; Arégonde étouffant des sanglots; Wultrade se voilant la poitrine de ses mains ; Calda, dont la longue chevelure noire prend feu, et Chramnès qui, rendant des flammes par la bouche, s'écrie encore, en fixant son père de ses yeux rouges :

— Dans un an et un jour !...

C'en est trop pour le pusillanime souverain : il glisse de son coursier sur le sol parsemé de mauves et de lavandes.

Le soir même, alors que la lune se levait, et quand déjà chantaient les grillons des bois et les rainettes des étangs, on vit passer un funèbre cortége sur la marge fleurie de la forêt de Guise.

C'était Clothaire, trouvé presque sans vie, enseveli dans les fougères, au pied d'un chêne. On le transportait au château de Braine ; une fièvre chaude le dévorait.

Le lendemain il était mort... .

— Hélas ! quelle puissance est donc celle du roi du ciel, pour faire ainsi mourir les rois de la terre ?... avait-il dit en rendant l'âme.

Quelques années plus tard, en 587, le 13 août, s'éteignait aussi, parmi ses nombreuses compagnes, la vertueuse Radegonde. Non-seulement toutes les vertus avaient couronné sa vie, mais encore elle se purifiait chaque jour par des austérités ignorées. Ainsi, jusqu'à sa mort, porta-t-elle sur la poitrine une croix de métal garnie de pointes aiguës.

Quand elle eut rendu l'âme, on plaça son corps dans un cercueil de bois, avec des herbes aromatiques, et longtemps son visage vermeil conserva l'éclat des lis et des roses.

Elle fut inhumée dans l'église Notre-Dame, hors des murs, sur le versant oriental de la colline où repose la ville de Poitiers, à peu de distance de la rivière de Clain.

Un village s'est formé sur ce point, et il a pris le nom de Sainte-Radegonde.

Le 28 mai 1442, un prince, le duc de Berry, comte de Poitiers, fit ouvrir le tombeau de la sainte. Son corps était en un parfait état de conservation. La reine portait au doigt deux anneaux. Le duc, par souvenir, prit l'anneau de l'épousée du roi, anneau qui venait de Clothaire Ier. Mais quand il voulut toucher à l'anneau de la profession religieuse et de fiancée du Christ, la sainte retira soudain les bras, et le prince ne put même le toucher...

J'allais oublier de dire que les nobles vertus de Radegonde avaient inspiré à un poète du temps la plus pure amitié. Fortunatus interpréta pour elle, dans ses vers, les plus chers souvenirs du foyer. Ce fut pour la cérémonie de la translation de la sainte Croix dans le couvent de Poitiers, que ce poète composa l'hymne que chantera toujours l'Eglise en deuil, *Vexilla Regis*. Ce fut lui encore qui nous laissa cette autre hymne non moins sublime, *Pange lingua*. Lorsque Radegonde se fit nonne, Fortunatus, lui, se fit prêtre, afin de ne la point quitter.

Ainsi la nature humaine ne perd jamais ses droits : au milieu du plus furieux déchaînement des passions mauvaises, il reste encore des sentiments purs et délicats. Au vie siècle, c'est l'Eglise qui offre un refuge à ces âmes tendres ou élevées que la barbarie jette dans l'épouvante : le cloître pour ceux qui cherchent le recueillement et la solitude ; le clergé régulier pour les vertus plus actives, pour ceux qui ne craignent pas d'aller porter à ces hommes de sang des paroles de paix, de justice et d'amour. Voilà pourquoi les plus mauvais siècles du moyen-âge restent supérieurs en moralité aux plus beaux siècles du paganisme, et comment l'humanité avance, alors même qu'on la croit précipitée dans les abîmes.

Le 13 août de chaque année, le peuple se met en liesse pour fêter sainte Radegonde ; chaque jour il invoque sainte Clotilde ; à toute heure il invoque sainte Geneviève ;

Et ce même peuple ignore les noms de Clodowitz ou Clovis, de Childebert et de Clothaire !...

BLANCHE DE CASTILLE.

I

Quelle métamorphose a subie Paris! Qu'il semble grand et beau, quand, des hauteurs qui l'avoisinent, on se trouve subitement en face du bassin qu'il remplit.

Sa vénérable Cité, berceau de son origine, île signalée au loin par les deux tours et la flèche de Notre-Dame, qui semblent les deux mâts gigantesques d'un merveilleux navire, a été débordée depuis longtemps par le nombre de constructions qui ont sauté par-dessus la rivière et se dressent maintenant sur ses rives

droite et gauche. De combien de pignons aigus le bleu firmament
est maintenant hérissé dans cet immense pourtour qui forme la
ceinture du Paris primitif! Que de clochers, que de fines aiguil-
les, que de tourelles, que de campaniles se dressent de toutes
parts. Et puis, comme les ponts de l'antique Cité sont bien
gardés désormais par les deux formidables forteresses du Grand-
Châtelet et du Petit-Châtelet. Glorieux souvenir de la capitale de
la France, depuis que ces deux citadelles ont écrasé les envahisseurs et terribles Normands !

Mais l'île de la Cité n'est pas la seule que la Seine enserre en ses
bras nerveux. Voici de même, comme des grains de chapelet ver-
doyant, d'autres îles qui s'accrochent à elle, en amont et en aval.

C'est, en remontant de l'orient à l'occident, l'île Louviers, toute
couverte d'arbres; puis l'île aux Vaches, puis l'île Notre-Dame
que l'on va réunir à l'île aux Vaches, sous le nom d'île Saint-Louis,
par la permission de l'archevêque, qui y fait paître son bétail et y
a laissé semer quelques maisonnettes. Enfin vient l'île de la Cité
et la massive église de Notre-Dame, et l'îlot du passeur aux vaches,
que surmontera un jour la statue de notre futur Henri IV, quand
cet îlot aura été réuni à son tour à l'île de la Cité.

Oui, c'est merveilleuse chose que cette transformation du vieux
Paris! C'est à rester bouche béante, quand on admire tous ces
pignons dentelés, ces tourelles appendues aux angles des maisons, ces clochetons élancés, ces pyramides à jour, ces obélisques,
ces donjons, ces flèches, ces tours rondes et carrées. L'artiste,
car Paris possède déjà des artistes de premier ordre, puisqu'ils
créent de pareilles œuvres, l'artiste peut rester en extase devant
ces branlantes masures du bord de l'eau, dont les toits moussus
verdissent; devant ces pittoresques édifices enfouis dans ces dé-
dales de rues noires, profondes, étroites, sinueuses, où grouillent
des milliers de points noirs qui ne sont autres que le peuple
fourmillant; en présence des croix de pierre sculptées, debout
dans les carrefours, et des gibets qui menacent sans paix ni trève,
à chaque coin de rue, le manant qui passe et songerait à mal
faire. Ecoutez l'*Angelus* de midi, qui tinte à Notre-Dame, dont le
bourdon vibre au loin, et les mille sonneries qui lui répondent,
s'élevant de chaque clocher vers le ciel en grappes sonores, en
tintements pieux. Et alors, dites-moi si ce n'est pas une indescriptible poésie que celle que produit de la sorte le Paris du
XIIIe siècle ?

Or, depuis quelque temps, dans ces vénérables rues de Paris, au fond des ruelles les plus immondes, par les carrefours obscurs, le soir, alors que le soleil est couché depuis longtemps déjà, et que dans les épaisses ténèbres qui pèsent sur la ville scintille au loin devant la pieuse image de la Vierge, placée dans une niche, au fronton de quelques maisons, une lampe rayonnante, seul luminaire qui éclaire la voie, on rencontre une jeune femme, modestement vêtue, qu'accompagne une suivante chargée de hardes et de victuailles. Alors, ici et là, les manants attardés peuvent la voir pénétrer dans les demeures de plus pauvre apparence. Son visage est caché sous un long voile, mais on devine à l'élégance de sa taille qu'elle est jeune, et à son empressement qu'elle est bonne. En effet, prenant aux mains de sa compagne des vêtements ou des vivres, elle monte et va frapper aux huis des déshérités de la fortune ou des misérables que la maladie couche sur leurs grabats. Elle leur porte le soleil de ses yeux brûlants, les consolations pénétrantes de ses douces paroles, le charme de ses bons soins et les secours matériels qui reconfortent le corps et rendent à l'âme son énergie. Nul ne sait ce qu'est cette femme. On ne se la désigne que sous le nom d'Ange de la Nuit, et tous ceux qui souffrent la connaissent, sans qu'aucun d'eux puisse dire quel est son rang.

Il y a longtemps déjà que cette sœur des chérubins exerce ainsi la plus sublime charité, quand, une nuit, à sa descente des combles de l'une de ces vieilles demeures dont l'escalier tremble et dont les ais sont ouverts à tous les vents, le pied de l'inconnue s'embarrasse dans une corde; elle glisse, et au moment de tomber, pousse instinctivement un cri d'effroi. Aussitôt des étages inférieurs sortent plusieurs habitants de la maison. L'un d'eux est un garde du palais des rois, sis en la Cité, et où demeure le souverain actuel, monseigneur Louis, huitième du nom. A la vue de la jeune femme, désolée d'avoir cédé à la peur, et enveloppant sa pâle physionomie de son voile dont elle multiplie les plis, cet homme recule et s'écrie à son tour.

— Qu'est-ce? lui disent ses voisins.

— Madame la reine, ici, dans cette pauvre demeure! balbutia-t-il tout tremblant.

— Madame la reine? répètent après lui les manants et les commères.

— Oui, fait-il, madame la reine... C'est elle que vous venez d'entendre et de voir : c'est madame Blanche de Castille, fille d'Alphonse IX, roi d'Aragon, en Espagne ! Oui, c'est notre reine, puisqu'elle est devenue depuis un temps la femme de notre roi Louis VIII. Vous vous souvenez tous de l'avoir vue à son entrée dans Paris.

— Ah ! elle était plus richement habillée, mais elle n'était pas plus noble ni meilleure !

Et les braves gens de la vieille masure de lever les bras et les yeux au plafond de l'escalier pour y chercher en vain le ciel, en signe d'étonnement et d'admiration.

Mais bien vite la jeune femme a disparu. Profitant de la stupéfaction et du premier désordre des curieux, elle a passé au milieu d'eux et s'est échappée en s'enfonçant dans la profondeur de l'obscurité de la rue.

— Dire qu'une reine de France a passé par ce misérable escalier, et qu'elle est venue ici, et qu'elle y a répandu ses bienfaits ! Désormais, cette maison est bénie de Dieu : je voulais la quitter, mais j'y reste !

— Que Paris va la chérir quand on saura que celle qu'on appelait l'Ange de la Nuit, car c'était elle, est notre bien-aimée reine Blanche de Castille, femme de monseigneur notre roi !

— Avec cela, sachez, mes amis, reprend le garde du palais, que bientôt notre belle reine nous donnera un second petit prince...

— Est-ce possible? Ah bien ! dès demain, mes enfants, si vous m'en croyez, nous irons faire brûler, pour la jeune mère, un cierge en l'église de Saint-Julien-le-Pauvre!... C'est dit, hein ?

Et ces bonnes gens de s'extasier, une partie de la nuit, sur l'aventure de l'escalier, qui les a mis à même de voir de près une reine généreuse, compatissante et bonne.

II

Le pâle soleil d'une après-midi de mars ne pénètre qu'avec peine à travers les étroites fenêtres du vieux château de Burgos, dans la Vieille-Castille, en Espagne. Il jette une lueur affaiblie dans un sombre appartement où se tient une charmante jeune fille, entourée de quelques dames vêtues de vêtements sombres et

de suivantes dont les atours, plus agréables à l'œil, rappellent le
luxe d'une cour. Par moment, cette belle jeune fille vient appliquer son visage à la fenêtre élevée, d'où l'on découvre un magnifique horizon sur et au-delà de la ville de Burgos, et d'où l'on
aperçoit la merveilleuse cathédrale, qui déploie toutes les splendeurs sculpturales de son admirable architecture. De longues
nattes de cheveux bruns descendent de sa tête sur ses épaules;
ses yeux plongent au loin et semblent suivre les capricieuses ondulations des sierras qui forment à la contrée une immense et
pittoresque ceinture. On dirait qu'elle songe aux régions éloi-
gnées, la France, qui par-delà ces montagnes étend à son tour
ses vastes plaines.

En effet, cette vierge de Castille n'est autre que notre héroïne.
Elle est née en 1185. On lui a donné le nom de Blanche, en l'honneur de Blanche de Navarre, son aïeule paternelle. Son aïeule
maternelle est une française, Eléonore de Guienne, et sa mère
une Anglaise, Aliénor d'Angleterre, l'une et l'autre vertueuses
princesses, qui ont donné à cette enfant, l'objet de leur prédilection,
une part de leur noble sagesse.

Blanche de Castille est l'aînée de onze enfants. On l'entoure de
tous les soins qu'exige son éducation : des maîtres dans toutes les
sciences d'alors lui sont donnés, et sous l'influence de leur zèle,
l'esprit et le cœur de la jeune élève se forme et s'élève vers Dieu,
l'auteur de tout bien. Elle sait que le roi de France attend sa
main, elle est à la veille de partir pour aller le joindre, et c'est
pour cela que son regard va sonder les horizons qui lui cachent
la nouvelle patrie où elle doit porter et répandre l'exemple des
plus sublimes vertus.

Déjà Philippe-Auguste et Jean-Sans-Terre, l'un monarque de
France, et l'autre d'Angleterre, se sont abouchés entre Vernon et
les Andelys, et, comme gage de paix après de trop longues guerres
entre les deux pays, le dernier de ces princes a proposé sa nièce
Blanche, infante de Castille, au second, pour le jeune Louis, son
fils aîné. Alors Eléonore d'Aquitaine, reine d'Angleterre, a été
chargée d'aller chercher en Espagne la future reine de France.
Elle la ramène en effet jusqu'à Bordeaux, entourée d'un nombreux
cortége de seigneurs castillans. Mais pendant que la fille d'Alphonse IX se dirige vers le nord de notre royaume, elle, la douce
reine d'Angleterre, pénétrée de l'esprit de Dieu, va cacher sa vie

Femmes illustres de la France. 6

et abriter sa piété sous les vieux murs de l'abbaye de Fonte-
vrault.

Bientôt, en l'an 1200, la cérémonie du mariage entre Louis de
France et Blanche de Castille a lieu en un bourg de Normandie
appelé Parmoy; l'archevêque de Bourges leur donne la bénédiction nuptiale, et les deux époux vont alors passer les jours de
paix que leur laisse le règne de Philippe-Auguste sous les ombrages d'un manoir royal, à Poissy, sur les rives de la Seine et
non loin d'une forêt giboyeuse.

Ainsi devient leur résidence de prédilection la fraîche bourgade
de Poissy, l'un des plus agréables séjours de nos rois, à cette
époque du xiiie siècle, où Saint-Germain-en-Laye, Rambouillet,
Compiègne et Fontainebleau sont loin d'exister encore.

Longtemps après leur mariage, qui a eu lieu en mai 1200,
le 25 avril 1214, une grande joie tombe du ciel sur Louis et sur
Blanche. Un fils leur est donné, et ce fils doit être saint Louis !

Avant d'obtenir cette récompense de leur vie vertueuse, les
deux époux, pourtant bien enclins à la piété et bien éloignés
du vice, comme le dit Mézeray, tous deux semblables l'un à l'autre
par la sagesse, et dignes l'un de l'autre par le saint amour qui les
unit, sont bien éprouvés. Depuis bien des jours ils conjurent le
Seigneur de leur donner un enfant à aimer et à instruire dans ses
lois. Impatiente de voir exaucés les vœux que forme son cœur,
mais soumise aux décrets éternels cependant, elle s'adresse à
saint Dominique, l'une des grandes lumières de l'église d'Espagne. Cet illustre personnage lui recommande de s'adresser à la
Vierge et d'embrasser avec zèle la dévotion du Rosaire, qu'il prê-
che et propage. Aussi quand la naissance d'un fils de France est
enfin annoncée au peuple, tout chacun peut pronostiquer que cet
enfant sera un jour la gloire du pays, le soutien de la religion
et l'un des élus du ciel.

Un premier fait qui met en relief la sagesse de notre héroïne :

Le manoir de Poissy a été témoin déjà de la venue au monde de
plusieurs rejetons de lignée royale, puisqu'il appartient à la couronne de France. Ce manoir est voisin de l'église, et l'appartement
qu'y a choisi la princesse touche de fort près à l'édifice sacré.
Or, voici que Blanche, enceinte de son enfant, fait la remarque,
un jour, que les cloches de l'église sont devenues muettes et ne
font plus retentir les airs de leurs pieuses sonneries. Elle s'informe et apprend que c'est par ménagement pour sa position. Aussi-

tôt elle s'indigne d'une déférence qu'elle regarde comme inconvenante, puisque, à cause d'elle, sa créature, le Dieu du ciel ne reçoit plus les hommages de la terre qui lui sont dus. Puis, en même temps qu'elle exige que l'on rende les cloches à leur destination, elle se fait transporter dans un misérable pavillon, à quelque distance, et c'est là que le petit prince reçoit le jour et commence la carrière qui doit se terminer par son entrée au ciel.

Après l'événement, ce pavillon demeure debout longtemps, et jusqu'à sa chute, il est connu dans le pays sous le nom de *grange de monsieur saint Louis.*

Disons que, à l'endroit même occupé par ce pavillon, fut construit plus tard un monastère où plusieurs princesses du sang royal passèrent leur vie dans l'exercice de toutes les vertus, et, sur le lieu précis qui vit naître le petit Louis, fut placé l'autel principal de la chapelle, afin de conserver au monde, avec le respect qui lui était dû, un souvenir parfaitement vénérable en effet.

Louis de France fut baptisé à Poissy, où l'on conserve encore les fonts sacrés qui servirent en cette occasion solennelle. Lorsque le jeune prince fut devenu Louis IX et porta la couronne, il aimait à se rappeler cette grande circonstance de sa vie, et souvent à la signature royale il préférait substituer celle du chrétien en mettant simplement *Louis de Poissy,* ou encore, selon le style du temps, *Loys de Poissi.*

Un second fait montre à quel point la mère de saint Louis appréciait son titre maternel :

Blanche allaite elle-même son enfant. Mais, un jour, elle est prise d'un violent accès de fièvre et doit s'abstenir de cette douce fonction qu'impose la maternité. Mais alors une dame de la cour, dans le but de plaire à la princesse, et qui, pour imiter son exemple, nourrissait elle aussi son fils, donne le sein au petit prince. Au sortir de sa fièvre, Blanche se fait apporter son tendre nourrisson, et veut l'allaiter. Mais Louis, satisfait, détourne la tête ; la jeune mère soupçonne la cause de ce refus. Aussitôt elle demande qui s'est donné la peine de s'occuper de son enfant. La dame se nomme. Loin de la remercier, Blanche la regarde avec hauteur :

— Eh quoi ! dit-elle avec fierté, croyez-vous donc que je souffrirai que l'on m'enlève la qualité de mère que m'a donnée la nature ?

Cependant, alors que le ciel donne un fils à notre héroïne, il lui retire son père. Alphonse IX meurt, laissant sa femme régente du royaume de Castille et tutrice de son fils, l'infant Henri, qui doit lui succéder. Mais, à peine fermée, la tombe royale s'ouvre de nouveau pour recevoir la régente elle-même, Aliénor de Guienne, mère de Blanche de Castille.

Alors Blanche devrait prendre les rênes du royaume paternel ; mais, en mourant, sa mère a remis les affaires entre les mains de Bérengère, la seconde de ses filles, qui est mariée au roi de Léon, Alphonse. Cette façon d'agir fixe l'autorité de Bérengère en Castille, au détriment de Blanche et des fils de France, ses enfants, en supposant que Henri, le nouveau roi, viendrait à mourir.

Mais si elle perd un trône en Espagne, l'Angleterre lui en offre un autre. Jean-Sans-Terre devenu odieux aux Anglais, ceux-ci forment le projet d'enlever son sceptre à leur roi et de choisir à sa place un prince qui sache les protéger et les défendre. Ils sont en hostilités avec la France, mais la vertu des princes français parle plus haut que l'esprit de guerre, et c'est à l'époux de Blanche de Castille qu'ils viennent déposer la couronne d'Angleterre.

Henri de Castille meurt à son tour, et, sous le prétexte que Blanche, sa sœur, est éloignée du royaume, Bérengère, comme nous l'avons fait pressentir, conserve le pouvoir suprême. Neuf seigneurs castillans écrivent bien au prince Louis et à Blanche pour leur offrir la couronne qui leur revient de droit : les circonstances politiques dans lesquelles la France se trouve alors engagée s'opposent aux bonnes et loyales intentions de ces fidèles sujets, et, trône d'Angleterre et sceptre de Castille, Louis de France, sans y renoncer absolument, n'accepte pas de régner ailleurs que dans sa patrie.

III

Quelque temps après avoir remporté la célèbre bataille de Bouvines, en Flandre, Philippe-Auguste meurt à Mantes, le 14 juillet 1223, âgé seulement de cinquante-neuf ans.

Louis VIII monte sur le trône, avec Blanche de Castille, et sa valeur militaire lui mérite le glorieux surnom de *Lion pacifique,* épithète qui veut dire qu'il joint la modestie et l'amour de la paix au plus héroïque courage.

Les honneurs funèbres sont rendus avec une grande pompe à l'illustre défunt. Puis, comme Philippe-Auguste, contrairement à l'usage suivi depuis Hugues Capet, a négligé de faire couronner et sacrer son successeur, le jour de l'Assomption de cette même année 1223 est choisi pour cette auguste solennité qui appelle la bénédiction du ciel sur les rois et leurs peuples.

C'est à Reims, ainsi que cela se pratique généralement depuis Clovis, que doit avoir lieu la cérémonie du couronnement et du sacre, confiée aux soins de l'archevêque Guillaume de Joinville.

Après que le sanctuaire a été décoré avec magnificence, que deux trônes ont été préparés pour le roi et pour la reine, des siéges dans le pourtour pour les évêques et les archevêques d'un côté, de l'autre pour les pairs du royaume, et que la sainte ampoule renfermant l'huile sainte de la consécration a été apportée par l'abbé de Saint-Remi, entouré de quatre religieux, l'archevêque se rend processionnellement à la rencontre du monarque et du royal cortége qui l'entoure. A peine la tête de l'immense défilé pénètre-t-elle, à travers une foule innombrable, dans la basilique sacrée, que des voix formidables entonnent au-dedans et au-dehors le chant grandiose du *Domine, salvum fac Regem*.

Alors, après plusieurs prières au pied des autels, commence la cérémonie du sacre. On a transporté de Saint-Denis, où on les conserve précieusement, la couronne royale, l'épée dans le fourreau, les éperons d'or, le sceptre et la verge de justice surmontée d'une main d'ivoire, les bottines et les sandales en soie brodée de fleurs de lis d'or, la tunique de même étoffe et le manteau. D'abord le prélat métropolitain fait quitter au roi ses principaux vêtements, et lui imprime des onctions sur la tête, à la poitrine, aux épaules, aux jointures des bras et aux mains. Puis, après lui avoir donné la tunique et le manteau royal, il lui met le sceptre dans la main droite, la verge de justice dans la gauche, lui pose la couronne sur la tête, et enfin le conduit sur son trône aux acclamations de la foule.

L'archevêque répète la même cérémonie pour Blanche de Castille toute vêtue de soie, et place un diadème sur sa tête.

Aussitôt le *Te Deum* se fait entendre chanté par dix mille voix ; les cloches retentissent dans les airs, les trompettes sonnent ; les fanfares bruissent dans l'air et l'orgue soupire ses plus mélodieux accords.

Certes, est-il quelque chose de plus significatif et de plus imposant que cette solennité du sacre et du couronnement des rois? Elle établit la puissance royale en regard de la puissance divine ; elle fait comprendre aux princes, dès leurs premiers pas vers le trône, qu'ils sont eux aussi sous la main du Très-Haut, et que leur puissance relève de celle de Dieu.

Parmi les grands personnages du temps qui assistent au sacre de Louis et de Blanche, on voit Jean de Brienne, roi de Jérusalem, venu en Europe pour demander du secours contre les Turcs qui oppriment les Lieux-Saints.

Mais Henri III, roi d'Angleterre, vassal du roi de France, ne s'est pas rendu à Reims pour remplir ce devoir. Par cette félonie on devine ses sinistres projets et sa haine pour notre pays.

Heureusement le règne de Louis VIII est la continuation de celui de Philippe-Auguste. Un instant notre nouveau prince, ainsi que nous l'avons dit, a été, du vivant même de son père, proclamé, dans Londres, roi d'Angleterre, par les barons anglais révoltés, et déjà il s'est croisé par deux fois contre les Albigeois.

Devenu roi de France, il poursuit ces deux guerres.

D'abord, sur les Anglais, il conquiert tout ce que Philippe-Auguste n'a pas pris du Poitou, de l'Aunis, la Rochelle, Limoges, Périgueux.

Ensuite, dans le Languedoc, il va prendre Avignon. Depuis le Rhône jusque tout près de Toulouse le pays lui fait sa soumission. Alors il établit des sénéchaux à Beaucaire, à Carcassonne, à Béziers. Tout le midi, à l'ouest du Rhône, moins Toulouse et la Guienne, reconnaissent son autorité.

Grâce à lui, il n'y a plus deux Frances : l'unité territoriale se fait ; encore un effort, elle sera complète.

Mais, hélas ! le Midi se venge de sa soumission et de la défaite des Albigeois par une cruelle épidémie qui décime l'armée. Le roi lui-même est saisi et bientôt vaincu par la maladie. A peine arrivé au château de Montpensier, en Auvergne, il y meurt entre les bras de son confesseur, après avoir nommé Blanche de Castille régente du royaume, et donné par son testament cent sous à chacune des deux mille léproseries de France, et vingt mille livres aux deux cents Hôtels-Dieu.

Déjà, en 1224, Louis VIII avait affranchi tous les serfs du fief d'Étampes. C'est la fin du servage, car ces affranchissements vont se multiplier jusqu'à Louis X, qui alors proclamera qu'il ne doit plus y avoir de serfs en France.

IV

Pour Blanche de Castille ce fut un coup de foudre que cette mort du roi son époux, si imprévue, si terrible. Elle lui causa une douleur d'autant plus vive que depuis vingt-six ans que durait leur union, elle avait encore pour les deux époux tout le charme de la royauté.

Le corps du défunt roi fut rapporté de Montpensier à Paris, et on lui fit de magnifiques funérailles à Saint-Denis, où il fut déposé auprès de la dépouille mortelle de Philippe-Auguste, dans un tombeau décoré de lames d'argent. La France entière prit le deuil, et jamais prince ne fut plus sincèrement regretté.

Blanche de Castille avait eu de son mariage avec Louis VIII, d'abord une fille, dont le nom est resté inconnu, et qui mourut peu après sa naissance.

Le 9 septembre 1209, vint au monde le prince Philippe, que Dieu rappela à lui neuf ans après, et pour le salut duquel le roi et la reine fondèrent une chapellenie dans l'église Notre-Dame, où il fut enterré.

Le ciel leur donna alors Louis IX, en 1215.

Puis naquit Robert, qui fut comte d'Artois, surnommé *le Bon* et *le Vaillant* à cause de ses qualités généreuses; mais il périt à la bataille de Mansourah, en Egypte, où il avait suivi son illustre frère, croisé pour délivrer la Terre-Sainte.

Les fils qui suivirent furent Philippe, surnommé *Dagobert*, et Alphonse, frères jumeaux, nés en 1221 et morts peu après à Poissy, dont l'église fut le tombeau.

Deux fois le nom de Philippe avait été donné à des enfants de Louis VIII et de Blanche de Castille, en mémoire de Philippe-Auguste, père du roi. C'était bien le moins que le nom d'Alphonse fût donné à un enfant royal, en souvenir d'Alphonse IX, père de la reine. En effet, un nouveau fils naquit bientôt, et reçut le nom d'Alphonse, comte de Poitou. Il épousa, en 1241, à Saumur, Jeanne de Toulouse, fille unique et seule héritière de Raymond V, comte de Toulouse. Le jeune prince dut combattre contre son beau-père, qui refusait de lui rendre hommage ; il accompagna saint Louis en Egypte, y fut prisonnier, et hérita du comte Raymond de son domaine de Toulouse, qui fit ainsi retour à la France.

Le huitième enfant de la reine fut Charles, qui devint comte d'Anjou et de Provence, puis roi de Naples et de Sicile. Il naquit en 1222 et eut pour femme Béatrix, quatrième fille et héritière de Raymond Bérenger, comte de Provence. Charles d'Anjou se croisa, comme Louis IX, pour aller en Terre-Sainte. Les Français qui le suivirent en Italie et en Sicile, lorsque les papes Urbain IV et Clément IV lui eurent donné l'investiture du royaume de Naples, amenèrent par leur conduite les fameuses *Vêpres siciliennes*. Charles d'Anjou mourut en 1285.

Jean, comte d'Anjou et du Maine, vint ensuite au monde en 1223 ; mais il perdit la vie à la fleur de l'âge.

Etienne, un autre enfant de Louis VIII et de Blanche, baptisé à Paris en 1225, mourut presque aussitôt.

Enfin la reine eut la joie de donner le jour à une fille, Isabelle, en 1226 : mais à peine éclairée sur les vanités de la terre, cette pieuse princesse quitta le monde, et fonda le monastère de Longchamps, entre Paris et Saint-Cloud, et y établit des religieuses sous la règle de sainte Claire. Elle mourut en odeur de sainteté, le 23 février 1269, et son monastère devint son tombeau.

De tous ces princes, il n'y en eut que six qui survécurent à Louis VIII : Louis IX, roi de France ; Robert, comte d'Artois ; Alphonse, comte de Poitou ; Charles, comte d'Anjou ; Jean, qui mourut peu après son père ; et sainte Isabelle.

Cependant la mère de cette royale famille a essuyé les larmes qu'appelait à ses yeux la mort de leur père, et toute entière au double devoir qui lui est imposé, elle s'empare d'une main ferme des rênes du gouvernement, et de l'autre elle continue à diriger l'éducation de ceux de ses enfants que le ciel lui a laissés. Elle a compris par sa propre expérience que les premiers principes dont sont imbus les enfants au début de leur vie, ont seuls de l'influence dans leur carrière : aussi leur inspire-t-elle les sentiments les plus purs, les plus charitables et les plus dévoués à l'égard de Dieu, du prochain, du monde entier. Alors avec quelle autorité, quelle verve, et en même temps quelle grâce maternelle elle leur inspire la crainte du Seigneur, qui est le commencement de la sagesse !

— Mon enfant, dit-elle à Louis qu'elle soigne d'autant plus que c'est lui qui doit être roi, mon Loys, j'aimerais mieux vous voir mourir que commettre un seul péché mortel... Par la mort, vous ne perdriez que la vie de la terre; mais par le péché mortel, c'est le ciel, c'est l'éternité dant vous seriez privé à jamais!...

Aussi, imbu de ces pensées et pénétré du plus saint amour pour Dieu, le pieux jeune prince, s'adressant à Joinville, son sénéchal, lui dira un jour :

— Sénéchal, quelle chose est-ce que Dieu?

— Sire, c'est si souveraine et si bonne chose que meilleure ne peut être.

— Vraiment, c'est moult bien répondu, car cette réponse est écrite en ce livret que je tiens à ma main. Autre demande vous ferai-je, savoir : Lequel vous aimeriez mieux être lépreux et ladre, ou avoir commis quelque péché mortel?

— Or moi, dit Joinville, qui oncques ne lui voulus mentir, je lui répondis que j'aimerais mieux avoir fait trente péchés mortels que d'être lépreux. Aussi quand les témoins furent départis de là, il me rappela tout seul et me fit seoir à ses pieds pour me dire :

— Comment avez-vous osé dire ce que vous avez dit?

— Et je lui réponds que encore je le dirais. Et il va me dire :

— Ah! fou musard, musard, vous y êtes déçu ; car vous savez qu'il n'est lèpre si laide que d'être en péché mortel. Et vous prie que, pour l'amour de Dieu, premier, et pour l'amour de moi, vous reteniez ce dit en votre cœur.

Quant à mener à bonne fin la régence du royaume, ce n'est pas chose facile, assurément, pour une femme surtout. Mais Blanche est grande de cœur, sage et prudente d'âme, énergique de caractère ; aussi triomphe-t-elle des difficultés. En effet, le fils de Louis VIII n'est qu'un enfant de onze ans, d'une part ; de l'autre, les barons, prétendant que la régence ne peut être confiée à une femme, refusent de la laisser à la reine-mère. Ils déclarent que le jeune roi ne sera sacré qu'autant qu'il leur serait donné des garanties contre la cour des pairs et contre les empiétements de l'autorité royale.

C'est une véritable réaction féodale qui se fait ainsi. Thibault, comte de Champagne; Pierre de Dreux, duc de Bretagne; Hugues de Lusignan, comte de la Marche; Richard, duc d'Aquitaine, et Raymond VII, comte de Toulouse, forment une ligue qui adopte pour chef Enguerrand, sire de Coucy. Mais cette opposition ne

peut nuire aux Capétiens, comme elle a nui jadis aux Carlovin-
giens. La dynastie des Capétiens est appuyée désormais sur son
propre domaine et sur l'amour du peuple, même jusque dans les
états de ses vassaux. Et puis cette même dynastie est soutenue
par la papauté. Aussi le cardinal légat du Saint-Siége, de Saint-
Ange, est auprès de Blanche de Castille; il l'aide de ses conseils.

Alors la reine-mère voit se dissoudre peu à peu la terrible ligue
qui menaçait sa régence; et, comme elle s'est entourée d'hommes
d'élite, Philippe, fils de France, comte de Boulogne et frère unique du feu roi; Robert, comte de Dreux, premier prince du sang,
et Mathieu de Montmorency, connétable de France, elle traverse
les écueils de son administration, atteint l'époque du sacre de
son fils, réunit non sans peine un nombre suffisant de bons et
loyaux sujets pour assister à cette cérémonie importante, fait
armer chevalier le jeune prince, et enfin le conduit à Reims pour
y recevoir l'huile sainte qui fait les rois.

Louis IX est donc sacré en 1227, et alors, en 1231, le traité de
Saint-Aubin-du-Cormier termine la guerre à l'avantage de la
royauté.

Mais le jeune roi n'est pas encore majeur; il n'atteindra sa majorité qu'en 1236, et la difficulté est de conduire à bien la régence
jusqu'à cette époque.

Ce n'est pas en vain que le peuple de Paris voit la reine-mère
répandre elle-même, chaque jour, ses aumônes dans le sein des
pauvres, à la porte de son palais; qu'elle donne à tous des exemples de sagesse et de vertus; qu'elle fait parcourir à son fils les
différentes provinces de son royaume, pour le faire connaître,
mais aussi pour lui révéler les besoins de ceux qui souffrent et
lui montrer les misères à soulager, les abus à détruire, les réformes à opérer, les améliorations à introduire; qu'elle rend aux
règles des couvents leur première vigueur; qu'elle punit les infidèles et les blasphémateurs; qu'elle veille aux finances de l'Etat,
fait lever exactement les impôts, ne les augmentant que du strict
nécessaire et plus souvent les diminuant, car elle fait aimer son
fils pour l'admirable esprit de justice qu'elle lui inspire, et se fait
chérir elle-même pour les innombrables faveurs qu'elle accorde.
C'est à ce point que se trouvant un jour avec son fils aux environs
de Paris, sur le chemin d'Orléans, les barons confédérés, encore
en guerre à ce moment, se rendent à Corbeil, dans le dessein
d'enlever le jeune roi, pour se rendre plus facilement maîtres de

la régente; prévenue à temps par les gens de la campagne qui veulent la sauver à tout prix, au lieu de donner dans l'embuscade qu'on lui a préparée, elle se jette et s'enferme dans la place forte de Montlhéry. De là elle fait appel aux Parisiens, qui accourent en toute hâte au secours de la reine et du roi. Alors l'un et l'autre rentrent dans Paris, ne traversant qu'avec peine la foule des gens d'armes venus de la capitale qui bordent la route, les comblent de bénédictions et jurent de les défendre jusqu'au dernier soupir. N'est-ce pas un heureux temps que celui où les peuples volent ainsi avec amour à la défense de leurs rois à l'heure du danger ?

Cependant les Albigeois relèvent la tête. La mort avait surpris Louis VIII au moment où il venait de les mettre à la raison et de terminer son expédition par la prise de Toulouse. Louis IX n'étant pas encore en mesure de profiter de la victoire de son père, Raymond VII reprend plusieurs de ses places et commence à guerroyer contre Imbert de Beaujeu, qui commande les troupes royales dans le Languedoc. Mais aux bruits de bataille qui se font entendre, Blanche de Castille, qui n'est pas une femme ordinaire, relève la tête et fait prêcher une nouvelle croisade.

Raymond VII s'enferme aussitôt dans Toulouse. Mais dans l'impossibilité de se défendre, il vient tout après se livrer à la merci de la reine-mère. Par un traité daté de Paris, 1229, Raymond abandonne formellement à la France tout le bas Languedoc, qui est érigé alors en sénéchaussée de Beaucaire et de Carcassonne. Le comte ne conserve que la moitié du diocèse de Toulouse, l'Agénois, le Rouergue, et pour sa vie seulement, à la condition qu'ils formeront la dot de sa fille unique, fiancée à Alphonse, second frère du jeune roi.

Ainsi, plus grandit la royauté, plus le bien lui vient.

En effet, Thibault, comte de Champagne, devenu roi de Navarre par la mort du père de sa femme, part pour conquérir son héritage. Mais, en partant, il vend à la couronne de France les comtés de Blois, de Chartres et de Sancerre.

Le moment appelé par les vœux ardents de la régente approche ; la majorité du roi est presque venue. Blanche de Castille veut terminer sa longue administration, en fixant le sort de son fils par un mariage de son choix.

Pour lui choisir une femme digne de lui, elle jette les yeux sur Marguerite, fille aînée de Raymond Béranger, comte de Provence,

de la maison d'Aragon, qui a trois sœurs, mais dont elle est la
première par l'âge, la sagesse et la piété. L'archevêque de Sens
et Jean de Nesle, un gentilhomme prudent, sont envoyés par la
reine pour demander à Raymond Béranger la main de sa fille. Le
comte de Provence les accueille avec bonheur, et confiant dans
l'avenir ouvert devant son enfant, il livre Marguerite aux mains
des ambassadeurs, qui ramènent la princesse au roi. Une dispense
est accordée par le pape Grégoire IX aux futurs époux, qui sont
parents au quatrième degré.

Le mariage a lieu à Sens, le 27 de mai 1234. Une dot de dix
mille marcs d'argent est constituée par Béranger, sur la ville du
Mans. Le lendemain du mariage, la jeune reine est couronnée dans
la même cité de Sens, et la dépense de ces deux cérémonies s'élève
à deux mille cinq cents livres.

Par allusion à son nom de Loys et à celui de Marguerite, le roi
de France fait graver un *lis* et une *marguerite* sur la bague qu'il se
propose de porter toujours. Mais en même temps, sur le revers
du chaton de la bague, saphir magnifique, il fait écrire cette
légende de tendre et mutuelle affection : *Hors cet annel ne pour-
rions trouver amour.*

Peu de temps après, en 1236, la majorité de Louis IX est proclamée, et c'est par lui-même que le jeune monarque va régner
désormais. Disons toutefois que sa mère, notre illustre héroïne, va
conserver une très grande influence sur l'esprit de son fils et la
direction des affaires du royaume de France.

V

Si Louis IX fut aussi grand, aussi pur, aussi juste, aussi fier, ce
fut à l'éducation que lui donna sa noble mère qu'il le dut. En général, c'est la mère qui forme le fils.

Cependant l'Angleterre se prépare à déclarer la guerre à la
France, et, tout d'abord, l'allié de cette puissance éternellement
jalouse, le duc de Bretagne, commence les hostilités. Aussitôt
Louis pend les armes, marche contre le rebelle avec une armée
considérable, et l'épouvante tellement, que le duc se hâte de venir,
la corde au cou, se jeter aux pieds du roi et de la reine-mère,
mettant à leur merci sa personne et ses Etats. On comprend que

l'Angleterre, instruite par cette leçon, demeura paisible encore, avant de commencer la guerre.

Peu après, des troubles ayant eu lieu dans Paris, au sein même de l'Université, nombre d'étudiants allèrent continuer leurs études à Orléans. Mais l'esprit malsain d'une femme ayant irrité les Orléanais contre les étudiants, on en fit un affreux massacre, et quatre victimes, cruellement assommées, furent ensuite jetées dans la Loire. Le comte de Champagne, Thibault, le comte de la Marche, le duc de Bourbon-Archambault, et celui de Bretagne même, ayant des parents parmi ces malheureux étudiants, pénétrèrent dans la ville et tuèrent impitoyablement tout ce qui leur tomba sous la main. Louis se hâte d'accourir, et après avoir mis fin à ces terribles représailles, il rétablit le calme et la paix dans la ville.

Dans le même temps, le comte de Champagne, Thibault, reconnu roi de Navarre depuis peu, contre toute attente se révolte contre son suzerain. C'était plus qu'une félonie, car quelques années auparavant Thibault avait solennellement juré à la reine-mère de ne jamais prendre les armes contre son fils. Aussitôt Blanche se met à la tête de l'armée féodale, et vient s'embusquer, avec Louis IX, dans le bois de Vezins, afin d'attaquer le rebelle, en le séparant de ses alliés. Effrayé de la rapidité de cette poursuite, le comte de Champagne vient se jeter aux pieds de son souverain. On lui pardonne, mais en exigeant la cession de ses châteaux-forts de Montereau-faut-Yonne et de Bray-sur-Seine. Puis, pendant que le coupable se rend en Palestine au secours de la Terre-Sainte, la Champagne est prise sous la protection du roi de France.

Suivent alors quelques années de paix pour tout le royaume. Louis IX et sa mère ne sont plus des souverains, à cette heureuse époque : ce sont des saints qui sont en quête de tous les moyens de faire le bien. On les voit combler de grâces et de faveurs les nombreux hôpitaux de notre patrie; rebâtir et doter quantité d'églises, de monastères; obtenir par d'adroites négociations la couronne qui couvrit le front de Notre-Seigneur au jour de sa passion, une portion de la vraie Croix, la lance et l'éponge qui servirent au drame de la crucification, et d'autres reliques précieuses. Louis IX se rend lui-même au-devant de ces trésors jusqu'à Villeneuve, près de Sens, et là, se chargeant lui-même du fardeau sacré, il le porte longtemps à pied, tête et jambes nues, pleurant et tout rempli de vénération. Aussitôt, pour offrir à ces pieux débris un asile digne d'eux, il fait élever à grands frais, attenant à son propre palais, l'admirable monument que nous connaissons sous le nom de Sainte-Chapelle. Pendant ces travaux, les reliques sont déposées dans l'abbaye Saint-Antoine-des-Champs, et c'est de là que Blanche de Castille aide ensuite, de ses propres mains, à les transporter, en grande pompe, dans le magnifique asile qu'on leur a édifié.

Tout le monde admire, en cette circonstance, la piété de la reine-mère et de la jeune reine. Pour la première fois alors, Blanche de Castille porte une tunique de soie ornée de fleurons d'or, qui lui descend jusqu'aux pieds, et par-dessus un manteau de même longueur, qui est doublé de menu-vair. Le menu-vair va devenir désormais la grande mode de la cour. Marguerite de Provence, elle aussi, porte le manteau royal de France d'azur chargé de fleurs de lis d'or. Sa tunique, qui a des manches brunes, est rouge, traîne à terre, et ne laisse voir que l'extrémité de ses souliers, dont la pointe est fort longue et menue. L'une et l'autre reine sont coiffées d'une sorte de turban avec un voile court à l'arrière, retombant sur le cou.

A quelque temps de là, les deux frères du roi, Alphonse et Robert, contractent des mariages préparés par une adroite politique. On déploie, dans cette occasion, à Paris, la pompe chevaleresque et souvent sanglante des tournois.

Malheureusement, dans ces tournois, comme dans toutes les joutes de cette sorte, il périt un certain nombre de vaillants seigneurs. Aussi le pape interdit ces jeux sanglants, et Louis IX les défend.

Cependant saint Louis tombe malade dans le manoir de Pontoise, maison de plaisance de sa mère, et bientôt on perd tout espoir de le sauver. C'est un moment solennel que celui où Blanche de Castille, Marguerite de Provence et toute la France avec les deux princesses, attendent à genoux au pied des autels que le ciel prononce sur les jours d'un roi si aimé de ses sujets.

Il est depuis quelques instants tombé dans un accès de léthargie : chacun le croit mort, et les deux reines qui viennent de lui appliquer la couronne d'épines, la lance, etc., mais en vain, quittent la chambre royale tout éplorées. Il ne reste plus près de lui que deux femmes qui le veillent. L'une veut lui couvrir le visage ; l'autre l'en empêche.

Et tantôt sur le discours d'icelles femmes, raconte le naïf

Joinville, Notre-Seigneur, touché des larmes, des aumônes, des prières de tout un peuple éploré, ouvra en lui et lui donna la parole...

Le roi étend les bras, et, semblant se réveiller d'un songe, il prononce ces paroles :

— La lumière d'Orient est tombée du ciel sur moi, et m'a tiré d'entre les morts.

Ensuite, il demande Guillaume d'Auvergne, évêque de Paris, et, malgré les sages objections du prélat, jure sur la croix qu'en mémoire de sa divine guérison, il se croisera et ira en Terre-Sainte.

— Quand la bonne reine Blanche, dit encore Joinville, apprend que son fils a recouvré la parole, elle en eut si grande joie que plus ne pouvait ; mais quand elle le vit croisé, elle fut aussi transie que si elle l'eût vu mort.

En effet, à la vue des périls que va courir Louis IX, Blanche fait valoir toutes les raisons possibles pour le détourner d'un voyage qu'elle regarde comme fatal. Elle lui dit qu'il n'a pas assez de vigueur pour braver une navigation lointaine et un climat meurtrier ; que les chances auxquelles il va s'exposer sont alarmantes pour un homme d'une constitution même plus robuste.

— C'est par milliers qu'on a vu ces chevaliers partir pour les Lieux-Saints, lui dit-elle, et c'est tout au plus par centaines qu'on les en voit revenir.

Elle ajoute que c'est bien à tort qu'il ne consent pas que le souverain pontife de Rome le délie de son vœu, et l'archevêque de Paris, à sa prière, vient également parler au saint roi et lui déclarer qu'il est tenu en conscience à céder aux larmes de sa mère et de tout son peuple. En dernier lieu, on fait valoir des considérations politiques à l'endroit de l'empereur d'Allemagne, Frédéric, ennemi de la France ; des menées du roi d'Angleterre, qui ne manquera pas de profiter de l'absence du roi ; de la confédération des seigneurs français qui n'est qu'abattue, et pas soumise...

Un instant Louis IX semble céder ; mais tout-à-coup il se relève plus décidé que jamais, et se montre dès-lors inexorable.

Pendant que les préparatifs de cette longue expédition se font sur tous les points, Louis, par lettres patentes, datées de l'hôpital de Corbeil, en juin 1248, établit Blanche de Castille régente du royaume, pendant son absence, et lui accorde un pouvoir à

peu près illimité. Ensuite, pour ne laisser aucun prétexte à l'in-
justice derrière lui, le pieux croisé fait publier par tous les prédicateurs du royaume, que si quelqu'un de ses sujets peut avoir à se
plaindre de ses officiers, il vienne à lui, pour être dédommagé sur
ses propres domaines.

L'armée, prête à s'embarquer, imposante et nombreuse,
Louis IX quitte Paris, emmenant avec lui sa femme, ses deux
frères Charles et Robert, et un nombre considérable de seigneurs
et même de prélats. Sa mère, tout en larmes, l'accompagne jusqu'à Lyon, où elle reçoit la bénédiction du pape Innocent IV, puis
à Aigues-Mortes, où elle serre son fils dans ses bras, éplorée, et
bien convaincue qu'elle ne le reverra que dans les cieux.

Voici comment Joinville, compagnon du roi dans cette croisade,
raconte son embarquement et celui de quelques seigneurs qui
avaient dû se rendre à Marseille, le port d'Aigues-Mortes ne suffisant pas :

« Nous entrasmes au mois d'août celui an, en la nef, à la
roche de Marseille, et fut ouverte la porte de la nef pour faire entrer nos chevaulx, ceulx que devions mener oultre mer. Et quand
tous furent entrez, la porte fut reclouse et estouppée, ainsi comme
l'on vouldrait faire un tonnel de vin : pour ce quant la nef est en
grant mer toute la porte est en eauë. Et tantost le maistre de la
nau s'écria à ses gens qui estaient au bec de la nef : — C'est votre
besongne preste. Sommes-nous à poinct ?... Et ils dirent que oy
vraiment. Et quant les prebstres et clercs furent entrez, il les fit
tous monter au chasteau de la nef, et leur fist chanter au nom de
Dieu, que nous voulsist bien conduire. Et tous à haulte voix com-
mencèrent à chanter ce bel hymne : *Veni, Creator Spiritus,* tout
de bout en bout, et en chantant, les mariniers firent voile de par
Dieu. Et incontinent le vent s'entonne en la voile, et tantost nous
fist perdre la terre de vue, si que nous ne vismes plus que le ciel
et la mer ; et chascun jour nous esloignâmes du lieu d'où nous
étions partis. Et par ce, veux-je bien dire, que icelui est bien fol,
qui sut avoir quelque chose de l'autrui, et quelque péché mortel
en son âme, et se boute en un tel danger. Car si on s'endort au
soir, l'on ne sait si on se trouvera le matin au sous la mer. »

La flotte des croisés porte plus de soixante-dix mille combattants. Les bâtiments, très nombreux parce qu'ils sont fort petits,
souffrent bientôt à ce point qu'on est obligé de faire relâche dans

l'île de Chypre, où Louis IX, depuis deux ans, faisait entasser d'énormes provisions.

De là, sur mille huit cents navires, grands et petits, l'armée repart pour l'Egypte. On ne lit pas sans admiration le récit de cette double traversée, de ces dangers exagérés, dont une procession sur les vaisseaux dissipe les vaines terreurs. A chaque instant, on reste frappé de la toute-puissance de la foi sur le cœur de l'homme.

C'est l'histoire de la reine Blanche que nous écrivons ici; aussi nous abstiendrons-nous de suivre saint Louis dans sa fatale expédition. Mais nous ne pouvons nous refuser à mettre sous les yeux du lecteur quelques épisodes de cette guerre lointaine.

Comme tout chacun sait, Louis IX fut fait prisonnier par les Sarrasins. La reine, Marguerite de Provence, cette jeune et courageuse femme, était restée à Damiette pour faire ses couches. Ses angoisses furent horribles quand elle apprit la captivité de son époux. Elle était au lit, et avait un délire presque continuel. Un chevalier de quatre-vingts ans veillait seul auprès d'elle. Quand elle se désolait trop, il venait lui prendre la main et la rassurait de son mieux. Une nuit, elle l'appela près d'elle et lui parla ainsi :

— Me promettez-vous, bon chevalier, de faire ce que je vous demanderai?

— Sur l'honneur, je vous le promets, Madame.

— Eh bien! si les Sarrasins entrent dans Damiette, vous me tuerez; vous le jurez?

— J'y pensais, Madame, répondit le chevalier, et je le ferai...

Peu de jours après, la reine mit au monde un fils que l'on nomma Tristan. Ce nom ne pouvait être mieux choisi.

Le sultan Almoadan, maître de saint Louis, voyant que menaces et outrages ne pouvaient rien sur la fermeté du roi captif, demanda un million de besans d'or pour la rançon de tous les prisonniers.

— Les rois ne se rachètent pas avec de l'or, répondit Louis IX avec une noble fierté; je donnerai Damiette pour ma rançon personnelle, et le million de besans d'or pour la rançon des miens...

Mais un de ces événements si communs en Orient faillit coûter la vie au roi de France : Almoadan fut tué. Aussitôt ses meurtriers se présentent devant saint Louis, le glaive rouge du sang du sultan... Ils veulent l'égorger, lui aussi. Louis IX se

Femmes illustres de la France.   7

dresse devant eux, si grand, si majestueux, si brave, que son courage, sa noblesse et la dignité de son visage les font reculer, et le successeur d'Almoadan accepte les conditions faites par notre héros.

Pour en finir avec saint Louis, disons de suite que, à son retour, en passant près de l'île de Chypre, la galère du roi toucha contre un rocher, qui emporta bien trois toises de la quille, dit Joinville. On conseilla aussitôt à Louis de passer sur un autre navire.

— Si je descends de la nef, dit-il, cinq ou six cents personnes qui sont céans, et qui aiment autant leur corps comme je fais le mien, n'oseront rester après moi, descendront dans l'île de Chypre et jamais n'auront plus espoir ni moyen de retourner en leur pays. J'aime mieux mettre moi, la reine et mes enfants en danger et en la main de Dieu que de faire un tel dommage à si grand peuple... raconte encore Joinville.

Belles paroles ! généreuse action !

Voltaire a bien raison de dire, dans un moment de sincérité :

« Louis IX fut un prince destiné à être en tout le modèle des hommes. »

VI

Hélas ! Blanche de Castille pressentait la vérité, quand, à l'heure des adieux, à Aigues-Mortes, elle disait à son cher fils qu'elle ne le reverrait plus que dans les cieux. Elle ne devait plus le serrer sur son cœur et dans ses bras, sur la terre, en effet. Aussi quelle amère tristesse, quel chagrin déchirant elle rapporte en son âme, en rentrant dans Paris.

Toutefois, elle s'occupe de l'administration du royaume avec une assiduité qui ne se dément pas un seul instant. Tous ses efforts tendent à conserver la paix au-dedans et au-dehors : elle sait trop combien sont funestes les conséquences de la guerre. Heureusement le ciel vient à son secours.

L'Angleterre ne lui cherche aucune querelle ; l'empereur d'Allemagne est occupé ailleurs que du côté de la France. Si les Albigeois sont encore à craindre, elle ne sera pas prise au dépourvu, car elle fait partir pour le Midi des hommes capables d'y maintenir le bon ordre.

Alors, comme pour la purifier par le retrait de toute faveur et consolation, le ciel lui enlève le seul fils qui restait alors près d'elle, Alphonse, comte de Poitiers, que Louis IX appelle près de lui.

Puis, afin d'assurer le succès du roi dans son entreprise lointaine, elle lui expédie une somme d'argent si considérable, qu'il faut plus de douze chariots pour la transporter. N'allez pas croire que ce soit le fruit d'un surcroît d'impôts ; non : cette somme est le résultat de ses économies et de l'ordre qu'elle a su mettre dans les finances du royaume.

Cependant la nouvelle des désastres de l'expédition royale en Egypte ne fait qu'accroître, en France, la popularité du prince ; on ne veut pas voir ses fautes comme général ; on ne pense qu'aux vertus dont il est le modèle. Les seigneurs l'abandonnent, dit-on, c'est aux petites gens à le délivrer.

Et voici qu'il se forme une croisade d'un autre genre, celle des *Pastoureaux*.

C'est un infâme apostat de la Hongrie qui se met à leur tête. Jacob est son nom. Vieillard de soixante ans, au visage pâle et décharné, à longue barbe blanche, il s'avance à la tête d'une bande de vagabonds, de misérables sans nom, et parcourt l'Allemagne entière en appelant aux armes la lie du peuple pour aller délivrer le roi de France. Cette armée se grossit sans fin de tous les voleurs, des fugitifs qu'elle trouve sur son chemin. Elle arrive en France, et Jacob y excite à la guerre. Sa parole et ses bannières, qui représentent un agneau tenant une croix, répandent la terreur, car elles sont l'expression de la violence.

Après avoir traversé Amiens, puis Paris, où Jacob ne craignit pas de faire de l'eau bénite dans l'église Saint-Eustache, et de prêcher avec les insignes du sacerdoce, les Pastoureaux se rendent à Orléans, où ils sont admis par les habitants, malgré l'évêque qui veut s'opposer à leur entrée. Là, Jacob prend la parole, et dans un discours d'une violence inouïe, il jette l'opprobre à la religion, au clergé, à l'honneur des familles. Aussitôt un membre de l'Université s'écrie d'une voix vibrante :

— Misérable hérétique, vil imposteur, tu trompes ceux qui t'écoutent...

Il n'a pas achevé, qu'un coup de hache appliqué par un des Pastoureaux lui fend la tête.

Alors commence une indescriptible mêlée. Les séïdes du Hongrois se précipitent sur la foule et la mettent en fuite, tuent et massacrent un nombre énorme d'habitants, et, enfonçant les portes des maisons, montent jusque dans les appartements pour y poignarder les prêtres, les vieillards, les femmes et les enfants.

A la nouvelle de cette boucherie, qui a lieu le jour de saint Barnabé, en 1251, Blanche de Castille, stupéfaite, répond à ceux qui l'en instruisent :

— J'en appelle à Dieu, je croyais les Pastoureaux se dirigeant vers la Terre-Sainte pour aller la délivrer, avec les armes de la simplicité pastorale et de la sainteté chrétienne : mais puisqu'ils ne sont autres que des hérétiques, des trompeurs et des brigands, qu'on les saisisse, et qu'on les fasse disparaître.

L'ordre de la reine n'est pas immédiatement exécuté, aussi les Pastoureaux se dirigent vers Bourges, et à peine entrés dans la ville, commencent à piller les maisons et à user de telles violences, que les habitants n'osent plus se montrer dans les rues. La véhémence de la prédication de Jacob, qui fait entendre sa voix, achève d'exaspérer les paisibles citadins. Aussi, les ordres de la reine régente étant bientôt connus dans la ville, on se hâte de s'armer et de courir sus aux brigands. Ils s'échappent, on les poursuit : ils sont rejoints à deux lieues de Bourges. Là, Jacob est assommé par un boucher, et ses complices sont ou égorgés incontinent ou saisis pour être mis entre les mains de la justice.

Beaucoup de ces indignes soldats d'un méprisable hérétique purent s'échapper cependant, et regagnèrent assez difficilement leurs pays ; quelques-uns aussi prirent la croix et passèrent la mer pour aller combattre les infidèles, et expier ainsi leurs erreurs.

Telle fut la fin des Pastoureaux, dont, paraît-il, le but secret était de fournir au sultan d'Egypte le plus de chrétiens captifs qu'il serait possible, afin que la France, alors privée de son roi, ne pût s'opposer à l'entrée des Sarrasins dans les pays catholiques.

Cependant, la régente toujours très affligée de l'éloignement de son fils qu'elle aime de toutes les forces de son âme, épuisée par le chagrin des revers qu'essuie l'expédition d'Egypte, et plus fatiguée de sa longue et pénible administration que du poids des années, sent ses forces diminuer peu à peu et se perdre tout-à-fait. C'est en vain qu'elle fait parvenir au roi de France les plus vives instances pour l'engager à revenir dans le royaume : l'état des choses ne permet pas à Louis IX de quitter l'Egypte. Aussi l'affliction de Blanche de Castille s'en accroît davantage, ainsi que sa maladie.

Aussi les médecins, attendu le profond délabrement de sa santé, sont-ils d'avis que la reine-mère quitte Paris pour se soustraire au mauvais air de la ville, et qu'elle aille respirer celui plus pur de Melun, où d'ordinaire elle se plaît beaucoup.

En effet, la régente passe l'été et l'automne sur le plateau élevé de Melun : mais malgré l'attrait qu'elle ressent pour cette ville, elle sent le mal faire chaque jour de nouveaux progrès. En outre, vers le mois de septembre, une fièvre lente, mais dangereuse, est signalée, et aussitôt la reine exige qu'on la ramène à Paris.

A peine rentrée dans le palais, elle demande les derniers sacrements des mains de l'évêque, et les reçoit avec une admirable piété.

Puis, faisant venir l'abbesse de Maubuisson, près de Pontoise, elle lui déclare que depuis longues années elle éprouve le désir de prendre l'habit de l'ordre de Cîteaux et de faire ses vœux sous son obéissance. Le pieux vêtement des religieuses lui est accordé en effet, et Blanche de Castille fait ses vœux entre les mains de l'abbesse.

Elle ordonne ensuite qu'on la couche à terre, sur une simple paillasse ; et c'est dans cette attitude d'humiliation et de pénitence qu'elle veut rendre son âme à Dieu.

Cinq jours entiers, la reine de France attend l'heure suprême sur ce lit royal où la mort doit venir prendre sa victime, et enfin, le sixième, alors qu'on vient de lui donner le sacrement de l'Extrême-Onction, après des prières émanées du cœur, Blanche s'endort du dernier sommeil, celui des justes.

Alors le corps de la sainte reine, couvert des vêtements religieux, est revêtu par-dessus des habits royaux. Sur le voile des nonnes on place le diadème de France, et sur le manteau de l'ordre de Cîteaux, on dépose celui que portait la princesse aux jours de cérémonie, bleu d'azur semé de fleurs de lis d'or. Le royal cadavre est ensuite assis sur un trône resplendissant.

Le jour des funérailles venu, depuis Paris jusqu'à Maubuisson, près de Pontoise avons-nous dit, Blanche de Castille, le visage découvert, majestueuse, noble et belle comme aux jours de sa vie, portée par les principaux seigneurs venus en hâte autour de son cercueil de divers points du royaume, entourée de la haute noblesse, des officiers de sa maison, et du peuple tout entier, est conduite à la dernière demeure qu'elle a choisie.

C'était un grand jour de deuil pour la France! Mais pour la sainte femme, c'était l'heure du triomphe, car si elle quittait les pompes de la terre, elle faisait son heureuse entrée dans le ciel, où la royauté est sans épines.

ANDOVÈRE ET BATHILDE.

I

Il est triste d'avoir à retracer des scènes de violence et de désordres dont les passions humaines sont la cause, le mobile : le brutal égoïsme ; et des crimes hideux, le plus sinistre résultat.

Mais n'oublions pas que nous traversons l'époque de l'invasion des Barbares, que des peuples sauvages se substituent avec effort au monde antique vermoulu, et que ces éléments impurs de hordes nouvelles fermentent longtemps, hélas ! avant de se purifier, car les sociétés ne se fondent et ne se perfectionnent que par de longues et sanglantes épreuves.

D'autre part, quelle puissance et quelle richesse de contraste ne trouvons-nous pas dans la généreuse intervention et les nobles actions de ces femmes aimables qui, âmes d'élite et se plaçant en-dehors de l'atmosphère de corruption qui les entoure, pour répondre aux vives inspirations de leur belle nature, se font les anges du ciel sur la terre et deviennent des phares lumineux dans les épaisses ténèbres de ces temps lugubres.

Oui, la femme, ce sublime et délicat chef-d'œuvre du Créateur, est le bras de la civilisation dans les Etats, comme est elle le génie de la sagesse, de la vertu, de la prudence et de la piété dans les familles. Quand elle cède au feu sacré qui la brûle, comme elle se dégage des obsessions du mal pour s'élever vers les hauteurs du bien, et avec quelle ardente passion elle exerce l'apostolat de la sagesse et de la fraternité !

Dans les temps dont nous parlons, les princes ne vieillissent guère; les excès les tuent jeunes, quand le poignard, la corde ou le poison les épargnent. Mais, je le dis encore, dans ces œuvres de perdition, dans ces tableaux si sombres, cherchons et voyons le contraste, c'est-à-dire l'influence de la femme que Dieu fait apparaître chaque fois, le dévoûment dont elle fait preuve, les exemples qu'elle donne, les semences de vertus qu'elle répand, les consolations qui découlent de sa bouche, les bienfaits qui s'échappent de ses mains, le travail enfin qu'elle s'impose pour arriver à la transformation de ses semblables.

Admirons en même temps les heureux résultats de son influence, dont le succès met à leur souvenir une si magnifique auréole de gloire et de renommée.

II

Voici ce qui était advenu vers 581.

Je regarde comme indispensable d'en dire quelques mots, parce qu'on y voit la silhouette d'une reine qui fut grande par sa vertu et ses malheurs. Si elle ne fit aucune action d'éclat, du moins prépara-t-elle les voies de la civilisation par l'effusion même de son sang répandu pour hâter le progrès de la société.

Donc, un matin de 581, un pauvre pêcheur des bords de la Marne retirait, des filets qu'il avait jetés dans la rivière, le cadavre d'un enfant de quinze ans, livré à la mort dans toute la splendeur de la jeunesse et de la beauté. Jugez de sa surprise et de sa douleur! ce cadavre avait une chevelure blonde, longue et soyeuse, la chevelure des princes mérovingiens!

Quelle pouvait être cette royale victime d'un trépas prématuré?

D'abord, le pêcheur mit en terre, au pied d'un saule touffu, le petit prince, n'ayant autre suaire que sa riche chevelure, autre manteau royal qu'une misérable cape de paysan, et autre cour, pour le pleurer, qu'Ellen et Odille, la fille et la femme du pauvre manant. Pour la première fois Ellen avait sous les yeux le spectacle de la mort, et c'était un fils de roi qui était le trépassé, et un fils de roi traîtreusement occis!

Puis le pêcheur fut assez curieux pour chercher à savoir, et... il sut...

Il sut qu'on avait vu naguère, pendant un temps, au manoir de

Chelles, bâti par les premiers rois mérovingiens et par Clotilde elle-même, au milieu de la forêt de Bondy, une jeune vierge, son frère, charmant enfant comme elle, et leur mère, errant parmi les promenoirs. Tous étaient vêtus de deuil, et il n'y avait chez eux de couleurs de fête que leurs yeux, qui étaient bleus, et leurs longs cheveux, qui étaient blonds.

On appelait la mère du nom d'Andovère, la fille de celui de Basine, et le fils se nommait Clovis.

Un air de grandeur majestueuse mais humiliée était répandu sur leur physionomie, que voilait une profonde mélancolie. Ils habitaient une chaumière enclose dans les jardins du manoir. C'était une maisonnette blanche, le long de laquelle couraient des fleurs grimpantes dont la verdure et les larges feuilles réjouissaient la vue. Les allées qui l'entouraient allaient se perdre parmi des massifs de jeunes arbres et sous de hautes futaies. Un petit ruisseau gazouillait gracieusement au milieu de ce frais domaine, et après avoir sautillé sur des éclats de rochers, un peu plus loin on le retrouvait formant, au milieu d'une prairie que capitonnaient des aulnes et des bouleaux, un lac dormeur et tranquille.

Pendant que Clovis se roulait sur le gazon des pelouses, Andovère qui marchait lentement, comme courbée sous le poids d'une mystérieuse infortune, disait à Basine, en la baisant au front :

— Viens, ma fille ; appelons ton frère, l'heure de prier est venue.

Et Basine de crier :

— Clovis, frère Clovis, mère t'attend pour aller à l'oratoire.

On dit à notre pêcheur que cette femme, que tout bas l'on appelait madame la Reine, femme de Chilpéric Ier, ainsi que les grandes et saintes âmes, trouvait une indicible consolation à de cruelles douleurs, causées par son époux et une méchante femme appelée Frédégonde, dans le sage accomplissement de ses devoirs de mère.

Ainsi elle offrait à ses enfants le travail sous l'attrait du plaisir. Elle leur apprenait à connaître Dieu, en étudiant ses œuvres. Pendant la longue saison des pluies, par exemple, elle leur montrait le ciel éclaircissant peu à peu son voile de brouillards ; et quand un rayon de soleil glissait par quelque fissure des nuages et laissait entrevoir l'azur du firmament, elle disait :

— Ce rayon de soleil est le regard de Dieu qui se fixe sur la terre ; c'est ce regard, mes enfants, qui fait fleurir le monde.

Puis, quand, au printemps, toutes choses reprenaient un air de fête et que les enfants s'extasiaient à voir les jardins s'épanouir, les buissons de roses se couvrir de feuilles et de boutons, les lilas commencer à montrer leurs grappes et les acacias secouer leurs panaches parfumés, elle disait encore :

— C'est Dieu qui fait toutes ces belles choses et nous les donne pour en jouir. Qu'il est bon, et combien nous devons l'aimer et le servir !

Elle ajoutait alors comment toute chose vient de Dieu et reçoit de lui la vie. Elle leur avait fait voir le soleil animant la nature de son regard ; elle leur montrait à cette heure que les plantes qui s'ouvrent le matin se referment le soir ; que les insectes qui bourdonnent aux tièdes instants des jours disparaissent longtemps avant la nuit ; que les oiseaux qui s'éveillent avant l'aube s'endorment avec le crépuscule. Un seul, le rossignol, reste après les autres sous le rayon de la lune, et son chant veille comme une prière, comme un hymne nocturne, comme un écho mélodieux. Enfin, à propos d'une rose épanouie sur sa tige, elle faisait comprendre aux enfants attentifs ce que c'était que la vie, et, en face d'un lit brisé, sa voix dolente leur expliquait ce que c'était que la mort.

Aussi, cette pensée de l'existence cachée sous une apparente insensibilité avait-elle établi de doux et naïfs rapports entre les enfants et les fleurs des parterres. Elles étaient pour eux malades ou bien portantes, tristes ou joyeuses. Ils s'attendrissaient avec les unes et s'égayaient avec les autres.

Après les plantes de la terre, venaient les habitants des airs, les oiseaux, les papillons, les insectes.

Et puis, et surtout, venaient les hommes, nos frères !

Que de choses tendres et onctueuses Andovère ne disait-elle pas alors, avec le cœur et la générosité d'une belle âme, à Basine et à Clovis, sur l'amour que l'on doit à ceux qui nous ont donné le jour, à un père, à un époux, à ses proches, au souverain, aux maîtres de la terre, et enfin à tous les hommes. Elle leur disait encore et surtout, avec le cœur toujours, mais avec des larmes aussi, et le pardon des injures et la résignation aux décrets de Dieu.

Malheureusement, hélas ! souvent, trop souvent, la solitude de

Chelles était troublée par la présence d'hommes de guerre farouches, à visages patibulaires. Alors Basine et Clovis se réfugiaient dans les bras de leur mère, et ils pleuraient tous.

Un jour, mère et enfants ne se montrèrent pas dans les promenoirs. Une pénible lassitude, une vague terreur, pesaient sur la résidence et le manoir. On voyait de grands nuages passant rapidement sur la cime des arbres et effleurant la flèche d'une chapelle élevée par Clotilde. Comme d'immenses vagues, ils allaient au couchant se confondre dans une mer de sang. Jamais le ciel n'avait eu cette couleur. Bientôt l'air fut sillonné par une brise chaude et sifflante, si étrange, si peu attendue, que nos héros se mirent à trembler. Le firmament devint noir alors, et soudain éclata un affreux orage.

Puis à ces bruits de tempête se mêlèrent des clameurs d'hommes d'armes, de soudards, d'ignobles valets, allumant des torches, brandissant des angons, des francisques, des framées.

Mais quand le calme fut revenu, deux cadavres montraient leurs plaies béantes sur les pelouses vertes, au milieu de mares de sang.

C'était Andovère, la reine Andovère, femme de Chilpéric Iᵉʳ, indignement égorgée par la soldatesque de Frédégonde.

C'était Basine... pâle fleur brisée par la tourmente.

C'était Clovis, arraché à sa mère et jeté vivant dans les flots limoneux de la Marne, pour y trouver la mort.

La misérable Frédégonde triomphait sur la terre, pour un temps : ses trois royales victimes faisaient, avec la cour céleste, leur ascension sur un trône impérissable dans les cieux.

Sur la terre encore, on maudissait la première, et sur la même terre on pleurait et on bénissait la seconde et ses enfants chéris !

III

On entrait dans les mois brumeux de l'automne. Le temps était sombre et bas. Des nuages pareils à des vagues silencieuses roulaient aux flancs des collines qui accompagnent le cours de la Seine.

Sur un sentier, parfois s'égarant sous d'épaisses cépées, parfois suivant les capricieuses sinuosités du fleuve, cheminait une bande d'hommes accoutrés d'une façon si bizarre et de femmes vêtues de tels oripeaux, qu'il était difficile de dire à quelle classe les uns et les autres pourraient appartenir.

C'était en 645 de notre ère, et les Gaules offraient si fréquemment alors l'exhibition de peuplades voyageuses de toutes régions de l'Europe, bouleversée par les invasions barbaresques, qu'on ne savait en vérité parmi quelle nation ranger ces intrus.

Les gars dont il s'agit ne devaient être d'aucune horde spéciale de Goths, Burgundes, Alains, Suèves ou Vandales : c'était le premier spécimen, dans les Gaules, de ces coureurs d'aventures que de nos jours nous appelons Egyptiens, Gypsies, Zingari ou Gitanos. Halés par tous les vents, brunis par tous les climats, bronzés par tous les soleils, ils s'avançaient cahin-caha, coiffés de vieux casques empruntés aux Romains occis en bataille, de bonnets de fourrure provenant de Gaulois d'il y avait deux cents ans, de calottes de fer dont avaient été dépouillés les cadavres de Huns dans les plaines catalauniques, et de vieux capulets trouvés à Véseronce ou à Tolbiac. De pelures variées, ceux-ci portaient des surcots de laine mi-partie jaune et bleue; ceux-là des cafetans barriolés d'arabesques indéchiffrables : les premiers s'enveloppaient de sayons faits de peaux de bêtes fauves; les derniers s'engouffraient en d'antiques armures rouillées, comme tortues en carapace. On voyait de leurs femmes qui, montées sur des baudets à robe rugueuse et tannée par les coups, portaient en croupe des enfants au regard narquois et à face de singe. D'autres, à peine reconnaissables, à la chevelure noire qui ruisselait sur leurs épaules, et huchées sur de maigres haridelles, chevauchaient en chantant et en riant aux éclats. Habillées, comme les hommes, de hoquetons dépenaillés et de chlamydes jadis fourrées, elles avaient couvert leurs têtes de diadèmes de cuivre bossué, terni, dont les pierres fausses ne jetaient plus de reflets.

Mais ce qui, dans cette truanderie, excitait le plus l'étonnement et la curiosité, était une basterne, sorte de voiture large et carrée, hermétiquement fermée, posée sur des roues basses, et que traînaient deux cavales efflanquées. On eût dit un sépulcre que chariaient des diables travestis et tenant close quelque âme à l'enfer.

Autour de cette tente à larges rayures rouges et grises, s'ébattaient, sur des ânes pelés, des négrillons affublés d'oripeaux enduits d'un vernis gras prédisant la misère, et des adolescents jaunis par la vie nomade et pourtant se donnant un air martial en collant sur leur poitrine un large baudrier, portant longue rapière.

Enfin, sur un vieux dromadaire boîtant et calleux, s'avançait en dernier lieu le chef de la troupe sans doute, car, armé d'une longue lance, par intervalles il faisait entendre les éclats d'une voix impérative et sinistre tout à la fois. Cet homme semblait avoir atteint les dernières limites de l'âge humain. Sa peau était tannée, recoquevillée, sillonnée de rides. La vieillesse n'avait pas laissé un atome de chair sur ses muscles, de sorte que sa maigreur portait à croire qu'il devait bruire en se remuant comme les ossements d'un squelette.

Vue dans le clair-obscur de la tombée de la nuit, cette caravane fantastique avait dû effrayer plus d'une fois les habitants de la vallée de la Seine, dont elle remontait le cours, venant du nord vers Paris. Elle s'avançait lentement, n'ayant nul souci des sites merveilleux qui s'offraient à la vue, et signalant pour tout passe-temps les oiseaux des bocages aux plus jeunes gars. Aussi, par moments une arbalète sifflait, allant atteindre gélinottes et faisans, perdreaux ou bécassines maraudant au revers des coteaux.

Il arrivait souvent qu'à travers une déchirure de la grossière couverture qui formait les parois du palanquin gaulois appelé basterne, un œil se fixait du dedans et des éclairs jaillissaient de ce regard curieux. Mais à un sourd grognement des guides, cette lueur s'éteignait soudain. On pouvait donc croire qu'en ce cachot mouvant se trouvait captive quelque gazelle sauvage, ou l'un de ces animaux rares que les régions de Gaule ne voyaient jamais errer en liberté.

Le soleil était à son déclin, lorsque, au détour d'une colline, subitement, comme une corbeille surnageant parmi les roseaux, la bande voyageuse avisa la cité des Parisiens. Le ciel, terne jusqu'alors, s'ouvrait aux rayons d'or pâle de l'astre qui se couchait dans ses langes de pourpre. Les clochers et les tours, les dômes et les hautes murailles des édifices se montraient agrandis par les effets de lumière. C'était sur la rive droite des eaux miroitantes du fleuve la tour Montjoie, la chapelle Saint-Merry, le pas Saint-Martin, l'église Saint-Leu. Sur la rive gauche, le palais des Thermes, le Camp-Romain, l'église des Saints-Apôtres, etc. Et puis, ici et là, dans l'île, le moutier de Lantretade, le baptistère de Saint-Jean-le-Rond, le marché Palud, la prison de Glancin, la tour de Marquefas et l'Orberie, et enfin la demeure de « messire le Roy, dont le toit brillait, près du port, et en-deçà le Lupara. »

Ébahis en face de la Cité, les truands s'extasiaient, car Paris nageait alors dans une atmosphère bleuâtre et vaporeuse comme la produisent souvent les soirées d'automne. Les faîtes de ses édifices commençaient à s'effacer dans la brume, mais on pouvait voir encore ses campaniles et ses clochetons se profiler sur le clair rayon du jour que la nuit envahissait peu à peu.

Jusqu'alors la caravane avait rencontré peu de manants; mais plus on approchait de la Cité, plus on voyait converger vers ses murs des groupes de matelots et de femmes du peuple, ou des hommes avinés et de paisibles bourgeois, qui se présentaient aux angles d'un temple, ou sortant de chemins creux. Beaucoup de Parisiens, surpris de l'étrangeté du coup d'œil, s'arrêtaient interdits, et, croyant à quelque apparition magique, se signaient dévotement avant de s'éloigner en hâte. D'autres laissaient défiler devant eux la bande grotesque, la saluaient de quolibets railleurs et se mettaient à sa suite pour en mieux juger les détails. C'est ainsi que promeneurs et bohémiens atteignirent enfin la ville.

Une masse compacte s'était formée à l'entour de la tribu nomade, dans la pensée qu'elle allait franchir le pont : mais le chef, faisant sonner ses grands doigts comme des castagnettes et poussant un glapissement de chacal, mit au galop son dromadaire poussif, puis, se dirigeant vers la rive droite, près de la tour Montjoie, s'arrêta en face de quelques hangars et cabanes, sur un terrain laissé libre entre ces modestes constructions et la berge de la Seine.

On appelait ce lieu le Val de Misère.

Depuis peu, à l'ombre de la tour Montjoie, on avait élevé les hangars dont je parle plus haut, pour tenir lieu de remises aux équipages de chasse aux loups de Sa Majesté le roi, en conséquence de quoi on nommait ces constructions nouvelles *Lupara.*

C'est l'origine du *Louvre,* le palais de nos rois de France à Paris.

C'était bien une vallée de douleurs, en effet, ce ramassis de huttes et cabanes agglomérées sur la berge du fleuve et près des remises royales, car, basses et humides, elles ne servaient d'asile qu'à la populace de la ville. Ladres et malingreux s'y établissaient comme en des chenils, et là, sans vergogne, dans leur pénible vie, se consolaient entre eux par le tableau de leur pénurie de tous les jours et de leurs angoisses mutuelles.

Cette partie des rives de la Seine, destinée à voir un jour les merveilles du Louvre et les splendeurs des cours, n'était alors qu'un terrain marécageux que décoraient quelques grands arbres formant avenue au Lupara. Ce fut sous le dôme de feuillage de ces frênes et de ces ormes que nos Egyptiens prirent gîte et campèrent.

Combien grande était la stupéfaction des Parisiens, le lendemain de ce jour, à la vue de ce qui se passait au Val de Misère ! Appendue par les quatre coins aux plus forts rameaux des arbres, une immense toile rayée de jaune et de rouge se balançait au souffle du vent et formait une voûte protégeant contre soleil et pluie. D'autres tissus aux vives couleurs composaient d'autres tentes, que les badauds du temps supposaient cacher des mystères, dont s'affriandait leur curiosité. Sous la plus grande de ces tendines, ouverte à tous zéphirs, apparaissait la fameuse basterne : mais par le trou pratiqué dans ses replis, on ne voyait plus briller l'œil qui s'y appliquait si fréquemment la veille. Près de cette voiture bizarre, un gitano couvert d'un corselet de fer, ayant au front un heaume d'airain et tenant en main une lourde guisarme, veillait, tantôt marchant avec lenteur, tantôt s'arrêtant sur un pied, comme un héron désœuvré, pour interroger de l'œil tour-à-tour et la terre, et le ciel, et l'eau.

Impossible de redire les lazzi qui, partant des bouches populaires, venaient aiguillonner ce drille et ses amis les truands qui, près de là, faisaient cuire galettes de maïs, rôtissaient chevreaux pris au vent, râclaient des violes mal sonnantes, ou réparaient sur leurs hardes les dommages causés par les buissons des chemins.

IV

A l'époque où nous sommes arrivés, la France ne se partage déjà plus en royaumes de Paris, d'Orléans, de Metz et de Soissons. On appelle Austrasie tout l'orient de la Gaule, c'est-à-dire la Belgique et la Lorraine ; Neustrie, sa partie occidentale, à savoir la future Normandie, l'île de France, etc.; et Aquitaine, tout le sud-ouest.

Déjà Frédégonde, femme de Chilpéric Ier et assassin de la belle Galswinthe, s'est assise sur le trône de Neustrie, en faisant égorger son mari dans la forêt de Chelles ; et la grande Brunehault, sœur de Galswinthe et femme de Sigebert, sur celui d'Austrasie. Mais de ces deux femmes la première a fait la honte de la Gallo-France, tandis que la seconde en eût été l'honneur et la gloire, si les pénibles circonstances qui luttèrent contre elle ne l'eussent fatalement entraînée à sa perte.

Mais depuis que ces deux rivales en beauté et en puissance ont occupé la scène du monde, différents princes ont eu en mains l'Austrasie, la Neustrie et l'Aquitaine :

Clothaire II, en réunissant sous son sceptre l'héritage entier du grand Clovis,

Et Dagobert Ier qui a porté la monarchie mérovingienne à l'apogée de sa grandeur.

Hélas ! après ce dernier, l'Austrasie appartient à Sigebert, et la Neustrie à Clovis II, l'un et l'autre fils de Dagobert. Or, en la personne de ces deux fantômes de souverains, se produit le règne des rois fainéants, dont toute l'autorité repose dans les mains des maires du palais.

A cette heure, 645, c'est Clovis II qui habite Paris, et, dans Paris, le palais de la Cité, que nous avons vu occupé par Clovis et Clotilde, puis souillé par Childebert et Clothaire Ier du meurtre des enfants de Clodomir, habité un moment par le même Clothaire et Radegonde, et qui, en dernier lieu, fut le théâtre des fureurs et des crimes de Frédégonde et la demeure de Clothaire II et de Dagobert Ier.

V

Au moment où le peuple de Paris s'ébaudit en face du camp des ribauds du Val de Misère, alors que le soleil d'automne, dans ses adieux à la saison riante qui fuit, jette ses plus chauds rayons sur le bassin de la Seine, une voix fatiguée sort du fond d'une large alcôve de la grande chambre de ce palais. A cette invitation d'entrer, une lourde portière se soulève lentement, une ombre se glisse avec prudence et précaution, puis, allant aux fenêtres creusées dans la pierre, entr'ouvre avec précaution les épais volets qui cachent la lumière. Aussitôt une pâle lueur pénètre dans la chambre, et on peut voir les murailles tendues d'étoffes bleues, semées de lis, d'étoiles et de feuilles d'or, tandis que le plancher est caché sous un moelleux tapis. A droite et à gauche, au centre et partout, sont disposés armoires et coffrets, miroirs d'argent, bahuts de toutes formes, crédences et torchères. Mais les rayons de jour, tamisés cependant par des vitres de couleur, sont trop vifs sans doute, car une voix s'écrie de l'alcôve dont les portes sont ouvertes :

— Cette lumière me blesse, Thaddée ; baissez les courtines, baissez vite.

Le dolent cameriste obéit aussitôt et fait tomber sur la fenêtre un épais rideau qui ramène un sombre crépuscule dans la pièce.

Alors, comme on ferait à un enfant ou plutôt à un infirme, le valet passe à la grande poupée, qu'il se met en devoir d'habiller, manches et brassières ; puis, l'enveloppant d'une houppelande de soie, il l'assied sur un siége adossé à l'angle d'une fenêtre, d'où l'on peut voir ce qui se passe au-dehors, en soulevant quelque peu la courtine.

Ce débile personnage qui a si langoureusement parlé, qu'on a lentement vêtu, bassiné, lissé, n'est autre que monseigneur Clovis, roi de France et de Paris, mais Clovis II, petit-fils de l'illustre guerrier de ce nom.

— Mais, Thaddée, que se passe-t-il donc là-bas, au Val de Misère?... dit le prince en toussant. M'est avis qu'il y a grande foule de manants qui clame et bat des mains.

Puis il ajoute, comme un écolier gâté par son maître :

— Vite mon toquet, ma jaquette et mon surtout de menu-vair, Thaddée : dis qu'on attelle le char le plus doux, je veux voir ces gens, ce sont bateleurs et ribauds.

Cependant, en effet, sous les arbres du Val de Misère, grande est la joie, à juger par les rires et clameurs qui s'en échappent. La foule des Parisiens grossit sans fin ; elle demeure bouche béante, car en avant des tentes s'avance sur un dromadaire, couvert de housses rouges mi-partie et mi-partie dorées, un homme qui se tient debout sur la bosse de l'animal. Il semble une sorte de géant, et son ventre est proéminent à faire peur. Aussitôt il sonne d'une trompe de cuivre, puis, d'une voix de stentor annonce spectacle

magique et badin. Enfin, pour confirmer ses dires, il imprime à sa
face une laideur si grimaçante, en clignotant d'un œil et en ouvrant démesurément l'autre, que les badauds poussent des cris
d'applaudissements et de satisfaction.

— Qui veut m'occire? fait-il... Je l'en défie...

— Passez le javelot... répond un amateur de tir.

Le géant dégage ses bras du manteau qui l'enveloppe et apparaît corpulent et obèse comme Silène et haut comme Cacus. Il
porte cuirasse et brassards de satin parsemés de paillettes qui
brillent au soleil. D'une main il présente une flèche acérée, et de
l'autre un arc pour la décocher. Puis, quand cette arme dangereuse est entre les mains du gars malicieux et fûté, et qu'il ajuste le
trait, le géant prend la pose d'un homme qui se voue au trépas.
La flèche part, siffle, et, touchant le but, s'enfonce rudement dans
le ventre du bateleur, qui semble chanceler. Son œil blanchit, sa
bouche fait une contorsion, et déjà la foule croit le voir tomber,
quand poussant un éclat de rire, tout-à-coup son ventre s'ouvre,
et il en sort deux négrillons si laids, si camus, qui montent sur
ses épaules, qu'au rire du jongleur répond un rire bruyant qui
fait écho en Seine. Alors, d'un bras vigoureux le géant lance en
l'air ces nains aux mines grivoises, qui, s'attachant aux branches
des arbres, disparaissent dans le feuillage comme feraient écu-
reuils et singes. Mais, de son côté, d'épais et colossal de taille
qu'il semblait peu auparavant, le jongleur apparaît soudain si
mince, si fluet, si maigre, et tellement étique, que les bonnes femmes de Paris allaient crier au diable.

Heureusement, pour faire diversion, voici que danseurs et dan-
seuses, ruisselants de panaches et de basquines dorées, s'élancent
sur des cordes lâches ou raides, tendues d'un arbre à l'autre, et
mille tours d'adresse se succèdent, tous si singuliers, si merveilleux pour le peuple naïf qui assiste à la fête, que grand est l'émoi
du plaisir.

— Et la basterne, eh! l'homme gras devenu maigre... crie le
populaire en montrant du doigt la mystérieuse voiture.

Le vieux chef de la bande égyptienne veut éluder la question;
il annonce un âne qui va danser sur des échasses et faire des
cabrioles mirifiques, mais c'est en vain. Foin de l'âne, on veut la
basterne.

Un nouvel incident le tire de peine.

Passant sous la grande voûte de la porte du palais et tournant sur le quai, on voit s'avancer d'abord quatre hommes à cheval, portant en main trompettes de cuivre, au drapeau flottant, écussonné des armoiries royales. Leurs cottes d'écarlate rutilante, avec chiffre au dos et sur la poitrine, tranchent sur les housses vertes de leurs coursiers blancs. Par moments ils sonnent de leurs trompes et annoncent le passage du roi.

Derrière eux, viennent les leudes et seigneurs montant des palefrois pleins de fougue, et des dames ayant au front chapel brodé d'or, et aux épaules et à la taille sambues de vives couleurs. Les crépines d'or, les franges d'argent, la garde des glaives, les plumes bariolées, les hermines éblouissantes, les têtes animées donnent à ce cortége, développé sous les chauds rayons du midi et caracolant sur le pont, un aspect magique qui appelle et réjouit les Parisiens.

Mais ce n'est encore que la tête de la pompeuse chevauchée du prince. Il vient aussi, lui, Clovis II, non comme un souverain valeureux et brave, mais comme une femme délicate, assis sur un char bas sur roues, rechampi de filets au carmin, tapissé de moelleux coussins et sans dossier, pour donner loisir de s'étendre à l'aise, afin de dormir au besoin. Quatre bœufs, de robe immaculée, d'un pas tranquille et lent, traînent ce véhicule roulant comme à regret. Là, dans le creux des édredons, étendu mollement, doucement bercé, repose sur un coussin de pourpre le monarque fainéant, haut de corps, mince au flanc, bien formé, le visage s'épanouissant de santé. Sur son front scintille une toque de velours que surmonte une aigrette de pierreries, dont le poids le fatigue, comme sa robe de camocas, serrée d'une ceinture de diamants, l'oppresse. Aux côtés du chariot, montés sur des mules, cavalcadent des archers et des gardes, mais en silence, de crainte d'agiter trop vivement les sens de monseigneur le roi.

Le cortége atteignit bientôt le Val de Misère.

— La basterne! la basterne! cria le peuple, plus fort qu'auparavant, afin d'appeler l'attention du prince.

En effet, Clovis, qui voit à son tour la singulière voiture, détournant les yeux des basquines et spencers, des paillettes scintillantes et des satins chatoyants, demande à l'homme maigre :

— Qu'y a-t-il en cette jonglerie ?

— Fortune de roi!... répond le bateleur.

— Ouvre ta basterne, dès-lors... fait le monarque.

Le truand de s'exécuter. Sur un signe, la voiture est approchée du char royal. Alors, avec adresse et prudence, le gitano fait tomber la toile bariolée qui forme draperie sur la basterne, et, avec mille précautions, écartant les tapisseries qui s'étalent en courtines, il les relève en guise de dais, et enfin soulevant de riches soies qui composent une dernière tendine, on voit aussi se produire la plus admirable apparition.

C'est une jeune fille de vingt ans. Elle a de grands yeux de velours noir, des lèvres purpurines, des cheveux opulents à s'en former un manteau qui l'envelopperait en entier, des dents d'une éblouissante blancheur, et dans toute sa pose une grâce tellement indéfinissable, qu'il ne nous est pas possible d'en rendre la distinction et la magie. Sa blancheur est éblouissante, mais ce qui ajoute à sa beauté radieuse, c'est la suave timidité et le pudique embarras qui se produisent en elle, quand du sombre *retiro* où elle se trouve elle paraît soudain au grand jour en présence d'un monarque, d'une cour et de tout un peuple.

Une large chlamyde blanche l'enveloppe de ses innombrables plis soyeux et dissimule à demi les élégantes épaules et le buste gracieux de la charmante étrangère.

Un cri de surprise et d'admiration s'échappe soudain de la poitrine des leudes et des manants. Le roi lui-même demeure stupéfait, et, haletant, il fait signe au zingaro de s'approcher et lui dit :

— D'où te vient si gente fille ?

— Des côtes de l'Océan du nord, monseigneur... répond l'histrion en se confondant en salutations et en rougissant de plaisir. Là, je l'achetai de gens qui voulaient la conduire aux rivages des Maures. On l'amenait d'Angleterre, dans l'espoir d'en avoir grosse somme ailleurs, car ainsi que je l'ai dit, à cause de sa beauté, cette fille est fortune de roi.

— Fortune de roi! fit Clovis II, toujours appuyé sur le coude et contemplant la belle esclave d'un œil mélancolique, mais qui peu à peu s'animait et transformait le prince, car il parut penser et réfléchir.

Mais il n'était pas seul à penser et à réfléchir. A la suite du prince et parmi ses leudes se trouvait un seigneur du nom d'Erchinoald, dont l'ambition précoce lui faisait méditer d'user de la faiblesse du jeune roi pour gouverner à sa place sous le titre de maire du palais. Jugeant que le cœur de Clovis allait s'enflammer, et que cette jeune femme pourrait nuire à ses intérêts si elle avait l'oreille du souverain, il s'empressa de dire sournoisement à l'Egyptien que l'esclave était à lui, qu'il l'achetait, et qu'il lui en donnerait la somme qu'il pouvait souhaiter. Fort satisfait, l'histrion, pour n'en point avoir le dédit, s'empressa d'aller prendre la jeune fille pour la remettre à Erchinoald.

Clovis comprit la manœuvre du seigneur son vassal, et appelant le zingaro :

— Point ne touche cette captive, lui dit-il : elle ne sera pas l'esclave de mon leude, mais bien mon épousée, l'épousée du roi.

Cependant la jeune fille, toujours dans son attitude d'immobile et blanche statue, la tête légèrement inclinée sur l'épaule, semblait ne pas comprendre ce qui se passait autour d'elle. N'eût été le mouvement de ses lèvres, tandis qu'elle roulait sous ses doigts les grains de son collier, on l'eût prise pour un ange endormi.

— Oui, par la Vierge! cette esclave sera ma femme! reprit Clovis en s'animant davantage encore, au point de s'élancer de son char et d'aller droit à la basterne.

— Veux-tu bien être mon épousée, belle enfant d'Angleterre, pâle fleur des îles?... demanda-t-il à la captive, en la regardant d'un œil doux et caressant.

— L'esclave Bathilde ne s'appartient pas... répondit la jeune Anglaise, d'une voix si mélodieuse que le prince frémit, comme aux sons aériens d'une harpe éolienne.

Ce disant, elle enveloppa Clovis d'un regard soumis, modeste et pourtant si magnétique que le roi fut subjugué.

— Vous serez royne alors, je l'ai dit, je le ferai, répliqua le koning avec une énergie qui, certes, ne lui était pas ordinaire; et prenant la main de Bathilde qu'il baisa avec amour : Venez, mignonne, ajouta-t-il, venez sur mon char royal, le seul qui vous convienne... Dès à présent vous êtes royne de mon cœur, de ma ville de Paris et de mon peuple, ô mon bel ange du ciel. Je veux vivre de vos joies et mourir de vos douleurs... Quel bonheur d'être roy, avec telle royne !

— Vive la royne Bathilde... clamait la foule de son côté, car ayant tout vu, tout entendu, tout compris, elle applaudissait avec enthousiasme, séduite elle-même par l'exquise beauté et l'émanation de sagesse et de vertu de la jolie fiancée du prince.

Quant à Bathilde, elle portait vers les cieux un regard qui contenait toute son âme, en prenant place aux côtés du roi, sur son char, et sa main se posait sur son cœur, comme pour en comprimer les battements précipités.

VI

Ainsi eut lieu, sans préambules diplomatiques, à la façon des temps modernes, le mariage de Clovis avec Bathilde, comme Radegonde, sortie de l'esclavage pour monter sur un trône.

Dieu permettait ainsi que de ces femmes jeunes et belles se répandît le parfum des plus aimables qualités, afin qu'en charmant les rois, elles fussent chéries des peuples, et qu'elles les amenassent aux progrès de civilisation, par le culte religieux et l'exemple du bien.

Il y eut de grandes fêtes dans Paris, en ces jours-là, et les truands furent les premiers à festoyer l'élévation de Bathilde, avec les pièces d'or de monseigneur le roi.

Bathilde eut de son mariage trois fils, qui portèrent successivement la couronne : Clothaire III, Childéric II et Thierry III.

Cette sage princesse continua dès-lors à conduire son mari dans les voies du juste et du bien, grâce à l'heureuse influence qu'elle obtint bientôt sur Clovis II. Celui-ci ne fit rien d'éclatant pendant son règne, parce que les circonstances ne le permirent pas; mais au moins, sous la conduite de Bathilde, la Neustrie fut heureuse. Le peuple ne souffrit pas des exactions, la justice fut rendue; les leudes turbulents se montrèrent plus réservés; les terres, partagées davantage, nourrirent mieux les habitants des campagnes. S'il n'y eut pas d'actions d'éclat, il y eut une félicité réelle sous les lambris des grands, comme sous les toits de chaume des pauvres.

Clovis II mourut jeune. Bathilde prit alors la régence et gouverna sagement. Elle dut aussi se charger de la tutelle de ses fils, dont l'aîné n'avait encore que cinq ans. Cette généreuse femme soutint ce double poids avec un courage et un zèle qui méritent l'admiration de tous. Sa rare prudence lui fit trouver le moyen de maintenir la paix dans l'Etat.

Enfin son fils aîné Clothaire devint roi de Neustrie et eut sa résidence à Paris.

L'Austrasie réclama son second fils Childéric, qui alla s'établir à Soissons.

Mais comme ni l'un ni l'autre n'avaient pas encore l'âge voulu, au roi de Neustrie elle donna Ebroïn comme maire du palais, et Wulfrad à celui d'Austrasie.

Alors elle se retira à Chelles.

Chelles est une petite ville assise dans les ombrages de la forêt de Bondy. Déjà Clotilde y avait fondé un sanctuaire, sous l'invocation de saint Georges, et quelques cellules pour y abriter de saintes femmes désireuses de se consacrer à Dieu. C'était le germe d'un monastère. Bathilde le développa dans tout son entier, et, l'église de Saint-Georges tombant en ruines, ainsi que les cellules, elle y fit construire un véritable moutier, composé de trois grandes chapelles et de vastes corps de bâtiments. Ce fut là que Bathilde vécut en sainte et modeste religieuse; ce fut là qu'elle mourut et qu'elle reposa dans l'éternel sommeil.

Déjà Chelles était connu, mais par un grand crime, car c'était dans la forêt qui entoure cette résidence royale, que déjà l'infâme Frédégonde avait fait assassiner son époux, Chilpéric Ier, à son retour d'une chasse.

Quiconque passe sur la voie ferrée qui fait station devant Chelles, peut voir au milieu de la prairie, entre la bourgade et le rail-way une croix gothique, encore debout, mais dont le sommet a été décapité par le temps. C'est à cet endroit même que mourut Chilpéric Ier, dont le souvenir, ainsi que celui de Frédégonde, est complètement effacé. Mais le souvenir de Bathilde et celui d'Andovère, pieuse martyre! persistent toujours, et l'on y invoque l'une et l'autre saintes.

C'est que la terre qui tombe sur le cercueil, les vers et la corruption qui dévorent les créatures humaines, malgré le cèdre, le chêne ou le plomb qui les enveloppent, effacent bien vite les traces du passage de l'homme sur la terre. Mais si cette créature de Dieu a été grande par la sagesse et la vertu, alors il reste d'elle une impérissable mémoire qui ressuscite son cadavre et le rend vivant aux générations qui courent, bien loin derrière elle, sur le chemin de la vie!

JEANNE DARC.

I

Il y eut un temps de sinistre mémoire où la France courba la tête sous le joug odieux des Anglais.

Oui, au quatorzième siècle, les Anglais occupèrent une notable partie de notre belle France.

Les Anglais en France, quelle honte !

Il fallait la dévorer cependant, cette honte, car Charles VI, après bien des luttes sanglantes et de criminelles exécutions de

ses propres sujets, inspirées par une colère aveugle, était obligé
de courber la tête et d'accepter le voisinage de cette horrible
domination étrangère.

Pourtant il vint au cerveau d'un noble sire que si la France
portait la guerre en Angleterre, peut-être alors la délivrance de
notre patrie deviendrait-elle possible.

L'idée était bonne en soi : aussi fit-elle son chemin, et bientôt
les chevaliers français se promirent entre eux « que, par eux,
l'Angleterre serait toute perdue et rendue déserte, tous les hommes morts, femmes et enfants dessous âge amenés en France et
tenus en servitude. » C'est Froissard qui nous donne ces détails.
Mais toute bonne que fût l'idée, et précisément parce qu'elle pro-
mettait de nombreux avantages, on l'exécuta mal, ou plutôt on ne
l'exécuta pas du tout.

On recueillit tous les vaisseaux que l'on put saisir, acheter ou
prendre à loyer, depuis les côtes d'Espagne jusqu'à celles du
duché de Prusse, et on les dirigea sur la Flandre. Ainsi se trouva-
t-il bientôt jusqu'à mille trois cent quatre-vingt-seize navires.
Alors il n'y eut point de pompe, point de magnificence que les
seigneurs de France ne voulussent étaler sur les vaisseaux qu'ils
choisissaient pour les transporter.

On alla plus loin, on imagina d'emporter une ville, afin d'avoir
immédiatement un abri, en abordant en Angleterre.

Donc, pour que le roi Charles VI, dès sa descente sur le littoral
anglais, pût être logé royalement, et, en même temps, pour que
son quartier fût mis à l'épreuve des attaques et des surprises
nocturnes, on lui fit édifier et préparer, en bois, une ville qui dût
et pût être transportée avec lui. Le connétable de Clisson se
chargea de diriger cette construction dans les forêts de la
Bretagne, et de faire embarquer ensuite toute cette charpente à
Tréguier. Cette ville fut exécutée, en effet. Elle était carrée, avait
trois mille pas de diamètre, et se composait d'une forte enceinte
palissadée, et de maisons qui devaient s'aligner dans son intérieur,
et qui pouvaient se démonter et se remonter aisément. Quand
elle fut terminée, elle formait la charge de soixante-douze vaisseaux !

On pouvait prévoir que, au moment du débarquement des
Français, les Anglais feraient disparaître tous les vivres de la contrée. On prit donc la précaution, contre l'usage des guerres de

cette époque, de faire d'immenses approvisionnements, que les
futurs conquérants comptaient emporter avec eux.

Mais il fallait des sommes énormes pour subvenir à de tels préparatifs : or, comme le trésor était épuisé, on dut emprunter tout
l'argent que les prélats, les églises, les couvents purent être forcés
à prêter. On leva, tant sur les cités que sur le plat pays, des
tailles qui dépassèrent et de beaucoup tout ce qui s'était perçu
depuis cent ans.

Alors, en quittant Paris, en août 1386, Charles déclara qu'il n'y
rentrerait point qu'il n'eût fait sa descente en Angleterre. Déjà
même il était à Lille, environné de ses plus riches et plus fameux
chevaliers, et le pays était au loin couvert de troupes ; la suite
même du duc de Berri était arrivée, mais lui, le duc, qui devait
commander après le roi, n'arrivait pas. Et cependant, le vent était
constamment propice pour passer en Angleterre. Il arriva de ce
retard que la saison passa, que le roi ne donna point d'ordre de
s'embarquer, que les vivres diminuèrent rapidement, et que, tandis que les seigneurs recevaient une solde, le commun des gens
de guerre n'en ayant aucune, la misère et la détresse commen-
cèrent bientôt à s'établir et à régner parmi les Français.

Ajoutons que la ville de bois de Clisson, portée par une flotte
spéciale, ne quitta que très tardivement le port de Tréguier : mais
alors, quand elle mit à la voile, le vent était changé. Hélas ! bientôt une partie des soixante-douze vaisseaux, jouets d'une grosse
mer, allèrent tomber entre les mains des Anglais les uns, les autres se perdirent en Zélande. A peine en put-on amener la moitié
au port de l'Ecluse.

En tout ceci, le plus grand coupable fut le duc de Berri, qui
n'arriva jamais. Le pauvre duc n'aimait point le danger : aussi
fit-il tout ce qui était à sa disposition pour empêcher la tentative
de descente. En effet, les Anglais une fois sur leurs gardes, il ne
fut plus possible de songer à l'expédition. On annonça bien qu'on
l'ajournait jusqu'au mois d'avril suivant. Mais comme personne
ne crut à la reprise d'un semblable projet, les approvisionnements
qui restaient furent vendus pour la dixième partie de ce qu'ils
avaient coûté ; le duc de Bourgogne se fit donner la ville de bois,
dont il fit un parc ; les gendarmes furent renvoyés sans paie, et
ils pillèrent le pays en s'en retournant, comme ils l'avaient pillé
en venant. La plupart des vaisseaux qu'on avait rassemblés à
l'Ecluse tombèrent, en se séparant, entre les mains des Anglais,

et il ne résulta de cet immense armement que honte et dommage.

C'est ainsi que l'homme propose.

Voici maintenant comment Dieu dispose :

Le roi de France Charles VI a été impuissant à chasser les Anglais de son royaume, nous venons de le voir.

La pauvre France est, en effet, livrée aux Anglais par Isabeau de Bavière à ce point que, à la mort de Charles VI, la couronne royale doit devenir la possession de Henri V d'Angleterre.

Par fortune, les deux rois meurent la même année 1422, Henri d'Angleterre à Vincennes, le 28 août; Charles VI, à Saint-Denis, le 21 octobre.

Que fera la France, dont la capitale est au pouvoir des Anglais, avec un dauphin qui compte à peine vingt ans, qui est indolent, passionné pour le plaisir et disposé à se laisser facilement gouverner, au lieu de commander aux autres avec l'énergie d'un roi? Elle accueillera ce prince, néanmoins, et le proclamera son monarque bien-aimé : oui, elle le fera roi au petit manoir d'Espally, près du Puy, en Auvergne, tandis que l'Anglais Bedford fera reconnaître, solennellement et avec pompe, son neveu Henri VI, déjà roi d'Angleterre, souverain de la France.

Alors, pendant que, exilé du domaine de ses pères, presque sans suite, Charles VII évite les quelques villes qui lui restent, fixe son séjour dans quelque château, ou s'arrête dans quelque site champêtre, errant à l'aventure et se dérobant aux yeux de sa noblesse, à ceux des bourgeois, à ceux de ses soldats, ce qui reste de son royaume est déchiré par les troubles et les factions.

Deux partis se sont partagé notre malheureuse patrie, les Armagnacs et les Bourguignons, et ils la dévorent et la ruinent.

L'origine de cette guerre intestine tient à l'assassinat du duc d'Orléans, rue Barbette, par le duc de Bourgogne.

Bernard VII, comte d'Armagnac, s'est mis à la tête des partisans de la victime pour venger sa mort; il est le chef des Armagnacs, auxquels il donne son nom.

Jean-sans-Peur, duc de Bourgogne, prétend lutter contre Bernard, et s'allie aux Anglais, ainsi que plus tard son fils Philippe, dans le but d'être le plus fort.

La lutte est longue et terrible. Le sang coule de toutes parts. Paris, dont Périnet-Leclerc ouvre l'une des portes aux Bourguignons, devient le théâtre d'odieuses et sanglantes tragédies. En dernier lieu, Anglais et Bourguignons triomphent des Armagnacs, et c'est alors que Charles VII est peu à peu expulsé de ses Etats, dont il ne possède plus que de misérables bicoques, ce qui le fait appeler par dérision *le roi de Bourges*.

Les discordes des Armagnacs et des Bourguignons font un tel retentissement, que, dans toutes les contrées de la France, et jusque dans les moindres hameaux, le peuple se fractionne en Armagnacs ou gens du roi, et Bourguignons ou partisans des Anglais.

C'est dire que tout espoir de paix est perdu, que tout est désespéré et que c'en est fait de notre cher pays : le voilà livré à toutes les calamités les plus poignantes.

Et, où se trouve désormais son espérance ?

Au ciel, car c'est de là que va venir son salut et sa rédemption.

Au jour anniversaire de l'apparition de l'étoile miraculeuse aux bergers de Bethléem, dans la nuit de l'Epiphanie, du 5 au 6 janvier 1411, la Providence de Dieu fait naître une enfant dans un petit village de cette France si éprouvée, et c'est de cette faible enfant, une fille ! que va lui venir la force, la résurrection et la gloire !

II

La Lorraine, future conquête de la France, compte environ quarante lieues de longueur sur trente-cinq de largeur. C'est une province dans laquelle sont enclavés les trois évêchés de Nancy, Toul et Verdun. Située à l'est de la France, elle est arrosée par de belles rivières, la Meuse et la Moselle, et la belle chaîne de montagnes des Vosges la décore de ses plus magnifiques paysages.

J'en connais peu de plus pittoresque que celui d'un village du Barrois, appelé Domremy. Il occupe le beau milieu d'une contrée sauvage, semée de riches cultures, capitonnée de bois assis sur de hautes collines escarpées, coupée de vallons verdoyants, et tourmentée par une infinité de plans superposés, au milieu desquels s'avance majestueusement la Meuse, déjà large et puissante.

Domremy n'a point de monuments qu'on puisse signaler. Son clocher est des plus humbles, et son église des plus modestes. De pauvres chaumières aux toits rouges, aux faces blanches, aux bas pignons, quelques rues formées par ces chaumières et des séries de granges et d'étables, tel est Domremy.

Il a pour rival, tout près de lui, Maxey-sur-Meuse, autre village aussi rustique et aussi simple dans sa tenue.

Croira-t-on jamais que les habitants de pareilles demeures jetés par la nature fort à l'écart des brutales passions des hommes, entendant à peine parler, après six mois, des événements dont la France est le théâtre, se divisent cependant en deux camps politiques, comme en deux villages séparés par les plateaux différents qu'ils occupent? Cela est, néanmoins.

A Maxey-sur-Meuse, ou est enragé Bourguignon ;

On est Armagnac ou royaliste à Domremy.

Que les manants de Maxey passent sur le territoire de Domremy, ou ceux de Domremy sur le territoire de Maxey, bataille s'engage aussitôt, et le sang coule tout comme dans les rues de Paris, aux cris de :

— Armagnac ! Bourguignon !

Toutefois, les gars de Maxey sont plus audacieux que les gars de Domremy, à preuve que les premiers envahissent souvent en nombre le pays des seconds, et là, sur une lande qui en est voisine, et qu'ombrage un vieil arbre chenu, à large encolure touffue, qui a nom dans la contrée *Arbre aux Fées*, ce qui révèle la tendance des braves paysans à croire à la sorcellerie, d'affreux combats se livrent, dans lesquels la jeunesse des deux sexes lutte et rivalise d'ardeur avec les hommes et les femmes de l'âge mûr.

Une seule jeune fille de Domremy s'abstient de prendre part à ces sanglantes expéditions. C'est une pastourelle qui, d'ordinaire, vient faire paître ses brebis sur la lande de l'Arbre aux Fées, que l'on appelle aussi le *Bois-Chenu*. Mais elle ressemble si peu aux autres filles du village ! Ce n'est pas que la force lui manque, si elle ne bataille pas; elle en fait preuve, pendant l'hiver, contre les loups qui osent attaquer son troupeau : et puis, d'ailleurs, elle a dix-sept ans, elle est grande et vigoureusement constituée. Ses longs cheveux noirs voilent à peine son front haut, large et pur ; son regard plein de douceur, mais lançant aussi dans l'occasion des flammes qui témoignent de l'énergie de son âme, ses bras robustes, sa taille bien prise, tout témoigne de sa belle et opulente santé, que fortifient davantage encore ses exercices de corps, en plein air, au milieu des champs. D'autre part, elle a les joues rosées d'une jeune patricienne, et ses mains et ses pieds, petits à être enviés par plus d'une femme, semblent dire que notre héroïne est douée des attributs qui font la grâce et le charme de la beauté.

Elle ne combat point, elle, parce que, d'après son opinion, Dieu ne le veut pas, et qu'il faut attendre l'heure de la Providence, qui, bientôt, restituera à la belle France son honneur, son bonheur et son roi.

Cette jeune fille, c'est l'enfant qui est née dans la nuit de l'Epiphanie de l'an 1411, dans une chaumière du village de Domremy.

Il n'est bruit alors, dans toute la France, mais surtout dans la Lorraine, que de cette prophétie antique que tous se racontent :

« Quand toutes calamités arriveront à la désespérance dans le royaume des lis, une vierge, venue du Bois-Chenu, ès-marches de Lorraine, délivrera la France et remettra le roi sur son trône. »

Le Bois-Chenu, c'est l'Arbre aux Fées ; les marches de Lorraine, c'est Domremy, l'un des larges échelons des Vosges : la vierge de la prophétie serait-elle donc notre pastourelle ?

Elle a nom Jeanne, cette naïve pastoure. Elle est fille de Jacques Darc, brave et digne homme, originaire de la Champagne, simple cultivateur de village, et d'Isabelle Romée, de Vouthon-le-Bas, un hameau situé à quelques kilomètres de Domremy. Trois fils, Jacques, Jean et Pierre, et une seconde fille, Catherine, avec Jeanne, composent la famille Darc. Tous se livrent aux travaux rustiques du labourage et de la culture.

Chose étrange ! avant de donner le jour à Jeanne, sa fille bien-aimée, Isabelle Romée, femme d'une certaine éducation et de sentiments élevés, a rêvé qu'elle mettait au monde un *foudre de guerre.*

Certes ! dans la jeune bergère, rien ne ressemble moins à un foudre de guerre. Dans elle se retrouve et la bonhomie paternelle et la noblesse des pensées de sa mère. Avec quel amour celle-ci ne lui apprend-elle pas à réciter le *Pater,* l'*Ave,* le *Credo,* et les principales vérités de l'Evangile. Puis, comme elle lui enseigne les premiers arts du ménage : coudre, filer, disposer toutes choses pour le repas frugal de la famille et tenir la maison.

Malheureusement, alors on ne cherche pas à sortir des limbes de l'ignorance, et nul ne montre à Jeanne à lire, à écrire et à compter.

Quelle charmante et douce fille, nonobstant le peu qu'on lui enseigne! Le soir venu, quand elle a ramené ses brebis de la lande, que le repas de la famille est à sa fin, que ses compagnes causent et jouent sous les arbres des chemins, elle se rend à l'église pour y prier, elle, la bonne Vierge, car avant tout elle est croyante, elle espère tout d'En-Haut, elle aime le Seigneur Jésus et sa divine Mère. Viennent les jeûnes prescrits par les saisons, elle se prive rigoureusement de toute nourriture; souvent elle se confesse, tout aussi souvent elle va se présenter au banquet sacré. Et ses aumônes? Ose-t-on révéler à des oreilles profanes ce que deviennent les épargnes de sa bourse d'enfant timide et charitable? Elle fait dire des messes, en outre; et puis elle s'empresse de visiter les malades et parfois elle donne l'hospitalité aux indigents voyageurs.

La trouve-t-on assise, de jour, sous l'Arbre aux Fées, et tenant au pâturage le troupeau de son père? Elle y est recueillie comme dans un temple. Pour elle, en effet, c'est le temple de la nature. Elle adore le Dieu de la création, l'admirable architecte qui a produit les magnifiques splendeurs de l'univers. Et puis son regard, chargé de mélancolie, son âme rêveuse, suivent la marche lente et grave de la Meuse qui arrose au loin les grasses prairies de la Lorraine, et va se perdre dans des horizons infinis. Avec quelle sensible poésie ne semble-t-elle pas entendre le bruit sonore des échos de la plaine. Quelquefois aussi, subitement, elle fond en larmes. C'est qu'elle songe alors aux malheurs de la patrie. Plus souvent encore, alors que la nuit est au milieu de son cours, que la lune brille sur les montagnes et les vallées, que l'orage gronde, que le vent souffle, que la pluie fouette les vitres, elle se lève furtivement, entr'ouvre les fenêtres de sa chambrette, et alors elle regarde le ciel, elle étudie les astres, elle suit dans leur vol rapide la fuite des nuages, et elle s'abandonne à l'adoration du Très-Haut.

C'est une âme d'élite, comme vous voyez, et fort heureusement douée par la nature. Du reste, il faut le dire, le pasteur du village, à chaque fois qu'il la rencontre, entretient Jeanne; il lui reconnaît une belle imagination, un jugement parfait, une grande sagesse de pensées. Aussi prend-il plaisir à lui parler de la France, du roi, des grands drames de l'histoire, des légendes sacrées des saints et des saintes, mais aussi des grands coups d'épée du siècle héroïque de Charlemagne, des croisades de Louis IX, et puis des vertus de sainte Catherine, qui devient alors la sainte de prédilection de Jeanne, de la sagesse de sainte Marguerite, de la charité de saint Nicolas.

Aussi comme la renommée de Jeanne Darc se fait dans le village et au-dehors, sans qu'elle s'en doute, la modeste fille! Ce ne peut être à d'autre vierge qu'elle que s'applique l'oracle parlant de l'héroïne du Bois-Chenu, dans les marches de Lorraine.

Jeanne elle-même, avec la plus charmante naïveté, contribue à répandre le bruit qu'elle doit un jour sauver la France, comme jadis l'illustre Judith sauva les Hébreux. Ainsi que Déborah, faisant périr le général ennemi des siens, de même elle, Jeanne, arrachera-t-elle la vie à l'Anglais envahisseur de sa patrie, et le chassera-t-elle de l'occupation de son pays.

En 1428, elle dit un soir à un homme des champs :

— Je sais, moi, entre Vaucouleurs et Coussey, nos deux petites villes de Lorraine, une pauvre pastoure qui, avant qu'il soit un an, aura fait sacrer l e roi de France et l'asseoira sur son trône.

Un fait qui ajoute plus de force et de puissance aux idées des gens de la campagne, c'est que, à certains jours, Jeanne s'habitue à monter à cheval à la manière des hommes.

Or, comme on attribue à Jeanne une vertu surhumaine, comme on prétend qu'elle a des visions sous l'Arbre des Fées et qu'elle y entend des voix, comme tout chacun admire et vénère sa sagesse, sa modestie, sa prudence et sa piété, il n'est pas l'ombre d'un doute dans la pensée de tous qu'elle ne soit la vierge des marches de Lorraine, prédestinée à produire de grandes choses pour le bonheur et la gloire du royaume de France.

On en est encore bien plus persuadé quand, aux jours de lutte sanglante et de collisions bruyantes sur les landes de Domremy, notre belle et douce Jeanne s'empresse d'arriver et d'exhorter les combattants au repos et à la paix. Comme elle est ardente et forte alors, cette fille de Dieu; avec quelle tendresse elle étanche le sang qui coule, qu'il soit de Bourguignons ou d'Armagnacs! Comme elle essuie les pleurs des enfants, comme elle écarte les mères, comme elle rappelle les jeunes filles! son noble visage se transfigure à ces heures de danger. Elle prend l'accent prophétique d'une âme inspirée et réunissant par son influence, en un même groupe réconcilié, les vainqueurs et les vaincus, elle leur révèle les faits contemporains qui se passent à distance et qu'ils ignorent. Ebahi, le populaire l'entoure et l'écoute avidement. Ce qu'elle dit des événements qui ont lieu, le tient-elle donc du curé

Femmes illustres de la France. 9

de Domremy, ou le sait-elle par une sainte intervention des anges? Qu'importe? elle le dit, et l'avenir démontre qu'elle a dit vrai. Aussi, dès-lors, tout chacun s'incline, la croit et l'admire.

— Jamais en France l'Anglais ne régnera! s'écrie-t-elle, telle est la volonté de Dieu! La France et l'Angleterre pouraient-elles donc s'associer sous un même sceptre, et surtout sous le sceptre d'un enfant de dix mois, Henri VI, encore à la mamelle? Non, non, sus à l'Anglais, et vive notre roi Charles VII!

Elle dit encore que *le gentil Dauphin*, c'est le nom que l'on donne au nouveau roi Charles VII, puisqu'il n'est pas sacré ni proclamé publiquement, se trouve maintenant à Chinon, où se rendent de toutes les parties du royaume les chevaliers, seigneurs de la cour et gentilshommes auxquels reste encore du sang généreux dans les veines. Ils veulent tous défendre leur nouveau souverain.

— Alors Dieu se montrera bientôt, ajoute-t-elle. Les Anglais seront honteusement chassés, et le gentil Dauphin sera conduit à Reims pour y être sacré. La France redeviendra glorieuse alors, et le bonheur rentrera dans nos foyers. Donc, jusque-là, paix et patience entre vous, Armagnacs et Bourguignons, sachez vous soumettre à la volonté du Très-Haut.

Certes, ce n'est ni la présomption, ni l'orgueil, ni la faiblesse d'esprit, ou quelque autre maladie mystérieuse, qui inspire à Jeanne de telles pensées, et la fermeté pour les exprimer avec autorité : c'est Dieu, Dieu lui-même, quoi qu'aient dit certains auteurs, systématiquement incrédules et haineux, toujours maussades, et qui ont horreur de voir le Roi du ciel s'occuper des choses de la terre.

Il est bien temps cependant que la main du Seigneur intervienne !

Paris n'est plus le Paris des Français, joyeux et léger, il est le Paris des Anglais, morose et rogue. On ne voit plus nulle part dans ses rues et sur ses places, que têtes rousses d'Anglais, longs nez rouges et visages bouffis d'Anglais, casques et casaques d'Anglais. Aussi les bourgeois et les manants commencent à s'impatienter des rudes façons de ces vainqueurs insolents. Des conspirations se forment contre eux dans l'ombre : la situation se tend ; les relations entre Bourguignons et gens d'outre-Manche ne sont plus aussi amicales.

Mais la France surtout, beaucoup moins frivole que Paris, est autrement triste et sombre encore. On est oppressé par une cruelle douleur, quand on la parcourt. Sur toutes les routes, on ne trouve plus que gens de guerre de toutes les nations, de toutes armes. Qu'ils ont l'air farouche et défiant. Nos soldats, à nous, ne font plus entendre, comme jadis, leurs joyeuses chansons et leur vaillant cri d'armes : Montjoie-Saint-Denis! qui les conduisait si bravement à la rescousse. Non : mais ils cheminent la tête basse, d'une façon lugubre, l'œil au guet, de crainte de tomber dans un parti d'Anglais, ou dans un gros de traîtres Bourguignons.

Peut-il en être autrement? La France ne leur appartient plus, à peine. Déjà les batailles de Cravant-sur-Yonne, en 1423, et de Verneuil, en 1424, ont chassé les soudards français de la Bourgogne et de la Normandie. Puis, dans les années suivantes, ont eu lieu de nouvelles défaites au Crotoi, à Guise, et ailleurs encore. Voici que, maintenant, Chartres et Le Mans sont enlevés à Charles VII. Puis, tous les abords de la Loire étant conquis, les Anglais menacent d'assiéger Orléans, la seule place importante qui reste au pauvre roi de Bourges.

Pauvre roi de Bourges, en effet, que Charles VII! C'est le moment le plus sinistre de ton cruel abaissement, et de la honte de la France qui t'est confiée. Il est bien temps que tu invoques Dieu dans ta détresse, car combien grande est sa puissance! Vois : c'est de la main d'une femme, de la main d'une fille des champs, que va te venir ton salut! Et cependant, que fais-tu pour mériter pareille faveur? Ah! si ce n'est pas toi que le Seigneur prend en pitié, c'est la noble France. France ne peut périr, elle, car, parmi ses nombreux enfants, combien qui implorent le secours d'En-Haut! Non, jamais la France ne périra, tant qu'elle comptera dans son sein des justes pour fléchir la colère de l'Éternel.

C'est donc à Chinon que Charles VII se trouve en ce moment, où Agnès Sorel le domine honteusement, où il donne des fêtes, des ballets, des tournois, de sorte que ses États passent aux Anglais aux accords des violes, des rebecs et des cythares. Et pourtant, hélas! le prince possède tout au plus quatre écus dans son escarcelle royale. Sa table est si mal servie que, un jour, La Hire et Xaintrailles, qui viennent le visiter, n'ont pour banqueter avec lui que deux poulets étiques et une maigre queue de mouton.

D'autre part, comme le Dauphin est entouré d'une garde écossaise, les seigneurs de la cour en sont jaloux : on se querelle, on se bat, on se persiffle jusque dans les conseils du noble maître. Mais heureusement, celui-ci, qui sent couler dans ses veines le sang de saint Louis, se décide enfin à rappeler à lui ses comtes et ses barons, le brave de Foix, le bouillant Dunois, La Fayette, Xaintrailles, La Hire, La Hire qui vient d'être forcé, lui aussi, d'évacuer la Champagne, et bien d'autres encore. Charles veut enfin tenter de porter quelques coups à ses ennemis, car il est bloqué dans Chinon, et ne peut passer la Loire sans mettre le pied au pays ennemi.

Car enfin Charles VII est père : il a un héritier du trône. Marie d'Anjou, sœur de Louis III, roi de Sicile, sa femme, vient de lui donner tout récemment, à Bourges, un premier fils, qui sera le farouche et terrible Louis XI. Il saura conserver et amplifier son royaume, celui-ci; on ne dira pas de lui : Tel père, tel fils, certes !

Ajoutons à toutes ces causes de honte pour le faible Charles que le sire de La Trémouille, son favori, le tient éloigné de son armée, dont le courage pourtant serait doublé par la présence de son roi, et l'engourdit par de funestes plaisirs. Le fait est que ce La Trémouille a un père, Jean de La Trémouille, sire de Jouvelle, qui est attaché au parti des Bourguignons, et on dit tout bas, autour du prince, que ce traître correspond secrètement avec son père, et que l'un et l'autre conspirent contre le roi, et par là même contre la gloire de la France.

Enfin, ce que l'on avait prévu arrive : Orléans est assiégée par les Anglais... C'en est fait de la monarchie, si le doigt de Dieu ne se montre pas !

III

Un matin la ville de Chinon offre le spectacle d'une forteresse prise par l'ennemi. Dans toutes ses rues des hommes d'armes transportent des bagages; des cavaliers arrivent ou s'éloignent portant des nouvelles ou des ordres; une extrême agitation se manifeste d'autant plus que l'on se rapproche du château. A l'intérieur de ce vieux manoir, tout dort encore dans les chambres hautes occupées par le roi et ses familiers; mais, dans les salles basses, on rétablit l'ordre, en remettant à leurs places les dressoirs, les bahuts, les crédences, les siéges, les tapisseries, toutes choses qui, dans les jours précédents, ont du être déménagées pour quelque fête. A l'extérieur, et dans un vaste pourtour, campe tout une légion de soudards aux cuirasses bossuées, aux casques pourfendus, aux aigrettes fanées, aux pourpoints sordides, usés, déchirés dans les œuvrées de cabaret ou au choc des batailles. Eux-mêmes, les braves soldats, sont balafrés, couverts de cicatrices, tannés, bronzés par le grand air et le soleil. Les uns sont encore couchés sur la paille aux portes de leurs tentes, les autres s'étirent au soleil levant. Leurs chefs forment des groupes, allant, venant, jasant, commentant les nouvelles du jour.

— C'est donc une fille-soldat?... demande l'un.

— Comme vous dites, vraie fille-soldat... répond un autre. Elle a nom Jeanne Darc, fille de paysan, point de science, rien qu'une bergère, mais une bergère craignant Dieu, aimant son prochain et prenant soin de son âme. C'est le ciel qui l'inspire et voici comment : Un jour, vers le midi, cette Jeanne se trouve dans le jardin de son père, séparé de l'église par le cimetière et un chemin, et pendant qu'elle rumine je ne sais quelle pensée, tout-à-coup une vive lumière s'échappe de cette église et lui montre dans son rayonnement comme qui dirait un archange aux ailes blanches déployées qui lui sourit... Il est entouré d'une infinité de petites têtes d'anges, et il dit :

— *Sois bonne fille*, et Dieu t'aidera; mais *entre les autres choses, il faudrait que tu venistes au secours du roy de France, à cause des calamités de ce pays dont Dieu a pitié.*

— Ne savez pas tout encore, ajoute un troisième interlocuteur. D'autres fois gens d'En-Haut se sont montrés à Jeanne, et c'est en vain qu'elle a répondu à l'archange saint Michel, qu'elle avait reconnu, ne savoir ni monter à cheval ni conduire une armée. La voix divine est devenue pressante, impérative à ce point que la fille-soldat, comme vous dites, a dû révéler à sa famille les ordres de Dieu. De là grand émoi du père, qui fait savoir à Jeanne que son projet de partir ne peut s'exécuter, Jacques Darc n'y consentant point.

C'est Isabelle Romée, femme de Jacques, qui dit à son enfant :

— Votre père ne peut *songier que avec gens d'armes s'en irait Jeanne sa fille.* Il a dit à vos frères : *Si je cuidoye que la chose advinsist, je vousdroye que la noyessiès, et se vous ne le faisiès, je la noieroye moi-mesme.*

Aussi le brave et honnête homme des champs voulut-il **marier** Jeanne, mais elle refuse d'abord, et obtient ensuite d'aller passer quelque temps avec une tante maternelle, qui habite Burey-le-Petit, entre Domremy et Vaucouleurs. Là, elle détermine son oncle Durand Laxart à se rendre à Vaucouleurs, pour, ainsi que l'a ordonné l'archange, demander au capitaine de la ville, **Robert de** Baudricourt, de la faire conduire près du roi, à Chinon.

Or, savez-vous ce que répondit le gouverneur Baudricourt?

— Oui, dit un sergent d'arbalétriers; il réplique au bonhomme Durand Laxart : Retournez à Burey, souffletez bien votre **nièce** Jeanne et la reconduisez chez son père, à Domremy.

Le silence fait trève un moment à l'entretien des soudards, mais survient un des officiers du roi, que l'on entoure, que l'on interroge, et qui, bien informé par les gens de cour, prend la parole et dit :

— C'est merveille, ce qui se passe, et le doigt de Dieu se montre, amis ; courage et bon espoir !

La jeune bergère dont vous parlez, afin d'être amenée ici, **près** de notre roi, s'est rendue à Vaucouleurs, où réside un représentant de notre souverain, et elle a demandé à lui parler. Elle était accompagnée d'un oncle, et ils avaient pris gîte chez un charron, appelé Henri.

— Ça, *je viens de la part de mon Seigneur*, dit-elle au capitaine de Vaucouleurs, Robert de Baudricourt, *afin que vous mandiez au Dauphin Charles VII de se bien maintenir et de ne point assigner de bataille à ses ennemis, parce qu'il aura secours en la mi-carême, et que, malgré les Anglais, je le conduirai au sacre.*

— Vous, ma mie; et quel est votre Seigneur? demande le gouverneur, en montrant un sourire d'incrédulité.

— *Le Roi du ciel!* répond la jeune bergère Jeanne, d'un ton grave et sérieux.

Mais Robert de Baudricourt, se moquant d'elle, la renvoie à ses moutons.

Heureusement, les voix divines ont prédit à Jeanne qu'elle essuiera jusqu'à trois refus. Aussi, toute confiante, elle reste à Vaucouleurs durant vingt jours qu'elle emploie à prier, à communier, à coudre et à filer, ne voulant jamais rester sans rien faire.

L'opinion publique se prononce bientôt en sa faveur. Tous ceux qui l'entendent parler de sa mission demeurent convaincus, et **à** raison de la prophétie relative à une vierge des marches de Lorraine qui doit sauver la France, on murmure contre Baudricourt.

Celui-ci, quelque peu ému, fait exorciser Jeanne. La brave fille se soumet à l'exorcisme, mais n'en persévère pas moins à demander son envoi à Chinon.

— *Mon Seigneur le veut,* dit-elle sans fin, *et quand je devrais y aller sur mes genoux, j'irai.*

Sur ces entrefaites, on signale l'entrée dans le pays de bandes bourguignonnes ; les Anglais veulent assiéger Vaucouleurs. Terreur générale et fuite des paysans dans la place forte de Neufchâteau. Jeanne y accompagne sa famille dans une modeste auberge dont la maîtresse se nomme La Rousse. Mais comme les Anglo-Bourguignons évacuent soudain la Lorraine, retour à Domremy.

Arrive janvier de cette année 1429.

Jeanne apprend qu'Orléans est en grand danger. Elle part pour Vaucouleurs, chez le charron Henri, suivie de son oncle Laxart. Tout chacun la visite ; seul Robert de Baudricourt reste impassible.

Survient l'époque du pèlerinage de Saint-Nicolas-du-Port, à vingt-cinq lieues de là. Durand Laxart et son ami Jacques Alain y conduisent Jeanne. Là, le ciel lui envoie deux auxiliaires dans la personne de Jean de Nouillonpont et de Bertrand de Poulangy, gentilshommes de Metz et du Bassigny, qui, trouvant noble beauté et grand esprit sous la méchante robe rougeâtre de la bergère, se font tout raconter et jurent sur l'honneur de conduire la vierge des marches à Chinon.

En effet, ces deux nouveaux personnages la ramènent à Vaucouleurs et serrent de près le gouverneur de la ville, qui fait toujours la sourde oreille. Mais la jeune fille se charge cette fois de la lui faire ouvrir.

— *Apprenez,* lui dit-elle, *que ce jourd'huy 12 février, notre gentil Dauphin vient de perdre encore la bataille de Rouvray-Saint-Denis. Vous n'avez donc pas averti le roi d'éviter tout engagement ? Alors, en vous refusant à ma prière, vous avez désobéi à Dieu.*

Robert de Baudricourt traite d'abord de visionnaire la miraculeuse bergère, et rit beaucoup de ce qu'elle faisait la prophétesse. Mais quel n'est pas son étonnement, lorsque six jours après, la nouvelle de la défaite de Rouvray-Saint-Denis lui est apportée par un messager royal et un archer ?

Alors enfin le capitaine de Vaucouleurs consent au départ de la jeune fille, qui est fixé au 24 février; on le sait par une dépêche de Robert de Baudricourt, que Jeanne a envoyée, ce matin, de Fierbois.

— Mais alors cette Jeanne, la bergère de Domremy, la vierge des marches, va donc arriver à Chinon? demandent nos curieux gens d'armes.

— On l'attend à toute heure, puisqu'elle a couché cette nuit même à Fierbois, qui est à sept lieues d'ici, et d'où elle a fait écrire à notre roi et lui a envoyé la lettre que Robert de Baudricourt lui a remise pour le souverain... répond le complaisant officier du prince.

— Au fait, dit un soudard, ces cavaliers qui chevauchent là-bas, à l'extrémité de la rue, ne seraient-ils pas et Jeanne et son cortége?

IV

On est aux premiers jours du printemps et il est midi. Le soleil éblouissant donne à tout le bassin de la Vienne un aspect de fête qui récrée l'œil. Les fourrés des bois se tapissent de violettes et de mauves; les mésanges babillent à l'entour des bourgeons, tandis que les papillons des premiers beaux jours semblent par leur forme, leurs couleurs et leur vol incertain, des feuilles nouvelles balancées par le vent.

Pendant que la ville s'épanouit comme une fleur de pierres sur l'éther bleu du firmament, les tours et les bastions du vieux manoir de Chinon s'estompent en gris, et sa mine semblerait maussade et grinchue, n'étaient les frais minois de pages, de jeunes seigneurs, de bachelettes et de dames d'honneur qui se montrent, narquoises et joyeuses, soit aux fenêtres, soit aux trèfles, soit aux lucarnes, aux balcons, aux huis et aux poternes de ces antiques murailles.

Hélas! malgré cette mise en scène de la belle nature, la belle et gente fille de Domremy, qui arrive en effet à Chinon, en face du château renfermant le gentil Dauphin, est encore toute au deuil et à la tristesse, car Charles VII, lui aussi, refuse de la recevoir!

Pauvre Jeanne! on lui fait passer la Vienne, à elle et aux siens, et on la conduit au castel du Couldray, à une lieue loin. Elle y a pour page, afin de la servir, Louis de Contes, un enfant de quatorze ans, sage et modeste, et pour le remplacer, surtout pendant les nuits, des femmes de la cour, irréprochables et pures.

Et pourtant elle a tout fait pour arriver au plus vite près du monarque. Elle s'est vêtue d'habillements d'homme donnés par des gens de la ville. Elle a reçu de Baudricourt une épée vulgaire. Alain et Laxart lui ont acheté à frais communs un cheval de douze francs, — six cents francs de notre temps, — et elle a chevauché onze jours durant et fait cent cinquante lieues à travers un pays occupé, cerné, couvert partout de bandes ennemies.

— *Je ne crains point les hommes d'armes, et je trouverai le chemin libre, car mon Seigneur me le rendra tel jusqu'au Dauphin,* a-t-elle dit; *c'est pour cela que je suis née.*

— Va, et advienne ce qu'il pourra! a répondu Robert de Baudricourt, l'infatigable douteur!

Les deux gentilshommes de Nouillonpont et de Poulangy, leurs deux varlets, le messager du roi et l'archer qui ont apporté la nouvelle de la défaite de Rouvray-Saint-Denis, et enfin Pierre Darc, son plus jeune frère, qui ne compte que dix-sept ans, accompagnent Jeanne.

Ils traversent Sauvoy et passent la nuit dans l'abbaye de Saint-Urbain, en Champagne.

Pierre ne quitte pas sa sœur pendant chaque nuit. Elle voudrait bien entendre la messe, au matin, mais tout au plus deux fois les gentilshommes y consentent-ils. Alors on traverse les rivières à cheval, parce que les ponts sont gardés par l'ennemi; on chemine à travers champs, et enfin on arrive à Gien, la première ville appartenant encore à Charles VII.

De là dame Renommée porte partout la bonne nouvelle qu'une pastoure de la Lorraine va délivrer Orléans.

Le 5 mars, nos voyageurs atteignent Fierbois, village de la Touraine, et c'est de là que Jeanne a fait écrire au roi, en lui envoyant la lettre du capitaine de Vaucouleurs.

— Je sais maintes choses qui vous seront agréables... a-t-elle fait écrire au roi.

Enfin, le 6 mars au matin, avant de partir, elle assiste à trois messes dans l'église de Fierbois, placée sous le vocable de sainte Catherine, sa sainte de prédilection. Puis, elle part pour Chinon, où elle arrive à midi, et prend gîte dans une hôtellerie voisine de la résidence royale. Elle est épuisée de fatigue, car jusqu'à ce dernier jour de voyage, la saison d'hiver s'est montrée des plus rigoureuses.

Jeanne, qui a vu enfin luire le soleil du printemps ce jour-là même, et à qui la ville et le château de Chinon sont apparus dans un rayonnement lumineux éblouissant, espère être admise presque incontinent près du roi. Mais Charles, craignant de paraître trop crédule, en acceptant comme jugée la prétendue mission d'une jeune fille qui n'est peut-être qu'une visionnaire, envoie la vierge des marches de Lorraine prendre gîte au château du Couldray, à une lieue de Chinon, de l'autre côté de la Vienne.

Cependant Dunois, le brave bâtard d'Orléans, qui défend péniblement la ville assiégée par les Anglais, envoie demander au roi s'il est vrai qu'une bergère vient à son secours, car il n'est question partout que d'une prophétie annonçant que *du Bois-Chenu chevauche vers lui, prince, une pastoure qui doit sauver la France.*

— Attendez, et vous verrez! répond Charles VII à l'envoyé du bâtard.

Alors trois jours étant passés depuis l'arrivée de Jeanne, on la mande enfin au manoir.

Elle arrive, et au moment où elle franchit la grille du palais, un homme qui sort à cheval, la rencontrant et voyant qu'on la signale comme Jeanne, se permet de lui adresser une insulte inqualifiable, à laquelle il joint le mot de *Jarnidieu!*

Jarnidieu est l'abréviatif de *je renie Dieu!* Jeanne, qui a entendu les monstrueuses paroles du manant, lui dit aussitôt :

— *Ah! en nom Dieu, tu le renies, et tu es si prest de ta mort!*

C'est une prédiction qui s'échappe des lèvres de la bergère; prédiction fatale qui soudain fait bruit et prévient en sa faveur, car une heure s'écoule à peine que des clameurs de détresse apprennent au pays et à la cour que le coupable vient de tomber et de se noyer dans la Vienne.

Jeanne est dans le vestibule de la résidence royale. Elle attend. Elle attend longtemps, car la même crainte du ridicule qui jusqu'alors a fait différer toujours de lui donner satisfaction, fait encore retarder l'audience du roi, qui se consulte avec ses conseillers.

Cependant la grande salle resplendit du feu des torches et des girandoles. Seigneurs, officiers du roi, dames de cour, jouven-

ceaux et jouvencelles, richement parés, sont assemblés, et attendent, eux aussi.

Tout-à-coup vient à Charles l'idée de se cacher parmi ses courtisans, et, comme il est, lui, très simplement vêtu, ce sera l'occasion de juger nettement la prétendue prophétesse, **en la**
mettant à l'épreuve. Cette cour railleuse se fait une fête de la
scène.

Le comte de Vendôme va chercher Jeanne, qui, modeste **mais**
assurée comme si elle se présentait pour la centième fois, promène un regard timide sur la foule qui l'éblouit, et va droit au
roi, vainement dissimulé, se jette à ses pieds, y porte ses lèvres
et dit :

— *Dieu vous donne bonne vie, gentil Dauphin !*

— *Ce ne suis-je pas qui suis roy, Jeanne*, répond Charles, *voici
le roy...* ajoute-t-il en montrant un seigneur de même âge que lui.

— *En nom Dieu, gentil prince, c'estes vous et non austre*, répond
la Lorraine. *Le Roy du ciel m'envoie vers vous pour faire lever le
siége d'Orléans et vous mener sacrer à Reims, malgré tous vos ennemis...* dit-elle en outre.

Alors ses visions, ses révélations se reproduisent dans les
récits qu'elle fait au roi, mais mêlées à un enthousiasme si noble,
à des réponses si sages, si raisonnables et quelquefois si sublimes,
que le roi est interdit de surprise, stupéfait d'admiration.

Pour en finir avec les incertitudes de Charles VII, Jeanne propose de lui dire en particulier un fait qui n'est connu que de lui
seul. Le roi, ravi, accepte l'épreuve. Il prend avec lui son confesseur et quatre de ses barons, pour témoins. Jeanne parle...
Charles, éperdu, assure avec serment que le fait est vrai et n'a
jamais été connu que de Dieu et de lui.

Aussitôt Jeanne est envoyée à Poitiers, où l'on a réuni le Parlement, à l'effet de l'entendre et de la juger, car, bien que convaincu
de la confiance qu'il peut accorder désormais aux paroles et aux
promesses de la naïve pastourelle, Charles veut avoir l'avis des
magistrats de son royaume sur les révélations dont la jeune fille
se prétend l'objet. Assurément ce voyage ne sourit en aucune
façon à la pauvre Jeanne, déjà si éprouvée; elle prévoit bien
qu'elle sera obsédée de questions. En effet, on ne les lui épargne
pas. Mais ses réponses sont toutes à sa gloire, car elles fournissent
de nouvelles preuves de ses rapports avec les êtres célestes qui

lui sont envoyés par Dieu : c'en est fait, la mission de Jeanne est une mission divine.

Elle explique comme quoi, ayant eu à voyager avec des hommes d'armes, elle a cru de son devoir de prendre des vêtements qui dissimulassent son sexe; pourquoi Charles n'est encore que Dauphin, c'est qu'il n'est point sacré roi, et ne le sera qu'autant qu'elle l'aura conduit à Reims; quant aux miracles qu'on voudrait obtenir d'elle, voici ce qu'elle répond :

— Je ne suis point venue pour faire des signes. Que l'on me conduise à Orléans, c'est là que je prouverai que le Seigneur m'envoie!

De retour à Chinon, Charles la reçoit, cette fois avec tous les égards qui sont dus à l'admirable jeune fille, si modeste et pourtant si grande, et Jeanne a le bonheur d'y trouver sa mère qui, inquiète, est venue pour voir ses deux enfants et serrer Jeanne sur son cœur.

V

C'en est fait, ai-je dit, la mission de Jeanne est une mission divine. Dieu est bien avec cette innocente paysanne, cette timide bergère.

Désormais la voici général d'armée; Jeanne Darc est proclamée le chef suprême de l'armée française.

Le roi Charles VII lui fait composer une maison militaire.

Elle a pour écuyer le chevalier, le très honnête chevalier d'Aulon, qui chevauche en avant d'elle, portant son étendard, bannière en forme de *labarum*, de toile blanche frangée de soie, parsemée de fleurs de lis, et peinturée de l'image de Dieu le Père et d'une représentation de la Vierge saluée par l'archange Gabriel. En exergue, les noms sacrés de *Jhésus* et de *Marie*. C'est Jeanne qui a ainsi dessiné l'étendard en question.

Pour hérauts d'armes, marchant à sa suite, on lui a donné les sires de Guienne et d'Ambleville.

Elle a même un aumônier, Jean Pasquerel, de l'ordre des Frères-Ermites, recommandé par sa mère comme un saint homme, et à qui sa mère l'a recommandée, elle aussi, Jeanne.

Un intendant, des pages, en un mot, complètent tout son équipage de chef de guerre.

Ses chevaux, qu'elle monte tour à tour, ont été choisis tout exprès pour Jeanne. On lui a fait forger une armure de fer et d'acier. Quant à son glaive, elle a envoyé chercher l'épée, marquée de cinq croix, d'un vieux paladin qui, depuis son retour de Jérusalem, dort dans son sépulcre, en la chapelle de Fierbois. C'est Jeanne qui affirme que cette épée se trouve là, notez ceci, et on la lui rapporte en effet, telle qu'elle l'a désignée.

Donc Jeanne, armée de pied en cap, s'avance vers Orléans, en tête de son armée, que précède un chœur nombreux de clercs rangés autour de la large bannière du Christ en croix, et chantant des hymnes, le *Veni, Creator Spiritus* surtout, ce qui électrise et enflamme le soldat.

Tout d'abord notre héroïne ramène la décence dans le camp. Elle en chasse les femmes folles, et retrouvant plus tard une de ces misérables qui s'achemine encore parmi les soldats, elle tire son glaive et la poursuit au galop. Mais, au lieu de la frapper, elle se contente de lui dire :

— Hors d'ici, autrement me forcerez à vous faire peine.

Elle exhorte ensuite officiers et soldats à se confesser et à communier. Le Dieu de la guerre mérite bien qu'on cherche à lui plaire par une vie amendée et purifiée, dit-elle : sinon, à qui la faute des dommages?... Le plus grand nombre des soldats se rend à son exemple.

Il n'est pas jusqu'à La Hire lui-même, le vieux La Hire, le mécréant par excellence, qui ne se présente à la table sainte, et ne réforme ses jurements de gascon endurci, lui qui ne connaissait jusque-là que cette prière de sa composition :

— Seigneur Dieu, fais pour La Hire ce que tu voudrais que La Hire fît pour toi si tu étais La Hire et que La Hire fût Dieu.

Arrivée en face d'Orléans, Jeanne contient les Anglais, pendant que des bateaux font entrer dans la ville les vivres du convoi. Puis, le même jour, 29 avril, à huit heures du soir, la ville illuminée la voit pénétrer dans ses murs. Elle marche à cheval à la tête des troupes, le lieutenant-général se tenant à sa gauche. La foule qui déborde de toutes parts, en poussant des cris de bonheur, l'entoure et la presse. C'est à qui acclamera la gente guerrière, c'est à qui la contemplera de plus près, et touchera ses vêtements et son cheval. Et comme tout chacun est muni de torches, de flambeaux, d'un luminaire quelconque, c'est un spectacle magnifique que cet enthousiasme populaire, les armes qui brillent, ces hommes d'armes qui s'avancent comme des murailles de fer, ces chevaux qui piaffent et qui hennissent, cette foule qui clame d'allégresse, ces sons d'instruments guerriers qui bruissent dans l'air, et ces voix de bronze qui s'élancent de toutes les tours et de tous les clochers pour fêter la bien-venue de la vierge des marches de Lorraine, aussi calme, aussi modeste sous les feux qui éclairent son triomphe, que si elle priait sous le beau mai de son village.

Pourtant elle a une émotion. Un des habitants de la ville, armé d'une torche, s'approche si près de son étendard, qu'il met le feu à l'une des pointes : heureusement elle s'en aperçoit à temps, court à d'Aulon, et éteint elle-même le feu qui prend.

Dès le lendemain, Jeanne s'établit entre la circonvallation des Anglais et la ville, à l'effet de paralyser les efforts des ennemis. Jusqu'alors on n'a pas osé attaquer les bastides ou petits forts qui appuient cette circonvallation. Un jour, quelques jeunes seigneurs, emportés par leur audace, attaquent l'une de ces bastides, en plein midi, sans s'être concertés avec Jeanne, et sont repoussés. Elle s'était retirée pour prendre quelque repos. Le bruit de la déroute l'éveille ; elle s'arme, vole au combat, arrête les fuyards. Sa présence ranime le courage des soldats, on retourne à l'assaut, le fort est emporté.

Alors elle veut profiter de l'ardeur des troupes pour en escalader un second : mais les autres chefs ne sont pas de son avis.

Quelques jours après, elle conduit les siens contre le plus puissant de ces forts. L'assaut est livré ; hélas ! une terreur panique s'empare de ses hommes ; ils abandonnent l'attaque. Aussitôt elle se met en travers, les harangue de telle sorte qu'elle les ramène, et les dépassant tous, elle plante elle-même son étendard sur la brèche. Les Anglais en sont repoussés et les Français y entrent en foule. Malheureusement elle est blessée au pied par une chausse-trappe ; toutefois, avant de se retirer, elle assure son succès en allant mettre des postes en face des courtines que les Anglais ont élevées du côté de la Sologne, en tête du pont.

La grande difficulté du siége est de les chasser de ce point. Jeanne sait le désir des gens d'Orléans d'être délivrés sur la ligne qui gêne le plus leurs communications, et, malgré l'obstination de certains généraux, elle fait décider l'attaque. Le jour désigné, elle entend la messe de grand matin, communie, sort de la ville, traverse la circonvallation, et marche fièrement à l'assaut du boulevard qui couvre le dernier fort de l'ennemi. Elle est alors grièvement blessée à la gorge par la flèche d'un Anglais. Quand on lui ôte son armure pour la panser, on voit la pointe du trait qui sort derrière le cou, et on ne sait que faire. Mais Jeanne arrache bravement elle-même le dard, et sans autre soin qu'un peu d'huile mise sur la plaie, elle remonte à cheval, retourne à fond de train sur le champ de bataille, reprend son étendard qu'elle tient de sa main gauche, et commande l'assaut, où le soldat se jette à corps perdu. Aussitôt, elle fait jeter quelques poutres sur le pont que les habitants avaient rompu eux-mêmes, et alors elle rentre triomphante dans Orléans, aux acclamations de toute la population de la ville, qu'elle vient de délivrer.

Car après cet échec, les Anglais comprenant qu'ils n'ont plus rien à espérer du siège, Salisbury donne ordre de le lever, et le 8 mai, un dimanche, Orléans était libre, Jeanne, le roi Charles VII et la France triomphaient, et les Anglais s'enfuyaient honteusement.

Depuis ce moment, tous les jours de notre héroïne sont marqués par les plus brillants faits d'armes. Objet d'amour et d'espoir pour les Français, elle est la terreur et l'effroi des Anglais, qui se sauvent à son seul aspect.

Elle prend Jargeau et fait Suffolk prisonnier.

Elle réconcilie le connétable de Richemond avec le roi.

Elle gagne la bataille de Patay, en Beauce, où le brave Talbot est fait prisonnier; mais Xaintrailles lui rend sa liberté, sans rançon, procédé généreux dont deux ans après Talbot trouvera l'occasion de s'acquitter de la même manière.

Elle fait donner assaut à la ville de Troyes, et Troyes est prise.

Enfin, ayant ouvert le chemin aussi large que possible, elle entre à Reims avec le roi, en juillet de la même année.

Partout elle a combattu près des Dunois, des Xaintrailles, des La Hire, des Florent d'Illiers, des Boussac, des de Rayz, des Ambroise de Lore, des Raoul de Gamont, de l'amiral de Culan, et de beaucoup d'autres, qui tous l'admirent et reconnaissent son génie militaire et la sagesse de ses conseils. Et pourtant, avare du sang des soldats, elle les précède dans la mêlée, brise devant eux l'effort de l'ennemi, mais ne tue jamais. Tout au plus se fait-elle jour à travers les Anglais, en les frappant de la tête de sa hache d'armes ou du plat de sa fameuse épée, *qui est propre à donner de bonnes buffes et de bons torchons*, a-t-elle dit quand elle l'a envoyé chercher dans l'église de Sainte-Catherine de Fierbois.

Le 17 juillet, Charles VII reçoit l'onction royale des mains de l'archevêque, Regnault de Chartres. Le prince avait fait son entrée solennelle dans la ville le 16, entouré de tous les chevaliers de son armée. Jeanne, pendant la cérémonie, se tint debout auprès de l'autel, son étendard à la main.

— *Ce drapeau était à la peine, c'est bien le moins qu'il soit à l'honneur !...* dit-elle plus tard, en parlant de cette fête du sacre.

— *Gentil roy*, fit-elle en s'agenouillant devant le prince, après la célébration de la messe, *ores est exécuté le plaisir de Dieu qui voulait que levasse le siége d'Orléans et que vous amenasse en cette cité de Reims pour recevoir votre saint sacre, en montrant que vous êtes vray roy et celluy auquel le royaulme de France doibt appartenir*.

Charles VII fut armé chevalier par le duc d'Alençon ; puis il se rendit au palais archiépiscopal où l'attendait le festin. L'archevêque seul mangea avec le roi, qui fut servi par ses barons.

Pendant ce temps, Jeanne était la plus heureuse fille du monde. Elle avait rempli sa mission et se trouvait, à la sortie de l'église, en face de son père, Jacques Darc, et de son brave oncle, Durand Laxart, venus à Reims pour la voir.

Tout le peuple les entourait, et on acclamait Jeanne, et on la félicitait, et on baisait ses vêtements.

Et elle pleurait de joie.

— Mon fait n'est qu'un ministère !... J'ai obéi à Dieu, et Dieu m'a fait réussir... répondait-elle modestement.

Excellente Jeanne !... Que ne reprit-elle la route de Domremy, avec son père et son oncle.

Charles VII reçut Jacques Darc et Durand Laxart : il écouta leurs naïfs récits sur leur bien-aimée Jeanne.

Quelque temps après, à l'insu de Jeanne, Jacques Darc était anobli, pouvait porter le nom de *du Lys*, et recevait pour armoiries *l'écu d'azur à deux fleurs de lys d'or, et sur le champ une épée d'argent à la garde dorée, la pointe en haut, férue en une couronne d'or.*

Bien, mais il ne devait plus revoir sa fille !

VI

Les Anglais naguère tout-puissants sont abattus, et Charles-le-Victorieux les chassera bientôt complètement de la France.

Depuis le sacre du prince, les habitants des campagnes se portent en foule sur son passage et crient : *Noël! Noël!* Partout on chante des *Te Deum,* partout on glorifie Jeanne.

Cette allégresse récrée notre héroïne, qui souvent pleure de joie. Pourtant elle commence à renouveler la prière qu'elle a faite au roi, après le couronnement, de lui permettre de se retirer.

— *Je sais que Dieu ne m'a commandé autre chose que ce que j'ai fait,* dit-elle, *et je voudrais abandonner les armes, pour aller servir mon père et ma mère en gardant leurs brebis avec ma sœur et mes frères, qui moult se réjouiront de me revoir.*

Mais Dunois, le chancelier, et bien d'autres, l'exhortent à continuer à servir le roi, en chassant les Anglais de la France.

On la retient, oui ; mais l'œil de l'historien voit avec peine que, crue désormais moins nécessaire, elle est bientôt traitée avec indifférence.

Nous la voyons d'abord à Senlis, où le dissimulé La Trémouille s'empare de la haquenée favorite de l'évêque, sous le faux prétexte que Jeanne réclame un cheval de plus, et en réalité pour faire un ennemi à la guerrière, qui ne s'en doute guère.

C'est aussi à Senlis que notre vierge de Lorraine éprouve l'amère douleur de briser sa précieuse épée, sans qu'on puisse jamais en souder les morceaux, en frappant une odieuse fille dépravée qui s'était encore glissée dans les rangs des soldats.

Nous la retrouvons ensuite au siége de Paris, entrepris par le roi, en septembre, et à l'assaut de la ville, par la porte Saint-Honoré, au point occupé par la rue des Frondeurs. Jeanne y déploie son courage ordinaire. Debout sur le terrain qui sépare les deux fossés d'enceinte de la ville, au pied de la Butte des Moulins, où s'arrêtaient alors les fortifications, pendant que ses gens remplissent de fascines le fossé extérieur, elle crie aux assiégés :

— *Rendez Paris au roy de France!*

Mais alors une arbalète lui décoche son trait ou vireton, qui l'atteint à la cuisse. Jeanne tombe aussitôt sur le revers du fossé,

Femmes illustres de la France.

et elle y reste plus d'une heure, exposée à de nouveaux coups, sans que nul lui porte secours.

Enfin, nous la voyons aussi, mais c'est la dernière fois, hélas! au siége de Compiègne. Elle s'est enfermée dans cette ville, par dévouement, pour la sauver des attaques des Bourguignons. Dans une sortie, elle tombe sur leur quartier, et couvrant la retraite des siens, à la suite d'un combat opiniâtre, elle est serrée contre le fossé, alors que le gouverneur de la ville, qui cherche à la trahir, fait fermer les portes, et avec son frère Pierre et son écuyer d'Aulon, elle tombe au pouvoir des ennemis. Un archer picard, la prenant par la nuque, la fait tomber de cheval. Alors elle se rend, ainsi que ses deux compagnons, et on la désarme aussitôt avec une grande violence.

L'archer livre la prisonnière à son capitaine, bâtard de Vendôme, qui la vend au comte de Luxembourg, et celui-ci la cède aux Anglais pour une somme de dix mille livres... et une pension de trois cents livres pour le capteur.

Grande fête au camp des Anglais! On y montre la joie la plus vive, et on y abreuve l'infortunée captive des plus affreux outrages! Un *Te Deum* est chanté; nouvelle de la prise est envoyée à Paris et partout. Cette fois c'est l'Angleterre qui triomphe.

De Charles VII, pas un mot, pas une démarche pour tirer des mains de ses ennemis l'héroïne qui lui a donné un royaume, la France!

Du reste, disons-le de suite : dans Paris, oui, dans Paris, pas une rue, pas une place, pas le plus petit monument qui s'honore du nom de Jeanne Darc, qui rappelle le souvenir de Jeanne Darc, qui montre que Jeanne Darc, ainsi que tous ceux qui honorent leur patrie, sont ensuite honorés par la patrie!

A Orléans, gloire et honneur! Statues, fêtes nationales, anniversaires fastueux, processions triomphales, tout manifeste la reconnaissance à l'endroit de la sublime héroïne.

Quand Jeanne est prisonnière, l'Université de Paris demande que le jugement se fasse à Paris.

L'Anglais Bedfort veut qu'il ait lieu à Rouen, ville plus anglaise et plus sûre.

Il confie l'infâme procès à Pierre Cauchon, évêque de Beauvais, dans le diocèse duquel la jeune fille a été prise.

Dans cette monstrueuse affaire, l'odieux le dispute à l'iniquité.

A cette époque, le moyen de rendre exécrable, et d'éloigner

toute justice et toute compassion, c'est de faire passer pour *sorcier*, pour *magicien*, comme ayant relation avec les démons.

Ainsi fait-on vis-à-vis de l'infortunée Jeanne.

Elle, calme, sereine, profonde dans sa naïveté, déjoue tous les piéges sans effort, par la seule vérité, par la seule droiture de son âme.

Ses réponses sont courtes, vives, héroïques.

Aussi la haine déborde... Voyez :

La pauvre victime est enfermée au second étage de la grosse tour du château de Rouen. Cette prison n'est pas encore assez sûre aux yeux des Anglais, ils font fabriquer tout exprès une cage de fer, dans laquelle Jeanne est attachée par le cou, par les pieds et par les mains, à l'aide de lourdes chaînes. La nuit, pour plus de sûreté, on fixe la captive sur son lit, par le milieu du corps, au moyen d'une autre chaîne.

D'infâmes soldats anglais, au nombre de cinq, choisis parmi les plus féroces et les plus déhontés, ne la quittent pas d'une seconde et l'abreuvent de tous les outrages possibles. Ils lui parlent sans fin du supplice qui l'attend, la réveillent en sursaut pour lui en parler encore, l'insultent de nuit comme de jour.

Quelle agonie ! Femmes, répondez !

C'est horrible ! n'est-ce pas ?

Mais ainsi font les Anglais... Demandez à Hudson Lowe comment il s'y prenait vis-à-vis de Napoléon !

Jeanne, fille innocente, noble héroïne, qui a sauvé son roi, délivré sa patrie, et n'a pas encore vingt-cinq ans, est condamnée à périr par le supplice du feu.

VII

> A qui réserve-t-on ces apprêts meurtriers ?
> Pour qui ces torches qu'on excite ?
> L'airain sacré tremble et s'agite ;
> D'où vient ce bruit lugubre ? Où courent ces guerriers
> Dont la foule à longs flots roule et se précipite ?
>
> La joie éclate sur leurs traits :
> Sans doute l'honneur les enflamme,
> Ils vont pour un assaut former leurs rangs épais ?
> Non, ces guerriers sont des ANGLAIS
> Qui vont voir mourir une FEMME !

Le 30 mai 1431, au matin, une foule nombreuse et aux attitudes différentes, se presse, à Rouen, sur la petite place, trop étroite ce jour-là, du Marché-Vieux. Des cris tumultueux s'élèvent de cette multitude qui se masse continuellement jusque dans les rues noires et tortueuses de l'antique cité, et débouche toujours par les deux rives de la Seine.

Le ciel est bas, ce jour-là. Il semble prendre le deuil, car le temps devient de plus en plus gris. Un brouillard épais s'élève du fleuve et enveloppe l'atmosphère d'un voile froid et sombre.

Néanmoins la foule devient de plus en plus compacte, et malgré les nombreux soldats anglais qui sillonnent la place, et les sentinelles disposées de distance en distance, on voit la consternation sur certains visages et l'effroi sur beaucoup d'autres.

La conscience a des droits imprescriptibles, et elle dit aux Anglais et à certains Français qu'ils vont commettre un meurtre et une lâcheté !

En effet, voici que, de la rue conduisant au château, descend un char attelé de quatre chevaux de front, qui s'avancent au pas, entourés de huit cents soldats anglais armés jusqu'aux dents.

Ce char porte une femme jeune, pâle et belle pourtant, dont les yeux se portent souvent vers le ciel, mais dont les membres sont couverts de chaînes. A ses côtés on voit prêtres et bourreaux.

Cette femme, c'est Jeanne Darc, et les Anglais ont encore peur d'elle.

Arrivée au lieu fatal, la sublime résignation sur son majestueux visage, elle se met à genoux et prie à haute voix la Trinité d'abord, puis la sainte Vierge, et enfin tous les saints, notamment saint Michel et sainte Catherine.

Elle se relève ensuite; ses yeux se portent vers de vagues horizons, dans la direction des Vosges, de la Lorraine, sa patrie ! et sans doute elle pense à son père, à sa mère, à ses frères, à ses sœurs, et leur envoie son adieu du cœur ! Pauvre fille ! elle revoit aussi en esprit sa chaumière, la lande, le beau mai, son troupeau, et la voici qui pleure.

Elle pleure, mais elle est généreuse et bonne, écoutez : elle demande au peuple qui l'entoure de prier pour elle, elle déclare à tous que, amis ou ennemis, elle pardonne le mal qu'on lui fait.

Aussi, d'autres larmes que les siennes coulent, même des yeux des Anglais.

Cependant on lit au peuple les pièces du procès, alors que Jeanne prie toujours... mais le bûcher est prêt... Elle y monte, comme une victime innocente, sans bravade, sans injures. Elle se laisse attacher sans faire entendre un murmure. Seulement elle demande une croix, et un soldat anglais lui en fait une avec deux bâtons. Elle la baise dévotement.

Alors le bourreau ceint la tête de la victime d'une mitre ignominieuse sur laquelle sont écrits ces mots : *Hérétique! Relapse! Apostate! Idolastre!*

A cette vue et pour protester contre l'honneur de la conscience qu'on lui enlève, Jeanne demande une croix d'église. Un clerc se précipite et court chercher celle de la paroisse la plus proche. On la place devant la patiente, qui prononce avec amour le nom sacré de *Jhésus.*

En ce moment le bourreau met le feu au bûcher, sur un signe qui lui est fait de deux estrades où se trouvent les juges iniques qui l'ont condamnée. Tout d'abord Jeanne, voyant la flamme s'élever, prévient elle-même du danger que courent les deux prêtres qui l'assistent, et les conjure de tenir la croix devant elle, pendant son agonie. Elle commence, hélas! et dure longtemps cette cruelle agonie, car on a donné au bûcher une hauteur extraordinaire, afin que le drame horrible puisse être vu de tout le monde. Ce n'est que peu à peu que le feu atteint et dévore sa victime pantelante.

Jusqu'à son dernier soupir elle prie, elle pardonne, elle prononce les doux nom de Jésus et Marie.

Enfin elle disparaît dans des tourbillons de flamme et de fumée, puis on n'entend plus rien... Le bûcher s'écroule et avec lui tombe le cadavre dans la fournaise... Alors, disent les témoins oculaires, alors on voit une blanche colombe s'élever du foyer brûlant, planer au-dessus de la place, et prendre son vol vers les cieux.

Les Anglais sont épouvantés, et se retirent effrayés.

— Nous avons fait mourir une sainte... disent-ils.

VIII

Ce récit, purement historique, et sans aucun embellissement étranger, n'a-t-il pas tout l'intérêt de la vertu, celui de la gloire, et celui du malheur, le plus imposant de tous ?

Oh! honte, mille fois honte à ceux qui ont flétri ce noble souvenir des ignominies de leur lasciveté poétique !

Honte aux Anglais, dirions-nous aussi, si les Anglais savaient rougir de leurs lâchetés !

L'histoire raconte que tous les juges de Jeanne Darc périrent misérablement, peu après elle. Pierre Cauchon mourut en effet subitement, pendant qu'on le rasait. Le promoteur d'Estivet, l'outrageur émérite de la pauvre fille, succomba à une attaque d'apoplexie dans un colombier, près de Rouen, et du colombier tomba sur un fumier. Loiseleur, Nicolas Midy, et M. de Jumièges, ses juges, devinrent lépreux, et finirent mal. Le duc de Bedfort fut enlevé à la fleur de l'âge, dans ce même château de Rouen où Jeanne eut tant à souffrir. Enfin Guillaume Flavy, le gouverneur de Compiègne, qui avait fermé les portes de la ville, tout exprès pour faire prendre Jeanne, fut occis de malemort dans sa maison.

Ah ! c'est que, en entendant son injuste condamnation, la vierge de Domremy s'était écriée :

— J'en appelle à Dieu des cruautés qu'on me fait !

Disons aussi que le père de Jeanne et son frère aîné moururent de chagrin en apprenant son martyre immérité.

Quant à sa mère, Isabelle Romée, elle consacra sa fortune et sa vie à la réhabilitation de sa fille bien-aimée.

La postérité, qui repousse toute réhabilitation comme superflue, proclame Jeanne Darc l'*héroïne de la France*.

Bon nombre de gens croient que la maison dite de Jeanne Darc, que l'on montre encore de nos jours, à Domremy, est absolument la même que celle qui vit naître cette illustre vierge des marches. Erreur. La maison où Jeanne Darc reçut le jour tombait en ruines vers 1480 ; Louis XI, par reconnaissance, la fit reconstruire sur le même lieu et le même plan, et avec les mêmes matériaux ; seulement on dut y ajouter quelques parties neuves, pierres et bois.

Ainsi l'a-t-on conservée afin de faire jouir la postérité du berceau de celle que les âges futurs admireront et plaindront à jamais.

Croira-t-on que, naguère encore, les enfants de Domremy et de Maxey-sur-Meuse se livraient de ces combats politiques que nous avons vu donner origine à notre tragédie, sur la lande du beau mai ou de l'Arbre aux Fées ?

MARIE DE MÉDICIS.

I

Le printemps déploie sur Paris le bleu pavillon d'un ciel d'azur. En vingt endroits sa large moire se capitonne de la charmante guipure de légers flocons de blanches vapeurs, soulevées par la brise du matin, et que teintent des plus jolies nuances d'or et de pourpre les premiers rayons du soleil levant.

La vieille Lutèce s'illumine peu à peu, et c'est merveille de voir sortir de l'ombre, l'une après l'autre, et se dresser vers le firmament les tours élancées du Temple, la massive Bastille de Charles V, les ravenelles et les poivrières du For-l'Evêque, les campaniles et les clochetons du Palais-de-Justice, les coupoles des églises, les frontons et les portiques de cent monuments, les pignons pittoresques et les façades étincelantes de mille édifices qui bordent, à droite et à gauche, le cours de la Seine.

La brume, qui s'élève lentement de la rivière, n'empêche pas de voir une nacelle, dirigée par deux vigoureux rameurs, qui, passant sous le Pont-au-Change, atteint bientôt la pointe de la Cité, où de nombreux ouvriers se mettent à l'œuvre, pour établir une large voie de pierre, devant mettre en communication les deux rives du fleuve. Ce sera le Pont-Neuf, si fameux parmi la gent parisienne.

Cette embarcation porte deux hommes enveloppés de larges manteaux bruns, et dont le chef est couvert de feutres ornés de plumes blanches. On ne peut voir de leurs personnes qu'un visage déjà mûr, mais mâle et fier. L'un d'eux grisonne déjà, et sa barbe taillée en pointe compte aussi bien des fils d'argent. De ses yeux jaillit un éclair doux et pur qui exprime la bonté, et ses lèvres portent empreint dans leur rictus un sourire toujours épanoui.

L'autre, plus grave, la face pleine et l'œil méditatif, écoute son compagnon qui, le bras tendu tantôt sur un point, tantôt sur un autre, semble donner quelques explications.

Ces deux voyageurs matineux font arrêter leur embarcation parmi les échafaudages qui enveloppent le Pont-Neuf et les ouvriers qui travaillent à l'édifier. Ils en examinent les travaux et semblent en critiquer les détails. Aussi nombre d'artisans qui vont et viennent parmi les apparaux, laissant tomber les yeux sur ces curieux qui gênent leurs manœuvres, commencent à leur adresser de ces lazzis familiers au peuple de Paris. Mais l'un d'eux, passant plus près de la barque, s'écrie aussitôt, tout en portant la main à sa coiffure de loutre :

— Eh! camarades, c'est le roi, notre sire !

Aussitôt éclate une explosion formidable, poussée par les cent poitrines de ces hommes qui, échelonnés sur les cordages des grues, agitent leurs bonnets, et que répètent et portent au loin les berges de la rivière :

— Vive notre Henri IV !

— Vive notre roi bien-aimé !

Alors le prince de dire, car c'est bien Henri IV, en effet :

— Ventre-saint-gris ! ces braves gens me reconnaissent.

Puis il ajoute, en les saluant de la main :

— Travaillez bien, mes amis, et, Dieu aidant, un jour vous aurez la poule au pot, le dimanche; je veux vous en donner à tous les moyens.

D'autres acclamations d'amour et de joie se font entendre; mais déjà la nacelle s'éloigne, car Henri murmure à l'oreille de son compagnon :

— Au Louvre, Sully, dépêchons; autrement à ces cris tout-à-l'heure Paris accourra sur les rives de la Seine.

A ces mots et sur un signe, la barque entre dans les eaux qui baignent le Louvre d'un côté, et de l'autre, en face du Louvre, le tant célèbre Pré-aux-Clercs.

Le Pré-aux-Clercs, foulé par les pieds de tous les écoliers de l'Université de Paris depuis des siècles, maculé du sang de tous les bretteurs des âges précédents, et témoin de tant de duels à mort, à cette heure n'est pas encore sillonné par la foule des seigneurs empanachés, des dames en riches atours, des croquants ou des clercs en goguette, des diseurs de bonne aventure, des trouvères s'égosillant à chanter à grand renfort de guitares, et de bateleurs exerçant leur industrie sur le turf de cette fameuse prairie, la promenade parisienne par excellence ; mais il montre au large, à demi noyés dans une blanche vapeur transparente, ses courtilles aux rameaux verts, ses préaux émaillés de fleurs, ses tonnelles bariolées de drapeaux de toutes les couleurs, ses ombreuses allées d'arbres, ses frais bocages et ses tapis de verdure s'étendant en une pente insensible de la berge du fleuve à l'abbaye Saint-Germain-des-Prés et à l'hôtel de Nesle, dont les flèches, les clochetons et la tour s'estompent en gris dans le lointain.

Du Louvre, sous le rayonnant soleil du matin, on voit s'élancer et se profiler hardiment, non plus le fier et colossal donjon qui naguère en occupait le centre ; cette grosse tour ronde de quatre-vingt-seize pieds d'élévation, qui baignait sa large base dans un fossé revêtu de pierres et servant de vivier aux eaux verdâtres, a été rasée par François Ier ; mais les toits élancés et les pointes aiguës de vingt tours et tourelles, rondes ou carrées, en fer à cheval quelques-unes, plusieurs en encorbellement et construites hors œuvre, toutes hérissent de leurs cônes, à plus ou moins grande hauteur, les ravenelles de quatre vastes corps de logis qui, percés sans symétrie de longues fenêtres en ogive, forment un carré massif dont la grosse tour occupait le milieu, et enferment des cours et des jardins, tandis qu'ils sont entourés eux-mêmes de larges fossés tirant leurs eaux de la Seine.

Telle est l'œuvre de Philippe-Auguste, qui avait fait de la grosse tour un arsenal et une prison d'Etat, dans laquelle il enferma le comte de Flandre, Ferdinand, pris à la bataille de Bouvines.

Mais les temps ne sont plus où, pour meubler ce royal manoir, le roi se contentait d'y faire jeter des gerbes de *fouarre*, nom donné alors à la paille, et quand le monarque quittait son palais, cette paille était donnée aux écoliers de l'Université (1).

Charles V, grand architecte et grand artiste, a orné le Louvre et l'a enrichi d'appartements spacieux, d'une chapelle, de salles de bains, d'un cabinet de joyaux, d'une bibliothèque, la première qui ait été formée en France, dans laquelle il réunit neuf cent neuf manuscrits. Il y fit faire un escalier à vis, chef-d'œuvre de construction et de sculpture de Raymond du Temple, qui conduit à la

---

(1) Cette paille était répandue dans une rue voisine de la place Maubert, et appelée encore de nos jours *rue du Fouarre*, qui n'était alors fréquentée que par les *escholiers*. C'était dans cette rue et assis sur cette paille qu'ils attendaient l'ouverture de leurs cours, qui se tenaient dans le voisinage.

légère galerie communiquant à la tour au moyen d'un pont-levis pratiqué à son extrémité, et qui existe encore sous Henri IV. Enfin il orna le fronton du Louvre d'une horloge dont le cadran fait face à la rivière, et enveloppe de treillages en fil d'or les croisées de l'édifice pour en fermer l'entrée aux pigeons.

A l'occident du Louvre et lui faisant face, un peu plus loin, sur la même rive droite du fleuve, on découvre la longue façade des Tuileries, aux lignes élégantes, ouvrage splendide de Catherine de Médicis.

La barque royale touche à la berge de la Seine, entre ces deux constructions, et alors Henri, descendu à terre avec Sully, et montrant du doigt l'une et l'autre résidences, lui dit :

— M'est avis, cher maître, qu'après avoir mis bonne fin à la place Royale, là-bas, en votre faubourg Saint-Antoine, après avoir achevé l'hôpital Saint-Louis, non loin des Porcherons, construit le collége de France dans le quartier Saint-Germain, et fait chevaucher le Pont-Neuf de la rive droite de la rivière à l'île de la Cité et de la Cité à la rive gauche, je puis bien, sur ce point de Paris, m'occuper de réunir le vieux Louvre aux récentes Tuileries. L'un de ces manoirs rajeunira l'autre, et l'architecte Ducereau m'élèvera entre les deux une aile qui les mettra en communication et servira en même temps de sanctuaire aux richesses artistiques de notre France.

— A merveille, sire. Vos finances améliorées et votre trésor maintenant rempli vous permettent cette dépense... répond Maximilien de Béthune, duc de Sully, seigneur de Rosny, fidèle compagnon de la fortune du Béarnais, et son ministre austère, mais sincère et intègre ami. Vous avez mis votre armée sur un excellent pied ; la justice est rendue comme il convient ; l'agriculture est florissante à cette heure ; l'industrie prend chaque jour un plus grand essor ; le commerce marche à souhait ; occupez donc vos loisirs aux travaux publics que vous méditez et qui déjà s'exécutent par vos soins à Monceaux, à Folembray, à Fontainebleau, au collége de La Flèche et ailleurs... Mais cela ne suffît pas...

— Ah ! il y a un mais !

— Oui, sire. J'ai à vous rappeler un projet qui a aussi son importance. Entrons au Louvre, et là, dans le calme de votre cabinet, j'aurai l'honneur de faire une communication à Votre Majesté.

En effet, une heure après, nos deux personnages, enfermés dans un petit salon du Louvre dont la fenêtre ouvrait sur la Seine et le Pré-aux-Clercs, devisaient à mi-voix. Le duc de Sully démontrait au prince comme quoi la France attendait de lui un héritier de son trône, et comme quoi, puisqu'il venait, avec l'autorisation du Saint-Père, de répudier Marguerite de France, il devenait indispensable qu'il se remariât. Henri IV sentait que monsieur de Rosny disait vrai; mais, se grattant l'oreille, il répondit par un :

— Ventre-saint-gris! attendons encore.

— Comment, attendre encore! Mais, sire, nous sommes en 1600, et vous avez quarante-sept ans bien comptés, si je ne me trompe, puisque vous êtes né en 1553. Il est donc temps, et bien temps de prendre un parti.

— Eh bien! quelle princesse veux-tu me proposer?

— En passant en revue les grandes maisons de France et de l'Europe qui peuvent nous offrir quelques sujets, je ne vois que Marie de Médicis. C'est l'une des plus aimables princesses de notre temps, sire, et je crois...

— Aimable... c'est possible : mais elle est de la maison des Médicis, n'est-ce pas? et j'hésite, car c'est de cette famille que vint ici Catherine, la terrible Catherine, qui a fait du mal à notre pays, à moi en particulier, et cela récemment, trop récemment... Aussi j'appréhende.

— Cependant, sire, c'est la seule princesse qui vous convienne, et au besoin, vous ne manquerez pas d'autorité pour la contenir. Voyez, elle est la fille de François de Médicis, grand-duc de Toscane, et de Jeanne d'Autriche; elle compte à peine vingt-cinq ans, étant née le 26 avril 1575; elle est la nièce de Ferdinand, le duc régnant, qui a une grande influence et d'énormes richesses; en vous alliant à elle, vous vous alliez à deux grandes puissances de l'Europe.

— Tu as toujours raison, mon brave Sully : mais, laisse-moi quelques jours encore pour réfléchir et prendre une détermination, dit Henri IV en se levant pour aller s'appuyer sur la fenêtre et porter les yeux sur sa bonne ville de Paris.

Mais monsieur de Rosny n'est pas homme à abandonner la partie. Il suit le prince à pas de loup et, allant se placer à son oreille, il ajoute :.

— Marie de Médicis, comme vous, sire, aime les arts. Elle fait mieux que les aimer, elle les cultive avec succès. On m'affirme qu'elle excelle dans la gravure : c'est dire qu'elle peint et apprécie la peinture. Vous voulez unir le Louvre aux Tuileries par une galerie dont vous ferez, dites-vous, le sanctuaire des arts. Il vous faudra donc des tableaux. L'Italie vous en fournira de magnifiques, du moment que votre femme sera Italienne. Le palais Pitti, le palais des Offices du grand-duc regorgent de richesses antiques : on partagera avec vous, et votre musée du Louvre rivalisera avec les musées de France.

— Te tairas-tu donc, vilain séducteur... s'écrie Henri, qui saisit la barbe de Sully et lui donne des saccades, en disant : Allons au jeu de paume, j'ai besoin d'exercice, car, depuis une heure, tu irrites mes nerfs !

II

C'est l'heure de l'*effet,* comme disent les peintres ; si vous aimez mieux, c'est le moment où le soleil, sur son déclin, s'entoure de nuages empourprés et ferme peu à peu ses yeux brûlants. Alors les mille objets de la création qu'il ne regarde plus qu'à demi se teignent de nuances poétiques qui fascinent. Il permet à grand'peine à ses derniers feux de se laisser éteindre par les ombres du soir ; il semble lutter avec elles ; mais enfin il n'illumine bientôt plus que d'un faible rayon les cimes des hauts arbres et les crêtes des montagnes, puis disparaît tout-à-fait, tandis que le crépuscule envahit les plaines et les vallées qu'il engloutit dans les ténèbres.

A deux voyageurs qui descendent des hautes collines qui bordent la mer de Toscane, apparaît, à cette heure toute de sublime poésie, une ville nageant dans les flots d'or pâle du soir, mollement couchée sur les rives de l'Arno qui murmure à peine, et regardant autour d'elle si le long cachemire du vert Apennin déploie bien ses larges plis pour abriter, pendant la nuit qui va venir, ses blanches épaules contre les vents du nord et les baisers indiscrets des brises de l'est.

Cette ville est Florence, la cité des fleurs. Quel joli nom et qu'il est parfumé de mille essences !

Entre les deux églises de Santa-Maria-del-Fiore et Santa-Maria-Novella, il est une *osteria* où nos deux voyageurs vont prendre gîte, non loin du palais Pitti, résidence du grand-duc de Toscane.

Ce sont des personnages de marque, sans doute, car dès le lendemain des voitures de la cour viennent les prendre à leur hôtel,
pour les conduire au palais.

En effet, il n'est bruit dans Florence que des deux étrangers et
de leur suite nombreuse, des présents qu'ils apportent, du but qui
les amène. Des groupes se forment dans les rues, sur les places.
En face du palais de la ville notamment, le Palais-Vieux, dont
deux statues colossales, David tuant Goliath et Hercule immolant
Cacus, gardent l'entrée, sous la loggia de Lanzi, véritable écrin
des plus rares magnificences artistiques, autour de la fontaine de
Neptune, par *Ammanato*, on se raconte que les deux voyageurs,
illustres gentilshommes, venus de Paris avec le caractère d'ambassadeurs envoyés par Henri IV, se présentent au grand-duc
Ferdinand pour solliciter la main de sa nièce Marie de Médicis.
On ajoute que le prince, très flatté de cette recherche, agrée la
demande du roi. Enfin, on sait bientôt que la dot de la jeune
fiancée s'élèvera à six cent mille écus, en y comprenant une
somme précédemment empruntée par Henri, mais sans compter
le très riche trousseau, les diamants, les joyaux et les meubles.

Les Florentins ne se trompent pas dans leurs dires. Voici que,
du palais Pitti à la splendide basilique de Sainte-Marie-de-la-Fleur,
on élève des mâts aux longues banderolles, on dresse des échafaudages pour recevoir tous les curieux, on dispose une immense
avenue de feuillages et de fleurs, jonchée de lis et de roses, ornée
de pylônes et de blanches statues, sur l'immense voie que doit
parcourir le cortége grand-ducal pour conduire à l'autel la belle
épousée du Béarnais. Dans Sainte-Marie-de-la-Fleur déjà si merveilleusement décorée de sa sublime architecture, dont le hardi
campanile, du *Giotto*, prière de marbres de toutes les teintes prenant son essor vers les cieux, prodigieuse mosaïque de cent cin-
quante-huit pieds d'altitude, est tellement admirable que Charles-
Quint souhaitait qu'on pût l'envelopper d'un étui ; dont un temple
antique, la cella païenne de Mars, isolée de l'église et transformée
en un baptistère chrétien, œuvre unique au monde pour la
richesse de forme et de détails, et surtout pour des portes de
bronze, par *Ghiberti*, d'un tel prestige de dessin, de perspective et
de magnificence, que Michel-Ange, Michel-Ange, notez bien ! en
les voyant, s'écria : « Ces portes méritent d'être celles du paradis ! »
on pose des tapis d'Orient, on étale les plus éblouissantes tentures,
des courtines, des lambrequins de pourpre et d'or.

Déjà, depuis que l'union projetée a été convenue, le grand-duc Ferdinand fait rendre à sa nièce les honneurs dus à une reine de France. La princesse dîne en public. Virginio Ursini, duc de Bracciano, lui présente l'aiguière, et Sillery, l'ambassadeur du roi, la serviette. Elle est assise à table sous un dais, et le grand-duc, son oncle, beaucoup plus bas.

Puis on donne des fêtes brillantes, telles que l'Italie, et la cité des fleurs en particulier, savent en donner. La dépense d'un ballet et d'un concert s'élève seule à soixante mille écus. Jugez du reste.

Cependant Henri IV a dépêché à Florence Bellegarde, son grand-écuyer, chargé de remettre sa procuration au grand-duc pour épouser la reine en son nom. En effet, un matin, tous les Florentins, grands amateurs de fêtes, se portent en foule vers la porte San-Frediano. Ils tiennent à voir l'entrée royale de Bellegarde, suivi d'un cortége de quarante gentilshommes français, couverts de leur armure de guerre et montés sur leurs chevaux de bataille. Nombre de cavaliers, avec des musiques et des drapeaux, composent leur escorte.

Enfin, la cérémonie, symbole du prochain mariage, est célébrée le 5 octobre 1600. Le légat du pape, cardinal Aldobrandini, bénit les futurs époux et reçoit les serments réciproques des fiançailles.

Alors Marie de Médicis s'embarque, le 17 du même mois, à Livourne, sur une galère royale qu'accompagne une flottille de seize autres embarcations décorées avec un luxe inouï.

Le connétable et le grand chancelier de France, les ducs de Nemours, de Guise et de Ventadour, les cardinaux de Joyeuse, de Gondi, qui sera plus tard le fameux coadjuteur, de Civray et de Sourdis, reçoivent la jeune reine à Marseille et lui offrent leurs hommages au nom de la nation entière.

Déjà Marie de Médicis n'a plus avec elle aucun membre de sa famille; déjà les seigneurs florentins qui l'ont accompagnée jusqu'à Gênes ne forment plus son cortége : mais, pour son malheur et celui des Français, elle se fait suivre d'un aventurier italien du nom de Concino Concini, et de sa femme Eleonora Galigaï, ses confidents trop intimes.

Après être restée treize jours à Marseille, où l'accueil le plus flatteur lui est fait par la population si ardente de cette vieille cité, la jeune reine prend le chemin de Lyon. Son voyage est une suite de fêtes qui doit la rendre bien heureuse et fière d'appartenir à un tel peuple.

Le 20 décembre, la princesse florentine, qui n'est encore que la fiancée du roi de France, fait dans la seconde ville du royaume une entrée triomphale à laquelle concourent tous les ordres de la province. Le clergé, seul, lui parle debout, tandis que le reste de l'assemblée a le genou en terre.

Disons rapidement que la ville de Lyon voit avec ivresse arriver dans ses murs le vaillant Henri IV, qu'elle aime sans l'avoir vu encore. Tout chacun admire sa noble figure, nez fort des Bourbons et front haut, doux yeux et regard caressant. Son pourpoint est des plus élégants. Il porte la fraise à double rang, le chapeau à plumes, les triples manchettes, le justaucorps boutonné par-devant avec les bouffettes et des rubans, les larges chausses de satin blanc depuis la taille jusqu'aux genoux, les bas de soie rouge et les souliers à nœuds. L'ordre du Saint-Esprit, institué par Henri III, pend sur sa poitrine à un large ruban bleu. Mais on s'extasie en voyant la beauté parfaite de sa jeune fiancée. Marie de Médicis a en effet un front élevé, de beaux cheveux bruns, une peau blanche, un teint superbe, des yeux vifs, un air majestueux, des formes accomplies et une taille ravissante. Tous ces charmes sont rehaussés par un esprit ingénieux et par d'exquises qualités. Son costume n'est rien moins que gracieux cependant. On eût dit que sa beauté se créait des obstacles pour en triompher. Ses cheveux courts et frisés sont mêlés de fleurs en pierreries. Une fraise, haute d'un pied et soutenue par des fils d'or, s'élève par derrière jusqu'au sommet de la tête. Elle a une robe de camocas bleu-céleste qui serre le corsage à le réduire en pointe, et rend plus extravagante l'ampleur de la jupe, soutenue en ballon, comme par les crinolines de nos jours. Cette robe, avec des manches de satin et des garnitures de perles, la fait ressembler à une guêpe, dont la fraise figure les ailes. Elle a les mains fort belles, mais cachées dans des gants parfumés de frangipane, odeur exquise ainsi nommée de son inventeur, Mutio di Frangipani, et tient un éventail doré, peint d'arabesques, dont elle s'évente, quoique l'on soit au cœur de l'hiver. Mais il fait si chaud pour elle, entourée qu'elle est de toutes les dames, demoiselles, seigneurs, gentilshommes et pages, car la cour de Paris est à Lyon alors.

Enfin, le 17 décembre, la bénédiction nuptiale ayant été donnée dans l'église Saint-Jean, par le légat Aldobrandini, la nouvelle reine se rend à Fontainebleau.

C'est seulement en mars 1601 qu'elle fait son entrée dans Paris, où elle descend chez de Gondi, son premier gentilhomme d'honneur; puis chez Zamet, opulent financier italien, venu en France à la suite de Catherine de Médicis, et qui occupe un splendide hôtel, d'où elle vient enfin habiter le Louvre.

III

Le 24 septembre de la même année 1601, cent et un coups de canon, partis des forts de Paris, et auxquels répondent aussitôt tous les clochers de la ville, faisant jaillir en grappes sonores leurs joyeux carillons, mettent la capitale et la France en grande liesse. Les bons bourgeois et les ouvriers, les militaires et les marchands, la plèbe et les gens de cour se répandent dans toutes les rues en habits de fête, des fleurs à la main. On s'embrasse, on s'aborde en se félicitant; on se presse autour du Louvre qui se transforme, pour féliciter le roi et la reine et pousser d'ardents vivats en leur honneur.

C'est qu'il est né un fils à son Henri IV, et le peuple de Paris, qui le chérit, partage la joie et le bonheur de son souverain.

Heureux événement pour la France, menacée du double fléau de la guerre civile et de la guerre étrangère. Car déjà le roi d'Espagne et le duc de Savoie conspirent avec quelques puissants seigneurs de la cour pour se partager notre beau pays. Oui, à la cour même de Henri IV, encore privé d'héritier, il est des ambitieux qui veulent livrer leur patrie à des ennemis, afin d'être mis en possession de quelqu'un de ses lambeaux.

Charles de Gontaut, duc de Biron, fils du brave maréchal de Biron et ami particulier de Henri, qui lui a sauvé la vie au combat de Fontaine-Française, et l'a fait duc et pair, puis amiral, puis maréchal de France, et enfin ambassadeur, est de ce nombre, hélas! Comme récompense de sa trahison, Biron recevra la Bourgogne, qui sera érigée en principauté indépendante.

La naissance du dauphin Louis déconcerte les conjurés. Aussi le duc de Biron écrit-il aussitôt à Lafin, instigateur du complot :

— Puisqu'il a plu à Dieu de donner un fils au roi, oublions nos illusions, et revenez.

Et, en même temps, il rompt avec le roi d'Espagne et le duc de Savoie.

Mais l'infâme Lafin révèle à Henri le complot de son maître, qui le nie, malgré ses lettres que l'on met sous les yeux de ses juges. C'est en vain que le prince veut obtenir l'aveu du coupable, afin de lui pardonner; Biron s'obstine, et, en 1602, sa tête tombe, dans une cour de la Bastille, sous la hache du bourreau.

Cependant Marie de Médicis est accueillie de cœur par les seigneurs et les gentilshommes de la cour. Tous la félicitent et tous l'aiment à son arrivée parmi eux. On compte alors, dans les rangs de la première noblesse, le duc de Crillon, celui dont Henri IV, en lui mettant la main sur l'épaule, a dit, en le présentant à la jeune reine, le jour de son mariage :

— Voici le premier capitaine du monde.

— Vous en avez menti, sire, car c'est vous-même... a répondu Crillon.

Assistant un jour à la Passion de Notre-Seigneur prêchée dans une église de Paris, et fort ému par le tableau des souffrances de Jésus-Christ, ce même Crillon se lève brusquement, et portant la main à son épée, prononce ces énergiques et pieuses paroles :

— Que n'étais-tu donc là, Crillon?

On compte aussi Henri II, prince de Condé; ses deux oncles, le prince de Conti et le comte de Soissons; César, duc de Vendôme; les ducs de Guise, de Bouillon, de Nevers, de Nemours, de Longueville, de Luxembourg, de Rohan, de Soubise, de La Trémouille, Mayenne, d'Epernon, Joyeuse, le duc de Guise, compagnons de la fortune du roi lors de la Ligue ou ralliés à son parti depuis sa conversion au catholicisme. Enfin, on signale dans la ville comme les plus fermes appuis du trône le président Jeannin, d'Annisson-Duperron, Duplessis-Mornay, le chancelier Sillery, et les ministres Bellièvre et Villeroy. Combien d'autres que nous ne nommons pas !

Tous concourent désormais au bonheur de la patrie, et la France peut être heureuse. Henri ne songe plus qu'à terminer l'aile occidentale de son Louvre et à construire le magnifique château de Saint-Germain-en-Laye, auquel il emploie un nombre considérable d'ouvriers, et qu'il visite fort souvent. Il songe même à édifier un hôtel de Invalides pour assurer une retraite honorable aux défenseurs du pays vieux et infirmes.

Pourtant voici que la marquise de Verneuil, Henriette d'Entragues, que le prince avait résolu d'élever au trône et qui est trompée dans ses ambitieuses espérances, conspire, elle aussi, contre les jours du roi, avec le comte d'Entragues, son père, le comte d'Auvergne, son oncle maternel, et quelques autres seigneurs. La conjuration est découverte cette fois encore, mais Henri fait grâce aux grands coupables, et quelques complices obscurs marchent seuls au supplice.

Cependant le jeune Dauphin, qui a fait son entrée triomphale à Paris, dans son berceau, trente jours après sa naissance, et qui fut honoré d'une harangue à laquelle madame de Monglat, sa gouvernante, répondit en son nom, grandit peu à peu, et certes ce devrait être un lien d'affection entre le roi et la reine, qui en ont besoin, car souvent des querelles et le désordre éclatent dans le ménage roya'. Un jour même les choses vont si loin que Henri menace Marie de la renvoyer à Florence *avec tout ce qu'elle en a amené.*

Or, ce que la reine a amené de Florence, vous le savez déjà : ce sont et le gentilhomme Concino Concini, ministre de la maison de Marie, et Eleonora Dori, dite Galigaï, favorite de la princesse. Ces deux personnages, orgueilleux et rampants tout à la fois, ont un tel empire sur leur maîtresse, qu'ils se rendent suspects et intolérables à toute la cour. Ils interviennent dans les démêlés de la reine et du roi. Qui sait même s'ils ne les font pas naître? Aussi redoute-t-on généralement l'avenir.

Depuis longtemps Henri IV a généreusement pardonné à ses ennemis : mais sa clémence ne les a pas tous désarmés.

Le samedi 14 avril 1610, six trompettes aux armes de France, montés sur des chevaux blancs, avaient annoncé, sur les places et les carrefours, pour le mois suivant, l'entrée de la reine dans Paris. En effet, le jeudi 13 mai, Marie de Médicis avait été couronnée solennellement à Saint-Denis par le cardinal de Joyeuse. On avait remarqué qu'au moment où le héraut d'armes avait jeté au peuple des largesses d'or et d'argent, nul cri n'avait été proféré, ni en faveur du roi ni en faveur de la reine.

Aussi, dans la nuit qui avait suivi, le sommeil s'était éloigné des paupières de Henri, et, à diverses reprises, il s'était mis à genoux sur son lit et avait prié de tout son cœur.

Puis, le lendemain, vendredi 14, il était allé entendre la messe aux Feuillants, suivi de loin par un homme suspect, que l'on avait éloigné. A sa sortie de l'église, il s'était promené, soucieux et solitaire, dans le jardin des Tuileries, et enfin, sur les quatre heures du soir, il avait demandé son carrosse, exigeant qu'aucune garde à cheval ne l'accompagnât, et s'était mis en voiture avec le duc d'Epernon et messieurs de Monbazon, de la Force, de Lavardin, de Créqui, de Mirebeau, et son premier écuyer.

Vainement on l'avait engagé à ne pas sortir, sous le prétexte qu'il courait de mauvais bruits prophétiques à son endroit, et que l'astrologue Thomassin lui avait dit de *se défier du 14 mai,* et surtout de craindre *cinq heures du soir.*

— Je lui ai bellement tiré barbe et cheveux, à l'astrologue, et tout autour de la chambre encore!... avait-il répondu en riant.

Enfin le carrosse s'éloigne pour aller à l'arsenal, chez Sully. En vain le capitaine des gardes du roi, de Praslin, veut encore l'escorter avec un piquet de cavalerie, Henri le lui défend. On arrive à la Croix du Trahoir; on passe près de l'église des Innocents, et on entre dans la rue de la Ferronnerie, qui est la fin de celle Saint-Honoré. Mais devant la maison de *la Salamandre,* on rencontre une charrette chargée de foin qui embarrasse la voie et force de passer contre la boutique du *Cœur couronné percé d'une flèche.* Alors arrêt d'un moment, en face de la demeure du notaire Poutrain.

Soudain, l'homme suspect du matin paraît : il met le pied sur la petite roue du carrosse, s'incline vers le prince et le frappe de deux coups de couteau.

C'en est fait. Le meilleur des rois, Henri IV, expire sous le poignard de Ravaillac, le plus exécrable des hommes.

IV

C'est une horrible vision que présente une salle de torture ! Conduit au Chatelet, l'une des forteresses établies pour la défense des ponts de Paris, alors que la Cité, renfermée dans son île, était exposée aux attaques des Normands, le misérable assassin du roi est introduit dans une vaste pièce où ses yeux sont frappés de l'immense quantité d'engins destinés à faire endurer aux coupables

les plus résolus les plus affreux supplices, pour en tirer des aveux. Malgré les souffrances qu'on lui impose, Ravaillac soutient, sans varier, qu'il n'a aucun complice.

Mais ce monstre exécrable témoigne un étrange étonnement quand, à l'heure de sa mort en place de Grève, il voit le peuple, désolé de la mort du roi, le charger de malédictions, lui refuser des prières et ne pas dédaigner de faciliter au bourreau l'exécution de son supplice.

C'est que le roi était l'idole du peuple. Pouvait-il en être autrement? Henri faisait le bonheur de son peuple par ses soins à lui rendre douce l'existence, autant qu'il travaillait à la gloire de la France. Au moment où la mort le surprend, ne songeait-il pas à exécuter un vaste plan de constitution pour tous les peuples de l'Europe, et à composer avec eux une république chrétienne dans laquelle régnerait une paix perpétuelle?

Cependant le duc d'Epernon, qui, au moment du meurtre, rendait le roi attentif, en lui lisant une lettre, voyant son infortuné roi passé de vie à trépas, fait retourner au Louvre.

— Hélas! le roi est-il donc mort? s'écrie Marie de Médicis en larmes.

— En France, le roi ne meurt pas, Madame! lui répond le chancelier de Sillery.

Mais le jeune roi, qui prend le nom de Louis XIII, n'a que neuf ans. Aussi la reine-mère envoie chercher tous ses gardes et leur dit:

— Je remets entre vos mains la personne du roi, mon fils. Avisez à le bien garder et à ne laisser approcher qui que ce soit dont vous ne répondiez. Si vous faites votre devoir, je ne serai pas ingrate.

En même temps, plus ambitieuse que tendre, il faut le reconnaître, et plus occupée de ses intérêts que de la mort de son époux, Marie convoque le Parlement, qui tient alors ses séances au couvent des Grands-Augustins. Mais au lieu de laisser libre et spontanée la délibération de ses membres, le duc d'Epernon fait cerner par ses troupes l'assemblée, qui rend alors, au milieu de cet appareil militaire, l'arrêt conférant à la reine seule la régence du royaume.

Marie de Médicis, âgée de trente-sept ans, et mère de six enfants, aurait pu se rendre sympathique aux Français, par de sages ménagements. Ses premiers actes sont même populaires, car elle décrète la diminution de la gabelle et la réduction des impôts. Elle paraît vouloir suivre au-dehors le système politique de Henri IV. Mais en même temps qu'elle passe pour une femme courageuse et ferme, on la dit aussi hautaine, vindicative, mesquine, jalouse, défiante, bornée de cœur et d'esprit, et habituée aux intrigues de cour. Puis on voit que sa faiblesse et son indécision lui font peu à peu délaisser les projets de son mari contre la maison d'Autriche, et qu'elle se rejette du côté de l'Espagne, ce qui est acheter la paix. Enfin, elle distribue à ses créatures, mais surtout à Concini et à sa femme, les millions que Sully a su entasser dans la Bastille, et que le noble Henri destinait à un glorieux usage.

Il en résulte que le vieux ministre s'éloigne de la cour et la laisse en proie aux intrigues ; il s'ensuit que les grands s'insurgent contre son administration et lui deviennent hostiles ; il advient que les ambitieux, poussés par l'amour des richesses et du pouvoir, la circonviennent et la flattent, et que, pour de l'argent et des honneurs, les gentilshommes de France vendent au plus offrant leurs services et leur vie.

Bref, le peuple et la cour s'offensent d'abord, s'irritent ensuite et font complètement défection. C'est en vain que, pour conjurer le danger, la reine-mère appelle au conseil destiné à l'assister dans le gouvernement, des princes, des cardinaux, des grands officiers de la couronne, des ministres et secrétaires d'Etat de son mari. Comme, à côté de ce ministère officiel et public, la régente a un conseil secret et privé, que composent ses créatures et surtout les deux Florentins, auxquels elle livre ses pensées les plus intimes, la haine s'accroît et la tempête menace.

En effet, l'influence de Concino Concini ne tarde pas à s'accroître de toute l'autorité de la régente. Habile écuyer, danseur gracieux, causeur aimable, joueur hardi, ce Concino se fait nommer successivement marquis d'Ancre, gouverneur d'Amiens, de Péronne, de Montdidier, de Pont-de-l'Arche, de Bourg-en-Bresse, premier gentilhomme de la chambre, et, *sans avoir jamais tiré l'épée,* on rougit de le voir prendre le bâton de maréchal de France.

— Le maréchal d'Ancre ! tel est le nom dont on est obligé de saluer cet intrus : c'est un malheur, car les conséquences seront terribles.

Quant à madame la maréchale d'Ancre, c'est-à-dire à Eleonora Galigaï, femme de Concini, elle est la fille d'un meunier du voisinage de Florence et de la nourrice de Marie de Médicis. Elle est d'une laideur repoussante, mais elle a autant d'astuce et d'esprit que d'ambition. Quoique simple camériste de la reine, elle s'est faite l'égale des dames les mieux qualifiées. Elle prétend même gouverner le jeune roi.

Un jour que le petit prince s'amuse dans son appartement, placé précisément au-dessus de celui de madame la maréchale, Eléonore a l'audace de faire dire qu'elle a la migraine et que l'on fasse moins de bruit.

— Si votre chambre est trop exposée au bruit, Paris est assez grand pour que vous en alliez chercher une autre... lui fait répondre l'enfant.

Louis XIII, en ceci, est digne d'Henri IV, son père, n'est-ce pas? Mais le caractère de l'enfant se produit chaque jour.

Il lui a été donné un faon de biche. Louis s'empresse de lâcher le petit animal dans le jardin des Tuileries, et alors, avec quelques amis de son âge, ou à peu près, Albert de Luynes, Albert de Brantes et Albert de Cadenet, trois frères d'illustre lignée, distingués seulement par des noms de terres, une chasse à courre est organisée contre le faon. Mais le prince se dérobe adroitement à sa compagnie et se cache dans un bosquet. Aussitôt l'alarme est donnée : le roi est enlevé! Heureusement on le trouve après un assez long temps. Son gouverneur, monsieur de Souvré, vieux gentilhomme accoutré à la mode des règnes précédents, veut... le fouetter.

— Si vous me fouettez, dit Louis, je ne vous aimerai de ma vie!

Du reste, le jeune prince, mal entouré et placé entre des mains inhabiles, ne reçoit qu'une éducation imparfaite. Les germes de la religion et de la morale se développent difficilement dans une tête prématurément couronnée. L'autorité est indispensable à un bon enseignement. Assurément Louis apprend beaucoup de choses, mais on néglige de former son caractère et d'élever ses idées à la hauteur du rang qu'il doit occuper. Aussi ses vertus et ses qualités lui appartiendront en propre, et ses défauts seront motivés par les circonstances qui entoureront sa vie.

Louis XIII est d'une santé délicate, mais en grandissant les causes de sa faiblesse disparaissent; il ne lui reste qu'une certaine lenteur et de la mollesse dans toute sa personne. Peu à peu on le voit réunir les traits de ses parents : le nez fort et le front haut de Henri IV, les beaux yeux et le regard caressant, le teint poli et les belles mains de Marie de Médicis. Il a le visage long, les cheveux noirs, la barbe et les moustaches naissantes.

Nous parlions tout-à-l'heure des trois Albert. Leur véritable nom est Alberti, car ils sont d'origine italienne. Mais leur famille acquit la comté de Luynes, et l'aîné des trois frères en prit le nom. Ce jeune seigneur a su captiver l'esprit du roi par son habileté à dresser les oiseaux de proie. Malheureusement Albert de Luynes s'est mis à la remorque de Concini et de sa femme : c'est dire qu'il se range parmi les ambitieux.

Cependant, alors que la régente tient d'une main ferme la conduite des affaires, sans s'inquiéter des passions qui murmurent autour d'elle ; pendant qu'elle construit dans le faubourg Saint-Germain le palais du Luxembourg, sur le modèle et avec les splendeurs architecturales du palais Pitti de Florence, et qu'elle en fait sa résidence privilégiée ; enfin alors qu'elle fait venir d'Italie de splendides tableaux, comme l'avait prévu Sully, pour décorer le Louvre, on voit dans Paris tout un monde de croquants, radieux de vivre dans la capitale, qui se font un point d'honneur de n'y paraître que superbement équipés. Mais alors quels tristes moyens n'emploie-t-on pas pour battre monnaie. Des princes du sang, des ducs et pairs, des maréchaux, des seigneurs, s'unissent à de simples spéculateurs pour faire de l'argent à tout prix, par des monopoles, des fournitures, des créations d'offices et des obtentions de lettres de noblesse. Aussi riches que possible, il se présentent partout alors avec cortége de gentilshommes montés sur des chevaux de luxe. Puis, comme les rues de Paris sont mal pavées, c'est une déférence de céder le côté des maisons, ce qu'on appelle le *haut du pavé*. Surgissent nécessairement et à tout propos des querelles entre les pointilleux qui, retroussant leurs fines moustaches, tirent dague ou rapière, et puis le peuple s'agite, c'est tout une émeute. Aussitôt on tend les chaînes des rues, on bat le tambour, les bourgeois se mettent sous les armes, et on est dans un tel trouble qu'on croirait la ville prise d'assaut.

Le comte de Soissons, les Bourbons, les Guise, les Bouillon, les la Valette, les Sillery, les Villeroi font bande d'un côté, avec les Concini-Galigaï et la régente : c'est le parti gouvernemental.

Le prince de Condé, mécontent qu'on ne lui accorde pas le commandement du Château-Trompette, à Bordeaux ; le duc de Longueville, César de Vendôme, le duc de Nevers, et Bellegarde, aliénés pour d'autres motifs, font bande d'un autre côté; c'est le parti de l'opposition.

Albert de Luynes, l'évêque de Luçon, Armand Duplessis de Richelieu, le duc d'Epernon, Joyeuse et cent autres, composent un parti mixte, plus favorable à la reine-mère pourtant.

Mais il résulte de toutes ces scissions, de toutes ces brigues, que ce sont les plus habiles intrigants qui gouvernent. Aussi parmi eux peut-on placer, en première ligne, le maréchal d'Ancre et Eléonora Dori.

— Quels philtres magiques avez-vous donc employés pour obtenir autant d'empire sur la régente? demande-t-on un jour à Concini.

— Nul autre, répond-il, que l'ascendant d'une âme forte!

Néanmoins, la scandaleuse élévation de ce misérable Florentin, le projet de mariage du jeune roi avec l'infante d'Espagne Anne d'Autriche, où les convenances de famille l'emportent sur l'intérêt national, font éclater une première révolte des grands. Le prince de Condé, de Longueville, de Vendôme, de Bouillon, de Nevers, quittent la cour et se retirent dans les provinces soumises à leur influence. Ils publient alors à Mézières un manifeste dans lequel ils réclament le soulagement des misères du peuple et la convocation des Etats-Généraux. Alors, par un traité conclu à Sainte-Menehould, le 14 mai 1614, Marie de Médicis promet de différer le mariage du roi, de rassembler les Etats, et accorde aux seigneurs coalisés plusieurs places fortes, des gouvernements et des sommes d'argent considérables.

Les princes se séparent satisfaits : seul, Condé ne cesse pas ses misérables intrigues, et on appelle *paix malotrue* cette sorte de trève.

Puis, le 2 octobre venu, la régente fait reconnaître la majorité de Louis XIII par le Parlement, en même temps que les Etats-Généraux sont convoqués, dans la capitale, pour le 26 du même mois.

Les trois Ordres sont réunis aux Augustins; mais ils délibèrent séparément. On y compte cent trente-deux gentilshommes, cent quarante ecclésiastiques et cent quatre-vingt-deux députés du Tiers-Etat. Ces derniers sont présidés par le prévôt des marchands, Miron. Les orateurs des deux premiers Ordres haranguent le roi debout; mais Miron ne doit parler qu'à genoux. Bref, le 23 février 1615, on présente les cahiers de remontrances de chaque Ordre au jeune prince, qui fait la clôture des Etats. Ce jour devient fameux parce qu'il met en relief un personnage obséquieux vis-à-vis des Concini, dont il cherche la faveur. C'est l'évêque de Luçon, Duplessis de Richelieu, homme grand et sec, jaune et bilieux, sous la dure écorce duquel on sent brûler le feu du génie. Il prend la parole en remettant au roi le cahier de son Ordre, et exhorte le jeune prince à ne se conduire que par les avis de sa mère. Il insiste sur la nécessité de conclure au plus tôt une double alliance avec l'Autriche et l'Espagne, et enfin représente que le conseil doit être composé de princes, de prélats et de seigneurs.

C'est là se frayer le chemin au pouvoir... Et, en effet, des événements qui vont suivre nous allons voir surgir un grand pouvoir, celui de Richelieu, pouvoir qui imposera au gouvernement lui-même, à Marie de Médicis, à Louis XIII, qui tous plieront devant lui.

V

Le 17 août 1615, au lever du soleil, Paris voit sortir de ses murs un large et royal coche de voyage, attelé de huit mules superbes richement caparaçonnées. Cette magnifique voiture est précédée, accompagnée et suivie de compagnies d'arbalétriers, d'arquebusiers et d'escadrons de mousquetaires au splendide costume, le panache au vent, le sabre au poing et le mousqueton prêt à faire feu. Les pieds des chevaux pl ins d'ardeur soulèvent des flots de blanche poussière, et par moments leurs trompettes aux brillants guidons sonnent des fanfares qui font vibrer le cœur dans les poitrines.

C'est Louis XIII qui se rend à Bordeaux pour y épouser l'infante d'Espagne, la belle Anne d'Autriche, et qui conduit sa sœur, Elisabeth de France, au prince des Asturies, dont elle doit devenir la femme.

Mais comme, par dépit de ces alliances, les seigneurs de la cour se sont révoltés de nouveau, et qu'ils se sont retirés, Condé dans le Beauvoisis, Bouillon à Sédan, Mayenne à Soissons, et Longueville en Picardie, et que l'on peut craindre de leur part, surtout de celle de l'humoriste Condé, une attaque contre

Louis XIII, sa mère a exigé qu'il fût accompagné pour sa défense de luciolants hommes de guerre.

Et pourtant, toute pimpante et leste qu'apparaît cette petite armée, elle ne marche que pas à pas, se fait garder par des vedettes, place des sentinelles à l'heure des campements, et par fois fait volte-face, abaisse ses armes et se prépare à mettre le feu aux poudres.

C'est que cette armée royale est suivie d'assez près, en effet, d'une autre armée, peu nombreuse aussi, mais indisciplinée et piquée par le ver de la mauvaise humeur, celle des *mécontents* qui la dirigent, Condé en tête.

C'est que Paris tout entier, le Parlement, et même les provinces tournent à ce mécontentement. Aussi le cratère va-t-il s'ouvrir et le volcan faire irruption.

D'abord ces *mécontents*, c'est le nom que l'on donne aux insurgés, renforcés de l'alliance des huguenots, commencent à désoler le pays par leurs ravages, de sorte que, au lieu d'agir avec énergie contre ces rebelles, Marie de Médicis, avide de repos, entame des négociations qui amènent le traité de Loudun, en mai 1616. Par ce traité, Condé obtient cinq places de sûreté, et pour les protestants la confirmation de leurs priviléges et libertés. En outre, un million cinq cent mille livres sont attribuées à Condé, et ses adhérents sont gorgés d'or.

Belle prime à l'insurrection !

Lorsque Condé rentre alors dans Paris, les habitants lui font un accueil triomphal. Son hôtel est assiégé de visiteurs et rend le Louvre désert. Tout-puissant au conseil, le prince distribue à ses amis des places, des gouvernements et les finances. Aussi l'orgueil trouble son cerveau de bouffées enivrantes, et acclamé par les Parisiens, gens d'opposition quand même, Condé, dans ses relations avec la reine-mère et avec le maréchal d'Ancre, qu'il n'a pú renverser, montre tant de mépris et d'arrogance que le favori, conseillé par Richelieu qui le flatte et l'entoure de soins, veut se venger.

Un matin, le prince de Condé entre au Louvre pour assister au conseil royal. Louis le reçoit avec affabilité. Mais, sous prétexte d'affaires, la reine-mère fait appeler son fils. A peine le roi a-t-il disparu, que Thémines, officier de la cour, abordant le prince qui est accompagné de ses deux fils, lui demande son épée et le déclare prisonnier.

César de Vendôme, Mayenne, Joinville, de Cœuvres, les ducs de Guise et de Bouillon sont en même temps poursuivis, mais on ne les trouve pas.

A la nouvelle de ce coup d'Etat, tout Paris est en émoi.

La douairière de Condé parcourt les rues toute en larmes, criant que l'on assassine son fils et appelant les Parisiens aux armes. Mais les Parisiens stupéfaits ne bougent pas, et à peine si la pauvre femme peut émouvoir quelques truands. Mais elle ne les mène pas à la Bastille, où l'on enferme le prince.

— A l'hôtel du maréchal d'Ancre! leur dit-elle.

Cette vile populace ne se le fait pas dire deux fois. Elle se rue sur la magnifique demeure de Concini, et la dévaste.

Cependant, le gentilhomme du Comtat-Venaissin, Albert de Luynes, a fait son chemin près du roi, et dès-lors, souple, adroit, dévoré d'ambition, non-seulement il tourne le dos à Concini, qu'il a flatté d'abord, mais il tourne l'esprit du prince contre le favori de sa mère. Alors, un jour que le maréchal d'Ancre traverse le pont-levis du Louvre, le baron de Vitry, capitaine des gardes du roi, se présente, suivi de quelques hommes, et lui demande son épée. Le maréchal porte la main sur son côté gauche : on prend ce mouvement pour une rébellion, et trois coups de pistolet l'étendent raide mort. A ce bruit, le roi paraît à son balcon et sa présence révèle son approbation. C'est un cri de triomphe et de joie dans tout le palais.

En même temps, les gardes de la reine-mère sont désarmés ; on fait une prison de son appartement, et les mousquetaires veillent aux portes. Puis, le lendemain, Marie de Médicis est exilée à Blois, et le ministre Richelieu partage sa disgrâce.

Enfin, pendant que les valets de la cour, mystérieusement éclairés par une lanterne sourde, dans Saint-Germain l'Auxerrois, enterrent le cadavre sanglant de Concini, Eléonora Galigaï comparaît devant un tribunal qui, l'accusant de sorcellerie, la condamne à mort. Aussitôt le peuple déchaîné exhume le corps de Concini, le traîne sur la place et dans les rues voisines, pend ses restes inanimés, les démembre et les met à l'enchère ; après quoi il court se repaître du supplice de sa malheureuse femme. Soutenue par la religion, qui lui donne un courage surhumain, Eléonora est brûlée vive, en place de Grève, et ses cendres sont jetées au vent.

Combien l'homme est parfois terrible dans ses vengeances!

Pendant que Louis XIII donne le bâton de maréchal au baron de Vitry pour le meurtre de Concini, et à Thémines pour l'arrestation de Condé, des dames et des seigneurs de la cour trouvent, errant dans les salles du Louvre et appelant son père et sa mère, un pauvre petit enfant tout en pleurs. C'est le fils de Concini et d'Eléonora. On s'en empare, et comme le petit Italien sait danser à ravir, des musiciens sont appelés, et on le contraint à exécuter une sarabande, au son des instruments de joie... au moment où son père est lacéré et sa mère livrée aux flammes.

Alors Albert de Luynes devient duc, pair, maréchal de France et ministre du roi. Il cherche à se concilier les grands par des égards et même des bassesses. Il réunit à Rouen une assemblée de notables présidés par le frère du roi, Gaston d'Orléans : mais cette réunion reste stérile. Néanmoins la conduite de de Luynes soulève les grands, et Marie de Médicis, profitant des circonstances et appuyée du vieux duc d'Epernon, s'échappe de Blois et se met à la tête d'hostilités contre le jeune et imprudent ministre.

Envoyé comme médiateur, pas le nouveau favori, Richelieu ménage un accommodement entre la reine-mère et son fils, et alors le traité d'Angoulême accorde à Marie le gouvernement d'Angers.

Nous sommes en 1619. C'est le moment où de Luynes rend la liberté au prince de Condé, prisonnier à la Bastille depuis trois ans.

Mais bientôt la cour de la reine-mère redevient un foyer d'intrigues. Les seigneurs s'agitent et recommencent la lutte avec le pouvoir, si bien que le roi prend les armes, envahit la Normandie, parcourt le Maine et le Perche, et triomphe partout. Il investit ensuite Angers et force sa mère de s'avouer vaincue. Aussi accepte-t-elle les conditions que Richelieu, secrètement d'accord avec le favori, a préparées, et la paix d'Angers confirme les conditions du traité d'Angoulême.

Je ne parlerai pas du siége de Montauban, contre les huguenots, qui prétendent se rendre indépendants et constituer en république tous les protestants du royaume.

Là, sous les murs de la petite place de Monheur, Albert de Luynes est arrêté par l'inexorable bras de la mort, et celui qui naguère gouvernait la France, à l'heure dernière est abandonné même de ses valets. Il ne reste près de lui qu'un pauvre prêtre qui roule son cadavre dans un tapis, en guise de suaire ; et, en attendant qu'on l'enterre, les porteurs jouent aux cartes sur le cercueil de sapin du favori que son maître vient d'élever à la dignité de connétable.

Louis XIII cédant peu après aux instances de sa mère et aux prières de sa jeune femme, appelle au ministère le cardinal de Richelieu, en même temps qu'il donne la connétablie de France à Lesdiguières.

A partir du 26 avril 1624, la France va sentir qu'elle a enfin un véritable maître, un maître dur et sévère. Car, si Armand Duplessis de Richelieu n'a encore que trente-huit ans, une énergie formidable lui appartient, et on voit que *c'est un esprit à qui Dieu n'a pas fixé de bornes, et que le roi a été vraiment inspiré du ciel en le choisissant comme ministre.*

De ce jour, une ère nouvelle brille pour la France.

Aussitôt que Richelieu paraît au conseil, il montre l'étendue de génie et la force de volonté qui font les grands hommes. Il déroule devant Louis XIII la grandeur de ses plans et lui expose la politique qu'il faut suivre pour assurer à la France le haut rang qu'elle doit tenir parmi les nations.

Ainsi, 1° ruiner la puissance des huguenots; 2° porter de rudes coups à la noblesse; et 3° abaisser la maison d'Autriche : tel est son programme.

Tout d'abord, il chasse les Autrichiens de la Valteline, par les mains du marquis de Cœuvres, appuyé de dix-sept mille hommes, et la rend à la France.

Il soumet la noblesse, en forçant Gaston d'Orléans à épouser la duchesse de Montpensier, en mettant à mort le conspirateur La Chalais, en exilant la duchesse de Chevreuse, César de Vendôme et le comte de Soissons, ses ennemis déclarés, et en prohibant les duels au point de faire exécuter en grand appareil les comtes de Montmorency-Boutteville et de Chapelles, qui, malgré les édits, se sont battus sur la place Royale.

Il s'empare de La Rochelle, la place forte des huguenots, et chasse la flotte anglaise, commandée par le duc de Buckingham, qui les soutient.

Devenu l'ennemi de la reine-mère, dont il repousse les idées, et qui, pour s'en défaire, fait signer par son fils l'ordre de départ du cardinal arraché à son ministère, Richelieu triomphe, dans la *journée des dupes,* en allant trouver Louis XIII à Versailles et en obtenant de lui un ordre d'exil pour Marie de Médicis, gardée à vue à Compiègne, et qui s'enfuit alors en pays étranger.

Le ministre condamne à mort et fait décapiter à Toulouse le duc de Montmorency que Gaston d'Orléans a compromis en le mettant à la tête d'une révolte contre le prélat.

Le grand-écuyer de France, Cinq-Mars, marquis d'Effiat, et son ami de Thou, qui conspirent avec les Espagnols, sont suppliciés à Lyon, victimes des intrigues du même et infatigable Gaston d'Orléans.

Le cardinal, par son génie, prépare les heureux résultats de la guerre de Trente-Ans et la paix de Westphalie, à laquelle la plus grande partie de l'Europe devra son existence politique.

Enfin, pendant qu'il gouverne le monde, Richelieu édifie le magnifique Palais-Cardinal (1), crée la Comédie-Française, favorise le commerce et l'industrie, et fait de la France le plus grand des Etats.

Bref, ferme devant la mort, comme pendant la vie, il expirera en prenant Dieu à témoin *qu'il n'a jamais eu en vue que le bien de la religion et de la France.*

VI

A Cologne, depuis plusieurs années, les habitants d'une rue sombre et humide voyaient chaque jour passer une pauvre femme, ridée par l'âge et accablée d'infirmités, qui s'éloignait mystérieusement pour disparaître dans les profondeurs d'un vieil appartement où personne ne pénétrait jamais.

Cette misérable infirme mourait en 1642.

On sut alors que cette femme infortunée, livrée aux horreurs de la misère, était née sous la pourpre, qu'elle avait été assise sur un trône, et qu'elle avait nom... Marie de Médicis !

Réfugiée à Bruxelles d'abord, puis venue ensuite à Cologne, la mère de Louis XIII venait de passer ainsi ses dernières années dans les douleurs et l'indigence.

Ce fut un des grands remords du roi de France, paraît-il, d'apprendre le trépas de sa mère en de telles conditions.

Il y avait lieu. Pour tout homme, une mère, quelles que soient ses fautes, est toujours l'image et le représentant de Dieu.

(1) Le Palais-Royal actuel.

MADAME DE MAINTENON.

I

Il n'y avait pas, dans Paris, au xviie siècle, d'édifice plus pittoresque que le Louvre de Philippe-Auguste et de Charles V.

Placé sur la rive droite de la Seine, il en surveillait le cours en amont et en aval. Assis en outre en face de la charmante perspective que lui offraient le Pré-aux-Clercs, la tour de Nesle baignant son large pied dans la rivière, et les clochers de Saint-Germain-des-Prés, il semblait inspecter fièrement de la vénérable Cité les cent autres monuments qui, pareils à une flotte fantastique taillée dans le bronze et dans la pierre, estompaient en gris leurs silhouettes hardies sur l'azur du ciel, dans un lointain vaporeux.

Le Louvre était encore à cette époque un immense et formidable quadrilatère de constructions massives, percées sans aucune symétrie de hautes fenêtres ogivales, hérissées dans toute leur circonférence de grosses tours aux toits aigus, et entourées de fossés profonds, tirant leurs eaux de la Seine, encore dépourvue de quais. Un énorme donjon, isolé au centre de cours qui occupaient le carré formé par ces bâtiments féodaux, et dressant sa tête altière, en encorbellement, à une hauteur de quatre-vingt-seize pieds, plongeait sa base dans un autre fossé central, servant de vivier, sur lequel cavalcadait un pont-levis qui le mettait en communication avec le terre-plain de la rive du fleuve (1).

(1) Au moment où l'on écrit ces lignes, la cour du Louvre de Henri II est livrée à la pioche de curieux antiquaires qui fouillent le sol, afin de mettre à jour les substructions du Louvre de Philippe-Auguste. En effet, on retrouve et on dégage le pied de toutes les tours, du donjon, du périmètre de l'édifice témoin de tant de drames, du revêtement des fossés en pierres de taille, parfaitement conservés, et qui avaient été rasés à fleur de terre seulement, de sorte que l'on pourrait croire que l'ancienne demeure des rois de France va surgir de nouveau et décorer comme jadis les bords de la Seine.

En face de ce géant féodal, dont les tours et les tourelles semblaient menacer le ciel de leurs cônes élancés, s'élevait une antique et altière maison, presque autant chargée d'années que le vieux palais de nos rois.

Cette maison était l'hôtel de Rambouillet.

Cet hôtel occupait une notable portion de la rue Saint-Thomas du Louvre, et appartenait à la branche de la famille d'Angennes qui, dès le XIVᵉ siècle, en devenant acquéreur de la terre de Rambouillet, prit ce nom, que bientôt rendirent illustre plusieurs de ses membres : Jacques d'Angennes, seigneur de Rambouillet, capitaine des gardes et favori de François Iᵉʳ ; Charles d'Angennes, marquis de Rambouillet.

Des fenêtres supérieures de cet hôtel, comme du Louvre, on découvrait le fameux Pré-aux-Clercs, foulé naguère encore par le pied de tous les écoliers de l'Université de Paris, et cela depuis des siècles déjà ; maculé du sang des bretteurs de tous les âges, gens de noblesse, de cape et d'épée, de robe ou de roture, et témoin de rendez-vous, afin de dégaîner les rapières en de tristes duels à mort.

Mais à l'époque dont relève notre histoire, les environs de l'hôtel de Rambouillet voyaient s'accomplir une étrange transformation.

D'abord le Pré-aux-Clercs, depuis que le cardinal de Richelieu l'avait frappé de la verge de fer de ses édits contre le duel, n'était plus la belle promenade aimée des Parisiens. Sous ses ombreuses allées et dans ses frais bocages, plus de seigneurs empanachés, plus de dames aux riches atours ; plus de croquants en goguette et plus de petits-maîtres. Chaque jour ses courtilles aux rameaux verts, ses préaux émaillés de fleurs, disparaissaient, perdant les discurs de bonne aventure, et voyant s'éloigner bateleurs et troubadours ; de sorte que ses tonnelles aux banderolles flottantes faisaient place à maintes demeures qui s'élevaient là comme par enchantement.

Ensuite, le règne de la féodalité s'éloignait peu à peu, et les murs crénelés du Louvre tombaient pièce à pièce avec elle. Déjà Louis XII, déjà François Iᵉʳ avaient éventré ses tours et décapité son donjon. Puis Henri II avait remplacé l'ancien quadrilatère par un nouvel édifice : enfin Catherine de Médicis, elle, ayant mis sa gloire à édifier les Tuileries, Henri IV avait réuni les deux résidences royales par une longue galerie suivant le cours de la Seine en une ligne parallèle (1). A son tour, Louis XIII était venu, et mettant la main à l'œuvre, il avait créé la place du Carrousel, en souvenir des fêtes équestres qui y avaient été données. En dernier lieu, Louis XIV faisait dessiner, par Le Nôtre, de splendides jardins, pour orner les modernes Tuileries.

C'est donc une métamorphose complète qui s'est opérée : mais elle ne se borne pas aux modifications du Louvre et du Pré-aux-Clercs, et aux embellissements des Tuileries.

Désormais, les rois de France, dédaignant le séjour de Paris et voulant le punir de l'esprit de la Fronde qui le pénètre encore et lui laisse un perpétuel attrait pour les barricades, désertent et le Louvre, habité par eux depuis Charles V, et les Tuileries, à peine honorées un moment de leur présence.

Voici que Louis XIV, héritant, avec le trône de son père, de sa maison de chasse de Versailles, et enchanté des sites merveilleux qui entourent cette nouvelle résidence d'un immense panorama de paysages féeriques, l'agrandit, la décore, y prodigue les trésors de la France, et en fait la ville et le palais que vous savez, afin d'y installer sa royale personne, sa famille et la cour entière.

Mais si la royauté s'éloigne ainsi du peuple de Paris, bientôt, trop tôt, hélas ! le peuple de Paris ira chercher cette royauté, et l'arracher au splendide Eldorado de Versailles, pour la ramener sur le théâtre de son ancienne gloire et en faire la prison de son ignominie.

Ce ne sera plus la Fronde qui alors grondera, ce sera la Révolution qui poussera des rugissements de bêtes fauves !

Déjà même, dans Paris, dans Paris veuf de cette royauté, voici que tout change, disons-nous. Oui, tout change dans la ville, au point de vue matériel : mais aussi tout change, dans la même cité, au point de vue moral.

Tout change en France, de même, à l'exemple de la ville qui lui donne le ton, le bon ton !

Pour en avoir la preuve, pénétrons dans l'hôtel de Rambouillet.

---

(1) L'aile du Louvre, reconstruite en 1865 et 1866, par les soins de Napoléon III, en même temps que l'on réédifiait le pavillon de Flore des Tuileries.

II

Un matin, alors que les timbres de l'oratoire du Louvre sonnent onze heures, deux femmes, enveloppées de longues mantes de soie, descendent d'un carrosse armorié, dans la rue Saint-Honoré, en face du Palais-Cardinal, et traversent à pied la place qui le précède. La plus jeune appuie son bras sur celui de la plus âgée, qui compte cependant à peine trente-cinq ans : mais sa compagne est à la fleur de l'âge. Leurs visages ne sont pas tellement enveloppés du coqueluchon qui les couvre, qu'on ne puisse voir deux charmantes physionomies : l'une de femme blonde aux cheveux bouclés à la Ninon, aux dents blanches, aux lèvres roses, fines et spirituelles, aux yeux grands, ouverts, à la peau de satin et à la main aristocratique; l'autre de jeune fille brune, aux yeux noirs, véritable tête de nymphe, effarée de mettre le pied dans Paris.

Voici quel est l'entretien de ces deux personnages :

— C'est parce que je vous trouve mille fois bonne et que je suis sous votre protection, madame la marquise de Sévigné, qu'il m'est venu l'audacieuse pensée de me présenter au cercle de l'hôtel de Rambouillet. Mais on dit tant de merveilles des beaux esprits qui le fréquentent, que moi, pauvrette, tout en ayant depuis longtemps déjà le désir de les connaître par moi-même, j'éprouve une vive émotion au moment d'y être admise.

— Aussi avez-vous bien fait, mignonne, de prendre mon bras pour vous conduire chez notre belle marquise, la chère Arthénice, comme nous l'appelons au cercle. Du reste, votre mère, qui est de notre société, vous y aurait fait recevoir tôt ou tard. Quand on se nomme de Vergne, comme vous, et qu'on doit être appelée bientôt comtesse de La Fayette, il est bon d'étudier de près le monde parmi lequel on doit vivre... répondit tout d'une traite la blonde marquise de Sévigné.

— Mais au moins ayez l'obligeance de me bien définir le but de cette réunion chez madame de Rambouillet, afin que, pour ne pas paraître par trop novice entre toutes ces dames et ces messieurs, je n'excite pas les risées et ne sois point accueillie par quelque quolibet.

— Nous avons plus de savoir-vivre que cela, ma toute belle. Mais soyez satisfaite, et écoutez bien : Dans notre cercle on parle de tout et de rien, de la ville et de la cour, des morts et des vivants, de fêtes et de mortifications, du présent et de l'avenir. C'est une société d'élite qui pense comme tout le monde, n'est infaillible en aucune façon, et cependant a un but sacré, celui de faire une élégante et douce opposition, l'opposition du bon goût, au langage barbare et à l'orgie du vice qui tendent à envahir la société française. Aussi, à raison de la pureté d'expressions dont nous faisons choix et de la délicatesse de rapports que nous cherchons à introduire dans les mœurs, cherche-t-on à nous ridiculiser par l'épithète de *Précieuses*. Mais que nous fait cette raillerie ? Henri IV, excellent prince du reste, s'exprimait avec une facilité qui tendait à la licence. Louis XIII, frêle et morose, s'est encore moins occupé de faire fleurir les lettres. De sorte que, après la Ligue et la Fronde, langue et mœurs couraient à leur ruine, dans notre belle patrie. Or, comme c'est un peu par la femme que se fait la civilisation dans le monde, et comme nous avions à souffrir les premières, nous, à Paris, du débordement qui menaçait, nous nous sommes indignées d'un tel état de choses, de sorte que, Charles d'Angennes aidant, et Catherine de Vivonne, sa femme, se mettant à la tête du mouvement, leur hôtel, l'hôtel de Rambouillet est devenu le cénacle de cette réforme, et les réunions de ceux qui pensent comme nous ont commencé.

Ainsi s'est faite la réputation de l'hôtel de Rambouillet.

Mais il faut vous dire, mon cher cœur, que la famille de notre belle Arthénice est l'une des plus anciennes de l'Italie. Par sa mère, Julia Savelli, Catherine de Vivonne compte trois de nos rois parmi ses alliés. Son esprit est nourri de la lecture des meilleurs auteurs italiens et espagnols. Elle répand autour d'elle cet attrait de jeunesse et de beauté qui la fait prendre encore pour la sœur de sa fille, la charmante Julie d'Angennes, dont la sympathie vous sera promptement acquise, et vous comprendrez bien vite, en les voyant, que ces deux femmes conquièrent les hommes les plus rebelles et les femmes les plus maussades à la cause que nous avons embrassée.

— Vous y aidez bien un peu, vous, chère marquise, quoique vous ne disiez rien de votre influence à cet endroit... fit timidement mademoiselle de la Vergne, dont on pouvait pressentir déjà le jeune talent qui, plus tard, produisit *Zaïde*, la *Princesse de*

Clèves, la *Comtesse de Tende*, etc. Je sais déjà par ma mère, ajouta-t-elle, quelle autorité se trouve dans vos paroles, et combien votre noble amie a de puissance pour attacher à sa personne ceux qui la voient de près, et pour les modeler conformément à ses goûts et à ses désirs.

— C'est donc toute une cour que nous formons autour de ces deux astres, reprend madame de Sévigné, après avoir pressé la main de sa jeune amie. Vous allez y voir tous nos grands auteurs du jour, Raçon, Voiture, Benserade, Balzac, Ménage, Chapelain, la Calprenède, les Scudéry, d'Urfi, Sarrasin, l'abbé Cottin, et d'autres encore. De nos dames les plus spirituelles, vous y rencontrerez votre mère d'abord, madame de la Vergne, qui va rire de me voir la remplacer près de vous, dans votre présentation, mais elle sait que vous avez un peu peur d'elle, qui craint que vous ne deveniez un trop grand esprit ; puis la duchesse de Longueville, madame de Chevreuse, la marquise de Rosambault, la duchesse d'Aiguillon, madame de Vigeau, madame Cornuel, la marquise de Sablé, les comtesses de Fiesque, de Maure et de Saint-Martin, et la petite Paulet. Quand je dis petite, c'est par antithèse et par familiarité, car mademoiselle Paulet est grande, forte et bien faite. Nous admirons tous ses beaux yeux, son regard vif et fier, sa blonde chevelure, l'impétuosité de son caractère et l'ardeur de sa tendresse pour sa chère maîtresse, notre Arthénice, dont elle est le secrétaire habile et discret. Vous savez que, à raison de cette énergie d'affection, nous ne l'appelons que la *Lionne?* Mais assez sur Paulet. A présent, ne l'oubliez pas, sachez bien que nous ne sommes pas des divinités foudroyant les mortels du haut de leur Olympe. Voyez tout bonnement, en nous, de braves gens qui s'appliquent à proscrire les dérèglements, à épurer la langue, à diriger le goût et à encourager les belles lettres. Après tout, je suis bien bonne de vous rassurer parce que vous êtes encore mademoiselle de la Vergne ! Quand vous allez être la comtesse de La Fayette, ce qui ne tardera pas, ne m'humiliez pas en me rappelant que j'ai eu l'outrecuidance de vous patronner... dit en souriant la charmante marquise.

— Je serai votre reconnaissante amie, madame la marquise, et, si vous me le permettez, je serai heureuse de me ranger toujours sous votre aile, comme sous l'aile d'une bonne mère.

En ce moment, nos deux héroïnes, arrivées dans la rue Saint-Thomas du Louvre, se trouvent bientôt en face de l'hôtel de Rambouillet, dont les fenêtres flamboient sous un pâle rayon de soleil d'hiver. Après avoir traversé un large vestibule, puis une salle qui sert d'antichambre à l'appartement de la marquise et de galerie où sont exposés nombre d'objets d'art, elles sont introduites dans le salon par un valet en livrée.

C'est une vaste chambre à coucher, tendue de soie bleue et décorée de meubles à l'avenant. Les rideaux de même soie laissent tomber un demi-jour azuré. Tout d'abord on pourrait croire déserte cette pièce immense, car un large paravent développé entre la porte et la cheminée, dont on voit le haut du trumeau représentant des bergers, forme comme une première enceinte, et cache les personnes qui sont placées dans la seconde. On penserait même que quelque fée invisible, mais bien parfumée, y a établi son séjour, tant l'odorat est vivement saisi d'un mélange indéfinissable d'exquises senteurs. Toutefois, en pénétrant plus avant, les yeux sont attirés par une splendide alcôve aux colonnes torses dorées, à travers lesquelles on voit voltiger d'élégantes peintures allusives à l'étude, au sommeil, etc. Mais ensuite, sous la coupole de cette alcôve, apparaît tout un essaim de jeunes femmes, entourant la marquise, qui trône dans la vaste ruelle, comme dans un parterre de fleurs, tant on y entrevoit de frais visages, d'opulentes chevelures, de plumes, de rubans et de soieries de toutes les couleurs.

La marquise de Sévigné n'a pas trop dit à mademoiselle de la Vergne, en lui nommant quelques dames de la cour. Elles reconnaissent en effet la fine fleur de la haute société parisienne, qui n'est pas constamment à Versailles. Duchesses et marquises, comtesses et baronnes sont là, se parlant à mi-voix, se montrant de charmantes miniatures, faisant remarquer la finesse de certaines dentelles, ou s'expliquant le secret des magnifiques galands de leurs robes. A l'entour de la cheminée, dans l'embrasure des fenêtres, assis à l'écart sur des pliants, ou debout, formant des groupes dans toutes les attitudes, se montrent nombre de gentilshommes, d'écrivains, d'auteurs dramatiques, parmi lesquels on aperçoit, sans les chercher, la tête intelligente et fine de Molière, et les physionomies plus sévères de Corneille et de Voiture. C'est, ici, M. de Saint-Evremond, le marquis de Villarceaux, le coadjuteur de Gondi, évêque de Corinthe.

Après les saluts d'usage et la présentation, par la marquise de Sévigné, de la gracieuse mademoiselle de la Vergne, à la société de l'excellente Arthénice, qui l'accueille avec une exquise courtoisie, la conversation, de particulière qu'elle était, devient peu à peu générale.

Mais alors, un des plus raffinés gentilshommes, le marquis de Vardes, profitant d'un moment où les voix ne s'animent pas encore, afin d'appeler l'attention, entre en matière d'un ton fier et pénétrant, et s'adressant à madame Deshoulières, qui lui fait face, raconte ce qui suit :

III

— Nous sommes en 1655, n'est-ce pas? La Fronde est passée et l'époque des tiraillements politiques n'est plus. Grâces à Dieu, nous ne verrons, désormais, en pleine France, Gourville arrêter les gens pour en tirer rançon, ni tomber sous l'arquebusade des officiers de son mari la jeune de Chavagnac, son enfant dans les bras. Eh bien! cependant, j'ai assisté, hier encore, au spectacle le plus curieux, le plus extravagant, le plus excentrique et le plus ébouriffant qu'il soit possible de voir.

— Vous nous piquez... Qu'est-ce donc? demande madame de Chevreuse.

— Figurez-vous que je suivais le Cours (1), où se promenait alors l'élite de notre noblesse et la fleur de nos belles dames; que vois-je dans un carrosse passablement élégant et qui marchait au pas grave de deux chevaux normands? Oh! je vous le donnerais à deviner en cent, que vous seriez tous réduits à jeter votre langue aux chiens. Mais, c'est égal, ne cherchez plus le mot de l'énigme, vous ne le trouveriez pas. Je vous le livre, écoutez : c'est une jeune femme, que dis-je? une jeune fille, une nymphe, car elle ne compte pas plus de seize à dix-sept printemps, éclatante de fraîcheur, éblouissante de beauté. Ce qui ajoute au prestige, c'est le teint mat de la peau, d'une rare blancheur, et une suave mélancolie qui, répandue sur toute sa personne, la font ressembler à ces brillantes et délicates créoles, vraies fleurs vivantes des tropiques. Aussi l'entendis-je nommer, sur son passage, *la belle Indienne*.

(1) Le *Cours*, appelé ensuite le *Cours-la-Reine*, promenade plantée de quatre rangs d'arbres, en face des Invalides, et le long du quai des Champs-Elysées.

— C'est bien cela... Mais, mon cher de Vardes, dit alors madame de Sévigné, arrivez-vous donc du Congo, que vous en soyez à déchiffrer le rébus en question ? Au portrait que vous faites, très fidèle certes, qui ne reconnaît Françoise d'Aubigné ?

— J'arrive tout bonnement de l'armée, charmante dame, et ne sais plus rien de mon Paris, répond de Vardes. Aussi riez de ma téméraire ignorance, mais ne me faites pas trop chercher ce qu'est votre gracieuse Françoise d'Aubigné ; je brûle de le savoir. Pourtant, auparavant, laissez-moi achever de vous raconter ce qui ajoute à ma surprise d'hier et me donne des éblouissements encore aujourd'hui. Ma jeune fille est assise dans la susdite voiture à côté du plus hideux magot qu'il soit possible d'aller échantillonner en Chine ou chez les Esquimaux et les Kalmouks. Monsieur le duc de Roquelaure peut lui rendre des points en laideur. Donc, si elle est une vraie vision de bonheur, la vue de malheur du monstre qui l'accompagne fait avec elle un contraste satanique. Quelle inimaginable horreur ! Représentez-vous un cul-de-jatte assis de travers sur des coussins de velours ; tête chauve, visage décrépit, front ridé, œil éraillé, lèvre morbide et lippue, peau de singe, bras perclus, torse contrefait. Oublié-je quelque chose dans ce croquis rapide ? je ne crois pas. En réalité, ce cauchemar vivant m'a fait peur ; j'ai eu froid en le voyant. J'ajoute ceci, qui serait incroyable si je ne l'avais ouï de mes deux oreilles : la belle jeune fille a dit au monstre, et de sa voix la plus douce, encore :

— Mon ami, mon bon ami.

Mon bon ami ! Est-ce donc son père, son frère ?... La nature est si bizarre dans ses caprices, qu'elle aurait bien pu faire sortir du même buisson et cette gazelle et ce laid crapaud... Cela se voit.

— Mon très brave, ne perdez pas la tête, et encore moins le cœur. La nymphe dont il s'agit, c'est mademoiselle d'Aubigné, on vous l'a dit ; mais le magot dont l'effroyable laideur vous obsède, n'est autre que le fameux poète Paul Scarron... fait le duc de Villarceaux en riant aux éclats, ainsi que les dames, de la déconfiture soudaine de de Vardes.

— Mais Paul Scarron ?... demande de Vardes, inquiet, et ne sachant encore à quoi s'en tenir.

— Paul Scarron est le... mari, oui, le mari de votre chère et douce vierge... s'écrie à son tour la spirituelle Julie d'Angennes.

— Ah ! c'est comme cela que vous traitez les poètes de France, ajoute le jeune Poquelin. Malheur à vous, sire comte, malheur à vous, si Paul Scarron vient à savoir que vous l'avez traité de crapaud.

Monsieur de Vardes ne répond pas, mais, la tête inclinée sur sa poitrine, il murmure, comme se parlant à lui-même :

— A tel homme pareille femme ! Mademoiselle d'Aubigné lui a donc été vendue ? ajoute-t-il d'un ton plus élevé.

— Non, elle s'est donnée. Elle est pauvre, mais parfaitement honorable... dit madame de Rambouillet.

Mais le poète est plus pauvre qu'elle, un poète !... réplique de Vardes.

— Paul Scarron a du pain, et il partage avec la belle d'Aubigné. La reine Anne d'Autriche lui a fait une pension de cinq cents écus, afin qu'il n'écrivît plus de *Mazarinades,* le poète !... explique M. de Navailles.

— Mais non, la pension lui est retirée depuis qu'il a mis sa verve en feu, dans une nouvelle chanson contre Mazarin. On n'est pas sûr qu'il en soit l'auteur, mais on le soupçonne fort de ce nouveau méfait. En tout cas, Scarron travaille toujours, et gagne certainement quelque argent avec sa plume... ajoute je ne sais quelle voix partant de l'un des angles du salon bleu.

— A Scarron mademoiselle d'Aubigné ! A un démon de ténèbres ce bel ange de lumière... balbutie encore le pauvre de Vardes.

— Gardez-vous de mettre Scarron en mauvaise humeur, monsieur de Vardes, objecte encore Poquelin : il a une plume acérée qui peut découdre un pourpoint, tout comme une lance de Tolède.

— Que m'importe qu'il ait bec et ongles, on peut les lui rogner dans l'occasion, répond de Vardes; mais ce qu'on ne peut faire, c'est que cette jeune femme ne soit la sienne.

— Scarron, d'ailleurs, n'a pas toujours été tel que vous l'avez vu, dit madame du Maure. Fils d'un conseiller au Parlement, il se trouva de l'inspiration, et il se mit à faire des vers. Il réussit; mais, hélas! ses beaux jours de gloire se ternirent bientôt et s'effeuillèrent. Une cruelle maladie en a fait le triste personnage que vous savez... A la mort de son père, un procès avec sa belle-mère le mit sur la paille. Pour vivre, il fallait une profession. Paul reprit sa plume de poète. Il composa quelques pièces pour le théâtre de l'hôtel de Bourgogne, dans la rue Mauconseil. Il fut acclamé et dut gagner beaucoup d'argent. Comment reste-t-il pauvre? je ne saurais le dire. Toujours est-il qu'à cette heure il est marié, et qu'il doit y avoir quelque gêne dans le ménage.

— Pauvre ménage, en effet : misère et poésie, laideur et beauté! dit monsieur de Vardes. Mais comment pareille association a-t-elle pu se faire? ajoute-t-il.

— De la façon la plus simple, mon cher de Vardes, répond madame de Sévigné, car, comme vous le disiez tout-à-l'heure, cela se voit, cela se voit tous les jours. Ecoutez la triste histoire de votre héroïne.

Françoise d'Aubigné appartient à une ancienne maison de France, puisqu'elle est la petite-fille de Théodore Agrippa d'Aubigné, gentilhomme de la chambre de Henri IV et son compagnon d'armes. C'est à ce d'Aubigné, bel esprit et docte personnage, que notre tant regretté Béarnais disait un jour :

— Ventre-saint-gris! que n'écrivez-vous mon histoire, mons d'Aubigné?

— Faites d'abord, sire, et j'écrirai ensuite... répondit le vieux gentilhomme.

C'est encore à lui que le même Henri, qui aimait à lui demander conseil, disait une autre fois :

— Et de cela, que direz-vous, Monsieur, vous, dont la probité est si rude et si franche?

Le père de Françoise, Constant d'Aubigné, qui était pauvre déjà, ayant voulu fonder un établissement à la Caroline, dans le but de faire fortune, mais s'étant maladroitement adressé aux Anglais, nos ennemis, noua avec eux des intelligences coupables, et bientôt il fut enfermé dans le Château-Trompette, à Bordeaux. Sa prison devient bientôt pour lui, heureusement, un véritable Eden. Le gouverneur de la citadelle était un digne gentillâtre du pays, et avait nom de Cardillac. Or, le brave Cardillac avait une fille jeune et belle. Elle vit le prisonnier, qui lui parut si triste, si malheureux, qu'elle en eut pitié et compatit à sa douleur. Ne s'avisa-t-elle pas d'aller chaque jour offrir ses consolations à l'infortuné captif? Elle fit mieux encore : elle usa du crédit de son père, et obtint la grâce de Constant d'Aubigné. Alors, pour lui témoigner sa reconnaissance, Constant demanda la main de mademoiselle de Cardillac, qui lui rendait tout à la fois la vie et la liberté; et certes, ce fut une bonne action, car jamais femme ne fut plus généreusement dévouée à son mari.

Alors, dans son désir extrême de faire fortune, Constant d'Aubigné, mal inspiré encore, fit des dettes, des dettes qu'il né put payer, et le pauvre spéculateur, décidément né sous une mauvaise étoile, fut mis de rechef sous les verrous, et cela dans les prisons de Niort. Mais il eut la triste consolation de voir sa chère femme, Jeanne de Cardillac, s'y enfermer avec lui, et ce fut même sous les voûtes de cette nouvelle prison que le ciel leur envoya une fille, notre Françoise d'Aubigné. C'était en 1635. Ainsi le berceau de cette pauvre enfant fut un cachot.

La durée de cette seconde captivité fut longue. Nous savons que, dans cet intervalle, Françoise, couverte de misérables haillons, et comptant déjà cinq ans, jouait un jour dans le préau de la geôle, lorsque la fille du gardien s'avisa, par orgueil enfantin, de lui montrer non-seulement les jouets qu'on lui avait donnés, mais aussi de belles robes et des joyaux. Alors notre pauvrette, qui ne mange que le pain de la charité, de lever fièrement sa petite tête et de dire avec une moue de dédain :

— Je n'ai point de robes, moi, encore moins de bijoux, mais je suis *demoiselle*, et vous non !

Cette demoiselle si précoce, c'est madame Scarron, mon cher de Vardes.

Pourtant vient un moment où une lueur d'espérance semble sourire à nos déshérités. Madame Constant d'Aubigné prend un grand parti. Elle va se jeter aux pieds du roi, à Paris, et fait tant d'instances qu'elle obtient l'élargissement de son mari.

Ce qui faisait les rigueurs du roi vis-à-vis de Constant d'Aubigné, c'est que ce gentilhomme, né calviniste, avait abjuré pour obtenir la faveur de la cour, et ce motif avait paru odieux au prince, qui fut long à revenir sur le compte du malheureux captif; mais, vous le voyez, le roi fit grâce enfin.

Redevenu libre, en 1638, d'Aubigné partit incontinent pour la Martinique, avec sa femme, sa fille et un fils encore à la mamelle. On dit que pendant la traversée, Françoise tomba si dangereusement malade, que durant quelques heures on la crut morte. Déjà même les matelots voulaient la jeter à la mer, ce qu'on empêcha difficilement, grâce au ciel, car la pauvre enfant reprit enfin connaissance et revint à la vie. On dit aussi que, arrivée dans l'île, sa mère la conduisit un jour dans la campagne. Là, accablées de fatigue et de faim, elles s'assirent sur l'herbe et préparaient un festin champêtre, quand tout-à-coup un horrible serpent s'avança vers elles... Jugez de la térreur de ces deux femmes! Elles s'enfuirent au plus loin, laissant à l'énorme reptile leurs jattes de lait, dont il fit une ample consommation.

Nous le voyons dans l'histoire, on aime à répandre du merveilleux sur l'enfance des personnages qui ont quelque droit à l'admiration des hommes. Françoise n'est célèbre, jusqu'à présent du moins, que par la beauté : j'imagine que sa renommée s'éteindra aussi rapidement qu'elle est venue. Mais sachez, de Vardes, ce qui arrive à sa famille dans le Nouveau-Monde.

A la Martinique, Constant d'Aubigné réalisa promptement une belle fortune : malheureusement le retour de la prospérité réveilla promptement ses vices favoris. Il joua, et fut ruiné de nouveau. Alors le temps lui manqua pour tenter de nouvelles spéculations, et la mort, la mort qui n'attend jamais, vint le surprendre en 1645.

Sa famille resta plongée dans la plus affreuse indigence.

IV

Nous ne pouvons continuer à mettre le récit de ce qui touche à Françoise d'Aubigné dans la bouche de madame de Sévigné, qui s'arrête bientôt du reste, car, peu à peu, les auditeurs de cette histoire se retirent du salon bleu de la belle Arthénice, pour aller faire leur promenade au Cours, comme c'était alors l'usage.

Donc, laissons monsieur de Vardes se consoler de trouver femme, et femme de Paul Scarron, la jeune Indienne, dans laquelle il avait vu, lui, une nymphe de l'Olympe. Moins mythologiques que cet aimable gentilhomme dans nos appréciations, nous continuerons à étudier la vie de la femme illustre qui va jouer bientôt un rôle si important à la cour de Louis XIV.

Jeanne de Cardillac, devenue veuve contre toute attente, reporta bientôt ses regards vers la patrie. Une fois rentrée en France, elle fit valoir ses droits sur la baronnie de Surineau et de plusieurs autres biens : elle entama même des procès, et déploya, en faveur de ses enfants, une fermeté d'âme dont rarement une femme est capable. Mais elle ne réussit qu'à rendre plus affreuse sa misère et celle des siens.

Alors elle se renferma dans une courageuse résignation, et résolut de vivre du travail de ses mains. D'ailleurs, pour se consoler de sa pénurie, n'avait-elle pas sa fille à instruire? Chaque jour elle lui lisait Plutarque, chaque jour elle formait sa jeune imagination, son esprit, sa raison ; chaque jour elle éclairait son cœur. D'autre part, Françoise, âgée de dix ans à cette époque, montrait une merveilleuse aptitude à toutes les études prescrites par sa mère, et par ce qu'on entendait de la jeune fille, on pouvait déjà prévoir la femme spirituelle dont les hautes destinées demeuraient encore cachées sous les impénétrables voiles de l'avenir.

Vinrent des jours où, dans cette pauvre famille, la gêne fut si grande, que madame d'Aubigné se vit obligée d'entreprendre un nouveau voyage à la Martinique.

A l'époque de la naissance de Françoise dans la conciergerie de Niort, madame de Villette, sœur de Constant d'Aubigné, apprenant la venue au monde de cette enfant dans des conditions aussi lugubres, était arrivée en hâte pour porter secours à son frère. Elle l'avait visité dans sa prison, puis elle avait emmené avec elle, au château de Murçay, la petite Françoise, à qui elle avait prodigué tous les soins et les caresses d'une mère. Elle lui avait donné la même nourrice qu'à sa propre fille, et n'avait fait aucune différence entre l'une et l'autre, jusqu'au jour où Jeanne avait redemandé son enfant.

Cette fois encore, au moment du départ de la veuve courageuse, madame de Villette veut de nouveau offrir à sa nièce de reprendre son gîte dans l'ancien asile du château de Murçay, où elle avait trouvé jadis un si doux accueil.

Hélas ! que de vicissitudes étaient encore réservées à notre héroïne, avant de trouver le calme !

Il est bien vrai de dire que la terre est un lieu d'épreuves.

Françoise d'Aubigné ne jouit pas longtemps de la protection de sa tante; madame de Villette, étant calviniste, travaillait sans relâche pour arriver à faire abjurer la religion catholique par sa nièce, qui demeurait sans défense. La pauvre enfant céda en effet, non sans peine. Mais sa mère, à la nouvelle d'un pareil résultat, fit enlever Françoise aux obsessions de madame de Villette, et Françoise, sans cesse battue par l'orage, dut s'éloigner bien vite du nid qui lui avait été fait sous les beaux ombrages du château de Murçay.

Elle fut alors recueillie par madame de Neuillant, une autre parente, très catholique, qui la fit rentrer dans le giron de l'Eglise, chose facile, car Françoise avait le jugement trop sain pour se méprendre sur les caractères distinctifs de la vérité.

Malheureusement, madame de Neuillant, elle aussi, avait de cruels défauts. C'était une femme dure et avare, qui crut faire beaucoup pour sa nièce en la confondant avec les domestiques de sa maison. Elle affecta même de lui réserver les emplois les plus serviles. C'est ainsi que, chaque matin, on mettait au bras de Françoise un petit panier contenant sa nourriture de la journée, un loup sur le visage afin de le garantir du hâle du soleil, un large chapeau de paille sur la tête, et, dans cet équipage, on l'envoyait garder... les dindons aux champs. C'était affreux, n'est-ce pas, de subir de pareils affronts. Connaissez donc les grands personnages de Plutarque, ayez donc étudié l'histoire, la cosmographie, soyez donc *demoiselle,* comme avait dit jadis notre petite orgueilleuse, pour que, ensuite, on vous fasse garder les dindons ! Et dire que cette même gardeuse de dindons devait un jour arriver à l'apogée de la gloire et devenir reine de France ! En attendant, au retour des champs, le soir, Françoise d'Aubigné était chargée du soin des volailles et des hôtes de l'étable. Aussi écrivait-elle, plus tard, dans ses *mémoires :*

« Je commandais dans la basse-cour, et c'est par là que mon règne a commencé. »

Enfin, sa mère étant revenue de la Martinique avec quelques épargnes, Françoise fut placée dans le couvent des Ursulines de la rue Saint-Jacques, où elle resta de longues années, heureuse et tranquille.

Vint l'heure néanmoins où elle dut dire adieu au couvent, au sein duquel les jours passent si purs et si paisibles. Alors elle rentra définitivement dans sa famille, car sa mère l'emmena dans le Poitou, où elle avait un petit domaine, et leur séjour s'y prolongea pendant quelque temps.

C'était le moment de la Fronde, dont avait parlé monsieur de Vardes. Le commencement du règne de Louis XIV avait été agité par des guerres civiles, et le ministère de Mazarin, comme la régence d'Anne d'Autriche, avaient été cruellement menacés. Mais enfin la paix avait été rendue à la France, et madame d'Aubigné et ses enfants étaient rentrés dans Paris.

Il est, dans le quartier appelé le Marais, nombre de rues tristes et solitaires, où certaines maisons plus ou moins délabrées offrent un asile peu coûteux à ceux que la fortune n'a point favorisés. Ce fut dans l'une de ces demeures que la famille d'Aubigné vint habiter. La Providence voulut que leur maison fît face à celle où vivait le poète Scarron.

Là, toujours obligée de lutter contre la misère et l'adversité, la santé de la courageuse Jeanne de Cardillac, qui peu à peu s'était bien dérangée, devint tout-à-fait mauvaise, et après un court séjour dans l'isolement et la paix, la mère désolée de Françoise d'Aubigné rendit son âme à Dieu, en laissant sa fille seule désormais.

Madame de Neuillant accourut s'emparer de la pauvre orpheline et veiller sur elle. Triste protection qui devait encore faire goûter à Françoise les amertumes d'une cruelle dépendance.

Nous avons dit comment Paul Scarron était devenu perclus, laid, difforme, d'élégant, de gracieux, de distingué qu'il avait été tout d'abord. Voici comment ce triste poète parle de lui-même :

> Je suis, depuis quatre ans, atteint d'un mal hideux
>   Qui tâche de m'abattre ;
> J'en pleure comme un veau, bien souvent comme deux,
>   Quelquefois comme quatre.
> Pressé de mon malheur, je voulus présenter
>   Au cardinal requête ;
> Je fis donc quelques vers, à force de gratter
>   Mon oreille et ma tête.
> Ce grand homme d'Etat ma requête écouta
>   Et la trouva jolie ;
> Mais là-dessus survint la mort, qui l'emporta
>   Et ne m'emporta mie.

Si la mort enleva au poète la pension que lui faisait le cardinal, Anne d'Autriche lui en attribua une autre de quinze cents livres. Aussi Scarron se désignait-il sous ce titre : Scarron, premier malade de la reine.

On peut juger du talent de Scarron par les vers que nous venons de citer, vers burlesques dont il amena le goût en France, au moins pour quelque temps.

Nous avons dit aussi que l'esprit égrillard de Scarron lui ayant acquis une certaine célébrité, son petit salon du Marais devint peu à peu le rendez-vous de ce que Paris comptait alors de célèbre comme écrivains, hauts personnages, jeunes seigneurs, femmes brillantes et spirituelles. Il advint de là que, peu à peu, l'hôtel de Rambouillet se fît désert, et qu'on abandonna le salon bleu de la belle Arthénice pour le fauteuil du misérable perclus, dont l'esprit, les bons mots et la gaîté savaient faire naître et déborder l'esprit et la gaîté des autres.

Madame de Neuillant allait souvent chez Scarron, où elle se rencontrait fréquemment avec Fouquet, le cardinal de Retz, mademoiselle de Scudéry, la duchesse de Richelieu, et *tutti quanti*. Elle y conduisit et présenta Françoise d'Aubigné, que, à raison de son séjour à la Martinique, on se plut bientôt à surnommer la *belle Indienne*.

Lorsque notre modeste et timide jeune fille, qui ne comptait alors que quinze ans, ainsi patronnée par sa dure et peu aimable parente, entra dans l'appartement du hideux Paul Scarron, et qu'elle se vit entourée de cette foule bruyante qu'elle ne connaissait pas, elle se mit à pleurer, toute honteuse de sa robe trop courte et de sa toilette proclamant la province. Cette timidité, qui la rendit gauche, n'empêcha pas qu'on ne remarquât la sévère beauté de la jeune fille. De ce moment, Scarron, tout disloqué qu'il était, songea à lui offrir son cœur et sa main.

En effet, la fin de 1652 vit la belle Indienne épouser le poète burlesque, auteur de la fameuse *Mazarinade*, du *Roman comique*, de *Virgile travesti*, etc.

Mais aussi, à partir de cette époque, un changement subit se fit dans l'intérieur et dans les réunions du poète. La licence, qui jusque-là avait eu son libre cours dans le salon de Paul Scarron, la légèreté, les discours irréligieux, firent place à la réserve, une réserve de bon goût, à la gravité. Du moment que madame Scarron paraissait, digne et majestueuse, au milieu de la société de son mari, son maintien, à la fois gracieux et sévère, imposait à ceux qui s'étaient montrés les plus hardis et les plus libres, et sa distinction charmante, rehaussée par l'éclat de sa merveilleuse beauté et de ses dix-sept ans, captivait tous les cœurs. Pénétrée de la sainteté et de la grandeur de ses devoirs, elle commença dès lors cette vie de dévouement et d'abnégation dont elle fit preuve pendant les huit années de son mariage avec cet homme disgracié de la nature, qui trouvait, dans la société de son aimable compagne, une compensation à toutes ses infirmités. Sa piété se prémunissait contre les piéges tendus par le monde à sa jeune inexpérience.

D'ailleurs, sa timidité s'étant peu à peu dissipée, Françoise Scarron acquit bientôt un charme infini dans la conversation, charme qui venait parfois la tirer de l'embarras extrême où la jetait la gêne de son mari, contraint, par l'étiquette et d'anciennes habitudes, de recevoir chez lui. Elle égayait alors tous les convives par ses reparties fines et brillantes, et s'emparait de leur attention au point de leur faire oublier le dîner.

Personne n'ignore ce mot du domestique qui, un jour, entrant dans la salle à manger, pendant qu'on était à table, se pencha à l'oreille de sa maîtresse, et lui dit :

— Madame, contez encore une autre histoire à vos convives, car alors ils ne s'apercevront pas que le rôti nous manque aujourd'hui.

Bref, après huit années d'une union qui avait toujours édifié la société, dans Paris, madame Scarron perdit son mari, auprès duquel sa courageuse abnégation ne s'était pas démentie un seul instant.

Couché sur son lit de mort, prêt à rendre son âme à Dieu, le poëte, sollicité par sa pieuse compagne, consentit enfin, ou plutôt demanda la faveur de mettre ordre à sa conscience et reçut les derniers sacrements avec un bonheur et une joie qui transformèrent sa physionomie. Puis, quand il fut réconcilié avec Dieu, il ne cessa de montrer une extrême gaîté qui ne se démentit pas un seul moment.

— Vous pleurez tous, mes enfants, dit-il à ses serviteurs, en les voyant fondre en larmes autour de son lit, mais allez, je ne vous ferai jamais tant pleurer que je vous ai fait rire.

Ce fut en 1660 qu'il rendit l'âme. On grava sur son tombeau l'épitaphe suivante, composée par lui tout exprès :

> Passants, ne faites pas de bruit,
> De crainte que je ne m'éveille,
> Car voilà la première nuit
> Que le pauvre Scarron sommeille !

Durant son veuvage, et longtemps après, Françoise vécut dans l'isolement et la solitude. Seules, mesdames de Sévigné, de Coulanges et de La Fayette eurent accès auprès d'elle. Ce fut dans l'hôtel d'Albret et dans celui de la famille de Richelieu qu'elle connut madame de Montespan.

Mais ces brillantes amies s'étaient vainement occupées de lui obtenir la survivance de la pension de son mari, et la pénurie était des plus grandes au foyer de l'infortunée veuve. Ce fut très inutilement qu'on importuna le cardinal de Mazarin en sa faveur.

Comme il était dans la pensée de la délicate Françoise d'Aubigné de n'être à charge à personne, elle se retira au couvent des Hospitalières de la place Royale. La maréchale d'Aumont, sa parente, y possédait un petit appartement qu'elle lui prêta. Là, notre infortunée, toujours poursuivie par le malheur, vécut modestement du fruit de quelques économies.

Mais enfin la Providence, satisfaite de sa résignation et de son courage, vint à son secours. Anne d'Autriche, entendant un jour prononcer le nom de Scarron, s'informa de ce qu'était devenue sa veuve. Lorsqu'elle apprit qu'elle vivait dans une profonde misère, elle prescrivit aussitôt que sa pension fût rétablie et portée à deux mille livres. Aussitôt que madame Scarron sut cette bonne nouvelle, elle écrivit à son amie, la maréchale d'Albret :

« J'ai promis à Dieu de donner aux pauvres le quart de ma pension : ces cinq cents livres de plus que n'avait mon mari leur sont dues, en bonne morale. »

Alors elle quitta la maison des Hospitalières et se retira chez les Ursulines de la rue Saint-Jacques, où elle avait été élevée, et d'où elle continua à faire les délices et l'admiration de la société qui l'avait rappelée à elle et dans laquelle elle se représentait depuis peu.

V

Vous avez vu, cher lecteur, vous avez vu Françoise d'Aubigné toujours calme et grande, pieuse et résignée, joyeuse et spirituelle jusque sous l'étreinte du malheur. Désormais le ciel va lui sourire, et alors vous la verrez modeste et sage, sans enivrement aucun, mais généreuse, accessible et bonne, au milieu des faveurs de la plus haute fortune.

On ne sait, en vérité, si on doit plus admirer une pareille femme dans l'adversité que dans la prospérité : l'un et l'autre rôle sont à sa taille ; vous allez en juger.

A la mort d'Anne d'Autriche, en 1666, cesse la pension de deux mille livres que lui fait la reine-mère. La veuve de Scarron demeure alors sans nulle ressource. Aussi ses amis les plus dévoués, affligés de la voir dans une position si précaire, veulent la marier à un riche gentilhomme : malheureusement le renom du personnage n'est pas à la hauteur de sa fortune. Le devoir de notre héroïne lui est tracé dès-lors. Elle refuse de lui donner sa main, et comme tout le monde, sans en excepter les amies qui ont le plus d'influence sur elle, la blâme et l'abandonne, elle supporte avec un courage parfait le vide qui se fait autour d'elle, satisfaite de souffrir, puisque telle est la volonté de Dieu et telle l'exigence de l'honneur.

La pauvre solitaire en vient aux expédients. Elle adresse des placets à Versailles, demandes sans doute pleines de cœur, mais aussi sans faiblesse. Hélas! Louis XIV ne se donne même pas la peine de les lire.

— La veuve de Scarron! Ce nom seul me déplaît... fait le prince en levant les épaules.

Découragée un moment, et n'espérant plus obtenir une position convenable en France, Françoise Scarron accueille la proposition qu'on lui fait de s'attacher à la personne de la duchesse de Nemours, qui doit épouser prochainement Alphonse VII, roi de Portugal. Mais au moment d'engager sa liberté, voici que lui monte soudain au cerveau l'idée de s'adresser à madame de Montespan, qu'elle a vue très souvent jadis dans les réunions de l'hôtel d'Albret. Une correspondance est aussitôt engagée avec l'illustre favorite, qui prend ses intérêts près du souverain.

— Encore cette veuve Scarron? s'écrie Louis presque irrité.

Néanmoins il cède aux prières de madame de Montespan, et, pour réparer ce qu'il y a eu de pénible pour la postulante dans l'accueil qui a été fait précédemment à ses requêtes, le monarque lui dit avec une grâce parfaite :

— Je vous ai fait attendre longtemps, Madame; mais vous avez tant d'amis que j'ai voulu avoir seul près de vous le mérite de vous obliger.

Enfin rassurée sur son sort, madame Scarron, toujours portée çà et là au travers de la vie, comme une feuille dont se joue le vent d'orage, quitte la maison des Ursulines, et vient s'établir rue des Tournelles. Dans cette nouvelle retraite, revient sa gaîté accoutumée, reviennent ses nombreux amis, reviennent les beaux jours.

Mais dans ce même moment Louis était en quête, pour le jeune duc du Maine, d'une gouvernante instruite, sage, distinguée, capable en un mot de faire une grande éducation. Le nom de madame Scarron est encore prononcé devant lui. Le prince veut enfin connaître cette femme dont le monde vante si fort les grâces et le talent.

Notre héroïne est mandée à la cour, et non-seulement le roi l'entretient, mais il y a même un échange forcé de quelques lettres. Lettres et causeries révèlent au monarque tout ce qu'il y a de grand et de noble dans l'esprit et le cœur de la femme dont, pendant longtemps, le nom seul l'avait révolté, et bientôt la charge de gouvernante est confiée à l'intéressante veuve, jusqu'alors si cruellement éprouvée.

Alors commencent pour Françoise d'Aubigné les nobles fonctions qui vont être les premiers degrés par lesquels elle arrivera bientôt à la haute faveur qui lui est réservée. Pleine de cœur et de dévoûment, elle prodigue à ses élèves des soins si assidus, tellement maternels, qu'ils lui attirent les bienfaits du prince. On le voit souvent alors se rendre secrètement à Vaugirard, où la sage gouvernante habite avec les élèves qui lui sont confiés : là Louis XIV peut connaître mieux et admirer devantage celle qu'il a choisie pour élever les princes; là il la trouve toujours admirable en effet, soit dans son entier assujétissement à sa tâche, soit dans son abnégation à ne vivre plus qu'au chevet du duc du Maine, dont la pauvre santé ne cesse d'inspirer les craintes les plus alarmantes.

Pourtant vient un jour où, fatiguée de la dépendance qui pèse sur elle, madame Scarron conçoit le dessein de quitter et sa charge et ses relations avec la cour. A ce sujet elle consulte son directeur, l'abbé Gobelin. Elle lui fait connaître que dans le but de vivre dans la solitude, au milieu des champs, elle veut employer deux cent mille francs, qu'elle tient de la munificence royale, à faire l'acquisition de la terre de Maintenon, qui est située à quatorze lieues de Paris; le directeur approuve les projets de sa pénitente. La terre est achetée; mais Louis ne permet point à la gouvernante de résigner ses fonctions. Au contraire, il l'attache davantage à sa personne, en érigeant en marquisat cette terre de Maintenon. Il fait plus : en présence des grands de la cour, s'adressant à la veuve du poëte, il lui donne publiquement le nom de son nouveau domaine, et Françoise d'Aubigné, veuve Scarron, devient désormais pour tous la marquise de Maintenon.

Dans le même temps, et pour mieux récompenser encore la marquise des soins assidus que, pendant de nombreuses années elle a donnés à ses enfants, Louis XIV l'attache à madame la

Dauphine, en qualité de seconde dame d'atours. Puis le titre de première dame étant peu après perdu par la duchesse de Richelieu, à qui la mort l'enlève, le prince veut en gratifier se protégée : mais celle-ci refuse noblement.

Alors, au comble de la faveur, madame de Maintenon use de l'ascendant qu'elle prend chaque jour sur l'esprit du roi pour le ramener à de meilleurs sentiments vis-à-vis de la reine. Elle atteint son but, à ce point que Marie-Thérèse reconnaît publiquement que c'est aux conseils de la marquise qu'elle doit d'être mieux traitée par son royal époux. Aussi, quand la mort vient la frapper, en 1683, c'est dans les bras de madame de Maintenon que la princesse rend le dernier soupir.

Louis XIV paraît vivement affecté de cette perte.

— C'est le premier chagrin que la reine me cause... dit-il en fondant en larmes.

Assurément, quoique tardif, voilà un sincère hommage rendu aux éminentes qualités et aux précieuses vertus de cette infortunée reine, qui avait passé sa vie dans le palais du roi sans que l'on s'aperçût presque de sa présence.

On remarque dès-lors que la société de la marquise de Maintenon devient indispensable au souverain. Saturé des joies et des plaisirs dont il a enivré sa jeunesse, il repose son âge mûr auprès de la femme que la Providence lui a réservée pour devenir la compagne inséparable de ses dernières années. Les charmes si doux de la confiance et de l'amitié dévouée lui montrent leurs inappréciables trésors, bien souvent ouverts au commun des hommes, mais généralement fermés aux rois et aux grands personnages. Heureux alors d'avoir enfin trouvé dans madame de Maintenon l'esprit solide, le jugement éclairé, l'humble soumission, la vertu patiente, la résignation chrétienne, en un mot toutes les qualités réelles et brillantes que la vie entière de la femme que nous proclamons grande, avait manifestées aux yeux de tous.

Il n'est pas étonnant dès-lors que Louis XIV ait songé à élever jusqu'à lui la marquise de Maintenon.

En effet, ce mariage, rangé longtemps au nombre des faits douteux et même improbables, ne peut être révoqué en doute aujourd'hui. Il est, certes, bien avéré que madame de Maintenon reçut avec le roi la bénédiction nuptiale à Versailles, dans un oratoire particulier, de la main de l'archevêque de Paris, disent les uns, du père de La Chaise, affirment les autres. Sans doute le mystère le plus impénétrable enveloppa d'ombre ce mariage secret : mais le soin même que la marquise prit de le dérober à tous les regards est la meilleure apologie que l'on puisse opposer à ceux qui l'accusèrent d'avoir voulu se faire déclarer reine. Sa position à la cour ne changea pas. On la vit, comme par le passé, toujours simple, toujours modeste, s'effacer pour laisser paraître les autres. La seule distinction publique qui puisse faire comprendre l'élévation secrète de l'illustre marquise, est que, à la chapelle du château de Versailles, elle occupe l'une de ces petites tribunes qui ne semblent faites que pour le roi et la reine. Elle ne permet même pas aux personnes qui connaissent son secret de lui témoigner ouvertement leurs respects et de lui offrir leurs hommages.

C'est ainsi qu'elle écrit, un jour, au cardinal de Noailles :

« Je suis très mal contente, Monseigneur, de la manière dont vous m'avez reçue à l'archevêché, et je vous dirai, avec la confiance que j'ai en vous, que les honneurs que l'on me fait partout ont pour beaucoup contribué à me séquestrer autant que je l'ai fait. Je voudrais bien, Monseigneur, en cela comme en tout... Quoi! voulez-vous donc trahir mon secret? »

Assurément ce ne sont pas là les sentiments d'une femme dominée par l'ambition et l'amour des honneurs.

Ainsi, son élévation n'est pour la marquise de Maintenon qu'une plus profonde retraite. Renfermée dans son appartement qui est de plain-pied avec celui du roi, elle borne sa société à quelques amies intimes, les plus estimables de la cour, mesdames de Chevreuse et de Beauvillars. Le roi vient chez elle chaque jour, après le dîner, avant et après le souper, et il y demeure jusqu'à minuit. Il y travaille même souvent, avec ses ministres, pendant que la marquise s'occupe de lecture ou qu'elle se livre à quelque travail des mains.

Jamais elle n'entretient le monarque des affaires de l'Etat : elle paraît même étrangère à la politique. Elle repousse bien loin d'elle tout ce qui offre la plus légère apparence d'intrigue. Beaucoup plus attentive à complaire à celui qui gouverne qu'à rien gouverner elle-même, elle ménage son crédit en ne l'employant qu'avec une circonspection absolue.

Elle ne profite point de son rang pour faire tomber des charges ou des dignités dans sa famille. En effet, son frère, éprouvé par la fortune bien longtemps, comme elle, son frère, le comte d'Aubigné, ancien lieutenant-général, n'est point élevé au titre de maréchal de France. Le cordon bleu et quelques largesses en argent font toute sa fortune. Aussi dit-il un jour, au maréchal de Vivonne, frère de madame de Montespan :

— J'ai eu mon bâton de maréchal, moi, mais en argent comptant.

En mariant sa nièce au maréchal de Noailles, la marquise se contente de lui donner une dot de deux cent mille francs.

Tout ce qu'elle possède en biens-fonds, c'est sa terre de Maintenon. Ne semble-t-elle pas vouloir que le public lui pardonne son élévation en faveur de son désintéressement?

Est-elle heureuse et fière d'une position que tant d'autres envieraient? Non certes.

— Il est bien triste d'avoir la mission de récréer un prince que rien ne peut amuser!... dit-elle en soupirant.

Puis elle ajoute, une autre fois :

— A mon âge, il n'est plus temps de plaire, si ce n'est par la vertu.

Eh bien! reconnaissons et publions que c'est, en effet, vers Dieu et la vertu que se portent toutes ses pensées. Elle prie le matin et le soir; elle assiste à la messe dans le milieu du jour; elle communie fréquemment; elle fait de pieuses lectures dans l'après-midi; elle est sans cesse à l'œuvre pour inspirer au roi les plus religieux sentiments. Sa charité déborde en bonnes œuvres : elle distribue de cinquante à soixante mille francs par an aux pauvres et aux infirmes. En 1694, quand la cherté des grains cause une disette, elle vend une très belle parure et un attelage de chevaux d'un grand prix pour venir en aide aux malheureux; en un mot, elle est la Providence de tous ceux qui souffrent.

D'autre part, n'a-t-elle pas à supporter la mauvaise humeur du monarque, aux jours d'une pénible vieillesse bien éprouvée? Quand ses armées subissaient des revers, quand augmentait le désordre dans les finances, quand le peuple poussait des murmures et des plaintes, quand une mort prématurée enveloppait dans son suaire lugubre les nobles rejetons de la monarchie, et qu'alors l'esprit du prince subissait de pénibles affaissements et qu'il s'abandonnait à de sombres récriminations, on entendait alors madame de Maintenon regretter son obscurité et souhaiter d'être délivrée du fardeau des grandeurs.

Elle trouva heureusement le moyen de donner à sa charité généreuse un aliment digne d'elle. Elle obtint du roi la faveur de fonder une maison qui pourrait recevoir les jeunes filles nobles abandonnées et souvent en proie à la misère. Elle se souvenait, la fille des d'Aubigné, elle se souvenait, la veuve de Scarron, des pénibles douleurs de son enfance, de sa jeunesse, de son âge de femme, et ses souvenirs lui mirent au cœur une généreuse compassion.

Instituée d'abord à Saint-Leu, puis à Auvers, puis à Montmorency et à Rueil, avec un très petit nombre de jeunes créatures arrachées aux naufrages de la terre, cette sainte maison d'asile fut définitivement assise à Saint-Cyr, près de Versailles. Bientôt cette belle institution, qui occupa tous ses moments, devint sa résidence favorite. La marquise y passait la plus grande partie de ses journées à faire instruire, et souvent à instruire elle-même les deux cent cinquante élèves qui y trouvaient un refuge. Nous ne raconterons rien des bienfaits qui émanèrent de cette demeure royale : cela ne peut entrer dans notre cadre. Il nous suffit de dire que madame de Maintenon fut véritablement inspirée par le ciel en fondant cette maison, et que c'est là l'un de ses plus beaux titres de gloire.

Ce fut à Saint-Cyr, dans sa solitude bien-aimée, que, en 1715, dès les premiers symptômes de la fin prochaine du grand monarque, se retira la marquise, après avoir reçu les touchants adieux de son royal époux.

— Je ne regrette que vous, lui disait Louis XIV; je ne vous ai pas rendue heureuse; mais tous les sentiments d'estime et d'amitié que vous méritez, je les ai toujours eus pour vous. L'unique chose qui me fâche, c'est de vous quitter. Heureusement, j'espère vous revoir dans l'éternité.

Louis XIV recommanda ensuite madame de Maintenon au duc d'Orléans, et mourut peu après.

A Saint-Cyr, madame de Maintenon vécut de la pension que lui faisait Louis XIV, et que lui continua le duc d'Orléans.

Pierre-le-Grand, le célèbre empereur de Russie, étant venu à Paris, en 1717, visita la marquise dans sa retraite. Celle-ci le reçut, alors qu'elle était au lit malade. Le czar ouvrit les rideaux pour mieux contempler cette femme illustre, et il s'entretint avec elle par l'organe de son interprète.

Madame de Maintenon mourut dans les bras des dames de sa chère maison, le 15 avril 1719. Elle fut inhumée à Saint-Cyr, dans un caveau que le duc de Noailles lui fit construire au milieu du chœur.

En 1793, le tombeau de madame de Maintenon ne fut pas respecté par la fureur révolutionnaire, qui exerça sa rage impie jusque sur la cendre des morts : mais il fut rétabli, en 1802, par les soins de la nouvelle administration.

MARIE-ANTOINETTE
ET MADAME ELISABETH.

I

C'était le 1ᵉʳ novembre 1755.

A neuf heures trente-cinq minutes du matin, un choc effroyable ébranla la ville de Lisbonne, capitale du Portugal, dans ses fondements les plus solides, sans autre signe précurseur qu'un grand bruit souterrain. En un instant, les plus beaux édifices tombaient en ruines.

Quelques minutes après, la nature du mouvement changea complètement : on eût dit le cahot d'un chariot roulant avec une violence extrême sur un terrain inégal. Il en résulta la chute de toutes les maisons, des églises, des couvents, des édifices publics.

Le tremblement de terre venait de durer six à sept minutes.

Quelques personnes qui se trouvaient dans un canot, sur le Tage, à un mille de la ville, ressentirent dès le début un choc violent, semblable à celui qu'on éprouve en touchant le fond, quoiqu'ils fussent à l'endroit le plus profond du fleuve. Ils virent en même temps les maisons s'écrouler des deux côtés du rivage.

Le lit du Tage fut soulevé en plusieurs endroits jusqu'au niveau des eaux, et des navires, arrachés violemment de leurs ancres, furent jetés les uns contre les autres avec un fracas épouvantable. Enfin le grand quai, nommé Cays-de-Prada, s'abîma dans les flots avec tous les infortunés qui s'y étaient réfugiés.

Le port était complètement à sec, mais tout d'un coup une vague énorme, haute de plus de cinquante pieds, apparut et menaça la malheureuse cité d'un désastre plus grand encore : elle en fut préservée néanmoins, grâce à la large baie dans laquelle vinrent se briser les vagues furieuses. Les eaux atteignirent les maisons restées debout et forcèrent les survivants à se réfugier sur les hauteurs.

Une seconde secousse se fit encore sentir vers midi, et l'on vit des murailles s'entr'ouvrir et se refermer immédiatement, laissant à peine une trace de l'énorme fissure qui s'était produite.

Un grand nombre des plus hautes montagnes du Portugal furent ébranlées dans leur base; leur sommet s'affaissa, et des quartiers de rochers furent précipités dans les vallées.

II

Au même jour, à la même heure que se produisait à Lisbonne l'effrayant cataclysme que je viens de peindre en quelques mots, dans le château de Schœnbrunn, placé sous les beaux ombrages d'un parc somptueux, assez près de Vienne, en Autriche, venait au monde Marie-Antoinette, fille de l'illustre Marie-Thérèse d'Autriche.

La Providence, en la faisant naître à l'instant même où avait lieu cette mémorable et horrible révolution de la nature, voulait-elle donc pronostiquer et augurer aux yeux des hommes que, un jour, cette princesse illustre, après avoir bu la coupe amère de l'existence jusqu'à la lie, serait la victime de ces formidables tempêtes humaines qui dévorent et emportent dans leur tourbillon les hommes et les choses, les rois et les empereurs, les bergers et les peuples?

Je ne sais, mais je puis dire que lorsqu'elle commençait à grandir, alors qu'elle errait dans les longues galeries du manoir, et que, dans les jardins, elle glissait entre les marbres et les bronzes, souvent il arrivait que Marie-Antoinette, joyeuse un moment auparavant, s'arrêtait tout-à-coup et se faisait grave et rêveuse, baissant la tête, fixant le regard comme vers de lointains horizons.

Et si quelqu'un venait à lui demander compte de cette attitude :

—Je pense, répondait-elle d'une voix triste, à cette commotion de la nature qui a signalé l'heure de ma naissance... Le tremblement de terre dont Lisbonne a tant souffert, au moment précis où j'entrais dans la vie, me semble un avertissement fatal... Alors j'écoute si Dieu ne vient pas déjà réaliser les calamités qu'il m'a fait prédire.

Marie-Antoinette-Joséphine-Jeanne de Lorraine, archiduchesse d'Autriche, fille de François de Lorraine et de Marie-Thérèse, livrée aux maîtres les plus capables de lui ouvrir l'esprit et de lui former le cœur, devint bientôt une princesse accomplie. Elle comptait à peine seize ans qu'elle savait déjà le latin, le français, le hongrois, l'anglais et l'italien ! Ses talents en tout genre étaient remarquables. Elle était fort habile musicienne et dessinait parfaitement. Sa gouvernante, la comtesse de Branders, avait été bien vite dépassée par son élève.

Un jour, cette même comtesse de Branders dit en riant à Marie-Antoinette :

— Princesse, jetez donc les yeux sur cette carte d'Europe, s'il vous plaît, et désignez-moi, mais sincèrement, la contrée que vous préférez.

— Volontiers, Madame, répondit l'archiduchesse avec une étrange gravité, je n'hésiterai même pas. Voici le pays que j'aime : la France ! c'est le pays des fleurs, c'est la patrie du soleil, c'est le trône de l'esprit et du cœur.

— Mais si la Providence voulait te donner un trône, lui demanda Marie-Thérèse, où voudrais-tu régner ?

— En France, répondit résolûment la princesse, et d'autant plus que je trouverais là une fille des rois, madame Elisabeth, dont les jeunes vertus me sourient, et pour la grâce charmante et l'aimable aménité de laquelle je me sens une profonde sympathie.

— Mais quel attrait particulier t'offre donc cette France ? dit la reine, en insistant avec curiosité.

— Je l'aime et je la préfère à tout le reste de l'Europe, fit Marie-Antoinette, parce que saint Louis, Henri IV et Louis XIV en ont fait un pays de vaillance et de gloire.

— Alors tu oublies Clovis, Charlemagne, Philippe-Auguste et François Ier... objecta l'impératrice.

— Oh ! la France est riche en noms fameux, je le sais... répondit avec respect la fille à sa mère ; mais je m'arrête à ceux que j'ai nommés, parce que, à mes yeux, saint Louis représente la vertu, Henri IV la bonté, et Louis XIV la grandeur.

— Eh bien ! pour ta belle réponse, ma bien-aimée fille, dit

Marie-Thérèse avec bonheur, accepte ces étoffes qui m'arrivent de France. Est-il rien de plus beau ?

— Délicieuses, comme tout ce qui vient de France, ma mère... répondit la princesse ; et cependant, permettez-moi de vous demander, en échange de ces belles robes, de ces gros tissus de nos paysans des montagnes ; je vous en prie, ma mère.

— Quel étonnant caprice ! fit Marie-Antoinette.

Marie-Antoinette rougit, et s'approchant de sa mère de façon à lui baiser la joue, elle lui dit à l'oreille :

— Hier, à Hietzing, dans la fange immonde d'un bourbier dont je détournai mon cheval, j'ai vu des enfants si pauvres, si mal vêtus, si misérables, que j'ai promis à Dieu de les arracher au malheur. Me laisserez-vous devenir infidèle à mon vœu, ma mère ?

Une autre fois, dans une après-midi charmante d'un beau printemps, Marie-Antoinette désira faire une promenade en voiture, et pria quelques dames de l'accompagner. Les calèches suivirent pendant quelque temps le cours du Danube. Le ciel était doucement éclairé ; des nuages voilaient par intervalles l'éclat du soleil. Le silence des champs donnait des rêves à l'imagination. De loin en loin, le gazouillement des oiseaux, et çà et là le murmure des arbres déjà verts qui semblaient se moquer des feuillages à peine naissants de leurs voisins. Dans les massifs, à travers les découpures des ramées, de capricieuses clartés ne faisaient que paraître et s'enfuir.

— Combien le Seigneur est bon ! disaient quelques jeunes femmes : à chaque saison sa jouissance ! Quelles richesses et quels charmes il prodigue en ce moment à la nature.

Et tout chacun de faire ses réflexions selon les fantaisies de son esprit, et d'exprimer ses attraits pour les diverses choses des saisons et de la vie.

— Ce que j'aimerais, moi, commença Marie-Antoinette, si j'avais le droit de m'attacher à quelque chose, c'est la vie cachée, simple, modeste d'une femme qui serait toute à Dieu par ses œuvres, et qui pourrait, dans l'obscurité, faire toujours du bien à ses semblables. Posséder un chalet, entendre autour de moi bourdonner les abeilles, voir fleurir les bourgeons, animer la plaine de mes troupeaux, donner à dîner aux voyageurs, faire souper le pauvre, remplir la main de celui qui n'a rien, attendre la mort en embellissant la vie de ceux qui m'entoureraient, voilà ce que j'aimerais.

— Eh bien! madame l'archiduchesse, ne pouvez-vous exaucer vos propres vœux? dit une des jeunes femmes. Les désirs d'une fille des rois, mais rien au monde ne peut y mettre obstacle.

— Une fille de roi est une esclave, Madame, répondit Marie-Antoinette : elle se doit à tous et ne peut rien pour elle-même. Est-ce que nous nous appartenons? J'accomplis en ce moment le délicieux pèlerinage de mes jeunes années avec vous, Mesdames; mais, à cette heure, je trouve devant moi, toute fermée, la porte de l'avenir... Que cache-t-elle?

— Le bonheur, madame l'archiduchesse.

— Les richesses, les honneurs, les plaisirs, un trône peut-être, la gloire, qui sait?

— Fumée que tout cela! Le vrai bonheur, mesdames, tenez, soyez franches, c'est d'être libre et d'aller lentement à la mort par la vie, mais une vie calme, paisible et silencieuse... Or... je ne sais ce qui m'est réservé, mais... rappelez-vous le tremblement de terre de Lisbonne!

On revint tristement à Schœnbrunn, ce soir-là!

De retour au château, on le trouva envahi par nombre d'étrangers qui allaient et qui venaient d'un air affairé. A chaque pas, on entendait nommer le duc de Choiseul. En effet, le duc de Choiseul, premier ministre du roi de France, venait d'arriver, chargé par Louis XV de demander officiellement la main de Marie-Antoinette à sa mère Marie-Thérèse, pour le dauphin de France, le futur Louis XVI.

Déjà l'impératrice avait répondu à l'ambassadeur :

— J'ai élevé ma fille comme devant être Française un jour. Je vous prie, monsieur le duc, de dire au roi, votre maître, qu'il vient de réaliser toutes mes espérances.

Ainsi donc Marie-Antoinette, pendant sa promenade, avait eu raison de dire à ses dames d'honneur :

— Est-ce que nous nous appartenons, nous, filles de rois?

III

A quoi bon redire ici la douleur profonde qui éclata à Schœnbrunn, à Vienne, dans toute l'Allemagne? Assurément on se réjouissait de voir la princesse devenir dauphine de France; mais on n'en éprouvait pas moins une profonde tristesse à la pensée de son éloignement.

Le jour du départ, un ciel sombre, voilé de nuages, couvrit toute la contrée. Le soleil sembla vouloir se cacher pour ne point assister aux adieux de la fille des Césars et partager le regret général. Marie-Antoinette s'était levée de bonne heure : la fatigue de son visage disait qu'elle n'avait pas dormi. Elle alla revoir tout ce qui lui avait servi, tout ce qu'elle avait aimé, ses pauvres, ses oiseaux et ses fleurs.

L'étiquette commença dès ce jour-là : on vint chercher la future dauphine selon les règles du cérémonial.

Or, Marie-Antoinette détestait l'étiquette, habituée qu'elle était à une douce et noble liberté. Elle se résigna cependant.

Toute la population de Vienne suivit les carrosses de l'archiduchesse jusqu'aux dernières limites du territoire; tous les cœurs étaient déchirés, des pleurs coulaient de tous les yeux.

Quand on atteignit Strasbourg, la cité guerrière vint à la rencontre de la dauphine de France. Il y eut de grandes fêtes, et là l'étiquette fit sentir bien davantage encore son joug pesant et dur. Aussi la princesse désira-t-elle s'éloigner bien vite de cette ville.

Toutes les villes que traversèrent les voitures du cortége rivalisaient de zèle et d'enthousiasme pour recevoir dignement la future reine de France. Partout on lui adressait des vers, on lui offrait des fleurs, on la félicitait en de longs discours. De jeunes étudiants de la Champagne lui parlèrent en latin, bien convaincus que la princesse trouverait leur œuvre d'autant plus magnifique qu'elle ne la comprendrait pas. Quelle ne fut pas leur surprise lorsqu'ils entendirent Marie-Antoinette leur répondre dans la langue de Cicéron :

— Je réponds en latin pour être à la hauteur de votre belle harangue; mais soyez sûrs que la langue française est à présent celle qui plaît le plus à mon cœur, devenu français pour toujours.

C'est à Compiègne que l'on attendait l'arrivée de la princesse. Louis XV lui-même, accompagné de sa famille et de la cour, s'y était rendu. Tout le luxe royal se trouvait déployé dans la ville, sur les avenues et dans le château. Mais le luxe populaire, c'était une foule compacte, venue de partout, et ivre de bonheur, ivre d'allégresse.

— Votre Altesse entend-elle ces acclamations frénétiques? demanda l'une des dames d'honneur à Marie-Antoinette.

— Je les entends, répliqua-t-elle modestement, mais je pense que les Français me voient avec trop de bonté.

Aussitôt que l'archiduchesse aperçut le monarque, elle mit pied à terre, et s'avançant rapidement, elle se précipita à ses genoux, et lui baisa la main.

— Sur mon cœur, lui dit le roi avec un doux sourire.

Et il présenta son épouse à monsieur le dauphin.

Marie-Antoinette avait de grands yeux bleus, doux et sympathiques, qui réflétaient un esprit supérieur et une âme remplie de délicatesse et de bonté. Son nez, légèrement aquilin ; son front élevé, qui formait dans le milieu comme une fossette, tout en se dessinant carrément, ainsi que le front des princes lorrains ; son visage d'un pur ovale, tout en elle avait une expression de franchise qui demandait confiance et respect.

Ce fut le 16 mai 1770 que Marie-Antoinette devint dauphine de France.

Hélas ! ce jour de fête, lui aussi, devait avoir ses sinistres présages, et la jeune princesse ne manqua pas de les recueillir.

Vers le soir, après une journée assez pâle, le vent se prit à souffler dans les grands arbres du parc de Versailles ; de larges éclairs sillonnèrent les nues noires qui s'étaient amoncelées au-dessus de la ville et du château, et la foudre retentit sans interruption. On dut ajourner les réjouissances de la nuit, dont la pluie, vigoureusement fouettée, éteignit toutes les illuminations. Le feu d'artifice fut impossible. Le peuple se retira trempé, morose et triste. A la cour, un véritable deuil envahit toutes les pensées.

Louis XV mourut à son tour. Autant, au début de son règne, ce prince avait été chéri de son peuple de France, autant, à sa mort, on put voir combien sa mémoire était abhorrée. Son cadavre fut insulté, en mille endroits, dans le trajet de Versailles à Saint-Denis, dernière demeure. La jeune reine dut être fort affectée de voir qu'un peuple aimant, comme elle l'avait trouvé à son arrivée en France, avait changé son amour en haine pour le roi qui ne s'était pas montré digne de son rang et de sa haute mission.

Mais alors elle eut à recueillir de bien plus sinistres augures lorsque vint pour Louis XVI et pour elle l'heure de ceindre la couronne royale.

Le jour de l'avénement au trône de ce couple infortuné qui revêtait pour la première fois la pourpre royale et qu'entourait le faste le plus somptueux que puisse imaginer l'orgueil humain, devait se produire encore une épouvantable catastrophe.

Entre le jardin des Tuileries et les Champs-Elysées, Louis XV avait créé, pour l'ornement de Paris, une nouvelle place qu'il avait appelée de son nom, place Louis XV. Or, c'était sur cet immense emplacement, encore inachevé, que des fêtes brillantes devaient avoir lieu. Ce fut là surtout que la foule de la capitale de la France fut conviée à un feu d'artifice qui devait produire de grands effets pyrotechniques. Mais les premières fusées brillaient à peine que la masse du peuple se prit à osciller. Tout-à-coup, des cris de détresse et d'horrible angoisse se font entendre. De sinistres clameurs leur succèdent; puis des pleurs, des gémissements étouffés. On veut fuir, impossible de remuer. On est obligé de tourbillonner sur soi-même, comme des victimes tombées dans un gouffre immense. Le désordre s'accroît bien vite du nombre infini de personnes qui sont renversées et foulées aux pieds. Malheureusement il y a sur cette place Louis XV des fosses destinées à servir de jardins et qu'entourent de mauvaises planches peu solides. Dans ces ondulations formidables de tout un peuple qui s'agite pour former un courant et échapper à la mort, la masse des corps humains, semblable aux vagues d'une marée furieuse, fait céder ces barrières impuissantes. Hommes, femmes, vieillards, enfants, sont précipités dans le vide béant et tombent pêle-mêle. On s'étouffe, on se tue : bras et jambes sont brisés. Des centaines de victimes perdent la vie. Les cadavres s'amoncèlent : impossible de porter des secours. Il paraît même, et la chose est hors de doute, que d'ignobles scélérats, intéressés à augmenter cette horrible confusion, dans le but de dépouiller les blessés, les timides, les femmes et les faibles, tendent des cordes, font trébucher les fuyards, les couchent dans la fange, les écrasent sans pitié, les spolient, les infâmes!

Hélas! ce sera sur cette même place Louis XV, devenue la place de la Révolution, que nous verrons bientôt d'autres drames terribles, bien plus cruellement terribles; ce sera sur cette même place que notre héroïne Marie-Antoinette, et son royal époux Louis XVI, et sa noble et généreuse sœur madame Elisabeth, et tout ce qui fut noble, et tout ce qui est saint, et tout ce qui est pur, apporteront leurs têtes et seront sacrifiés à la fureur populaire déchaînée contre les rois et les hommes.

Quelle triste histoire que celle de cette funèbre époque! Mais l'histoire de Marie-Antoinette est tellement unie à cette même histoire de la révolution, qu'elles se confondent l'une avec l'autre, et que nous sommes obligés de les réunir dans les pages lugubres qui vont suivre. Elles ne seront que la confirmation trop réelle des affreux augures dont les principaux actes de la vie de Marie-Antoinette ont été marqués et comme stigmatisés.

IV

Le duc de Berry n'a que vingt ans, lorsqu'il prend le sceptre, sous le nom de Louis XVI. Marie-Antoinette monte avec lui sur le trône, au grand enthousiasme de la France qui les sait, l'un et l'autre, aussi bons que vertueux.

Les commencements de ce règne sont heureux. Louis XVI va de lui-même au-devant des réformes. Il rappelle les Parlements, supprime les corvées, abolit les derniers restes de la servitude et interdit à tout jamais la question judiciaire. Enfin, il choisit ses ministres parmi les plus honnêtes gens du royaume : Turgot et Malesherbes sont de ce nombre.

Néanmoins, malgré tous ses efforts pour faire le bien, on voit bientôt que, tout animé qu'il soit des meilleures intentions, Louis XVI n'a pas toutes les qualités nécessaires à un roi dans les circonstances difficiles où se trouve la France.

Ce n'est pas sans motifs que Louis XV, à ses derniers jours, a dit :

— Je laisse une révolution à mon successeur !

Les philosophes de son règne avaient bien raison, les infâmes ! lorsqu'ils s'écriaient, en s'encourageant mutuellement à mal faire :

— Mentons, calomnions, mentons encore, calomnions toujours, il en restera quelque chose.

Ce qui est resté, nous allons le dire dans ces pages lugubres.

En effet, le règne précédent a creusé des abîmes... Une à une sont tombées les institutions les plus sacrées.

La religion d'abord, polluée, travestie, ravagée par les immondes pamphlets d'une monstrueuse philosophie, voit pâlir son flambeau sous le souffle empesté des philosophes. On quitte la voie sacrée des saintes croyances, pour douter de tout, même de

Dieu ! Le tribunal de la raison individuelle appelle à sa barre tout ce qu'il y a de plus divin ; et comme la raison humaine ne peut s'élever à la hauteur de la sublimité chrétienne, alors la foi s'efface, et, avec la foi, la pratique des bonnes œuvres, et, avec les bonnes œuvres, la vertu.

Dès-lors, plus de soumission pour l'autorité.

Hélas ! du moment que Dieu n'est plus qu'un vain mot, les rois ne sont que de vains fantômes dont il faut se débarrasser au plus vite. On s'étudie donc à rire des rois, à dédaigner leur puissance.

Après, Dieu tombe dans l'oubli ; et, les rois livrés au mépris, que peuvent être les prêtres, les nobles, les riches ? rien autre chose qu'une lèpre dévorante dont il faut faire justice en les immolant.

· Et on se met à l'œuvre, au nom de Voltaire, de Jean-Jacques Rousseau, de Dalambert, d'Helvétius, de Diderot, et *tutti quanti*. Comme Clovis autrefois, mais à l'inverse de Clovis, le peuple, inspiré, poussé par les meneurs, se prend à briser ce qu'il a adoré, et à adorer ce qu'il avait brisé. Que de ruines on amoncelle !

Pour ajouter aux embarras du moment, alors que le trésor épuisé par les dépenses des règnes précédents ne peut offrir aucune ressource et qu'il faut aviser aux moyens de réparer les finances de l'Etat, voici que dès le début du nouveau règne sévit un hiver des plus cruels. Le froid se fait sentir comme jamais la France ne l'a éprouvé. Partout, au lever de chaque jour pâle et terne, on trouve des cadavres glacés par l'âpreté de la nuit. Avec cela le blé manque à Paris, dans toutes les villes et dans les campagnes. Vous dire tous les bienfaits qui émanent de Louis XVI, de Marie-Antoinette, de la généreuse madame Elisabeth, serait impossible. Le génie de la compatissance et de la bonté s'incarne dans leurs personnes. Après avoir vidé sa cassette particulière, le roi fait fondre sa vaisselle : les joyaux, les diamants, les objets d'art des princesses sont sacrifiés avec empressement. On imagine des loteries, tous les moyens possibles pour battre monnaie en faveur de ceux qui souffrent. La famille royale, chaque jour, quitte le château de Versailles, erre à l'aventure dans les champs, se met en quête de toutes les infortunes et visite les masures des paysans les plus déshérités, pour les consoler et les soulager dans leurs peines.

Malgré tant d'ineffables bontés, on murmure.

Oui, l'on murmure, on se plaint, on crie, on insulte les bienfaiteurs. C'est que, parmi le peuple on compte déjà de ces gens que l'on appelle des *meneurs*, c'est-à-dire de misérables envieux, mal famés, perdus de mœurs, qui font appel à toutes les mauvaises passions contre l'autorité royale.

Le blé manque. Savez-vous pourquoi? Parce que les hommes qui, voulant une révolution à leur profit, et qui se cachent derrière les meneurs, font accaparer les grains de toutes parts, afin de les entasser dans de mystérieuses retraites, et d'en priver la consommation, pour amener une disette, et, avec la disette, cette révolution qui jettera bas les rois et livrera la France à toutes les passions des ambitieux.

En effet, le peuple, affamé, se soulève dans les provinces; il court à travers les campagnes, et, frappant à la porte des fermes, des presbytères, des châteaux, il demande du blé. Et comme le blé a disparu, il incendie les fermes et leurs granges, il met à sac les châteaux; il démolit les presbytères, il pend les seigneurs, il égorge les prêtres, il tue les riches, et prélude ainsi aux scènes les plus effrayantes.

Alors, afin d'aviser et de rappeler l'argent et les ressources dans les coffres vides de l'Etat, les Notables sont convoqués. Mais ils réclament les Etats-Généraux.

Aussitôt la France se lève comme un seul homme. Le décret qui appelle la réunion des Etats-Généraux devient comme la fusée volante qui donne le signal d'un embrasement général. Les masses populaires se prennent partout à bouillonner, sous l'action des meneurs déchaînés de toutes parts. Des rassemblements se forment dans chaque ville et jusque sous l'ormeau des moindres villages. Alors s'ouvrent les clubs, où tout individu, tant stupide soit-il, peut venir proposer les mesures les plus absurdes et exprimer les opinions les plus immorales. On y déclame, on y blasphème. Les carrefours, les tavernes, les manéges, les théâtres, les chapelles abandonnées, deviennent des écoles d'insurrection, d'athéisme, de révolution. Mais surtout on s'anime, on se monte, on s'exhorte à choisir, pour les envoyer aux Etats-Généraux, les hommes les plus hostiles à Dieu et aux rois, à l'autel et aux trônes.

Le 4 mai 1789, a lieu l'ouverture de ces Etats-Généraux. Les trois ordres du royaume, Noblesse, Clergé, Tiers-Etat ou peuple, assistent à la procession générale qui se déroule du château de Versailles à l'église Notre-Dame de la même ville.

Là, tout d'abord, on insulte la reine. Oui, la tant aimée Marie-

Antoinette est cruellement outragée par des gens du peuple, qui lui jettent à la face les plus affreuses injures. La reine est sur le point de s'évanouir; mais elle est fille et femme de rois, et bien vite, après avoir regardé le ciel pour y puiser du courage, elle reprend toute sa majesté.

Je ne vais pas vous raconter ici toutes les péripéties de ce premier acte du grand drame de la révolution, qui a nom Assemblée constituante, ni les scènes du Jeu-de-Paume, ni les mille difficultés que les membres de l'Assemblée opposent sans fin au bon vouloir du roi.

Je ne vous dirai pas davantage les premières émeutes de Paris, sous la parole de Camille Desmoulins, sous l'influence du duc d'Orléans, et la promenade du buste du ministre Necker, ni la mort d'un vieillard sous une charge de pandours, commandée par le prince de Lambesc.

Je passerai sous silence la prise de la Bastille, ce château-fort que Hugues Aubriot fit construire à la porte Saint-Antoine, sous Charles V, pour la défense de Paris, et encore moins les premiers crimes d'un peuple égaré qui met à la lanterne et le gardien de cette Bastille, fidèle à son roi, et nombre d'autres Français, que l'on accuse de vouloir le malheur de la France.

Alors le peuple est vainqueur de son roi, et ce pauvre roi est contraint de venir, de Versailles à Paris, reconnaître que ses sujets ont bien fait de s'insurger contre son autorité royale, en s'emparant et en détruisant la Bastille. Oui, le roi vient à Paris, et Bailly, maire de la capitale, se présente à sa rencontre, à la barrière des Bons-Hommes, pour lui offrir les clefs de sa *bonne ville* de Paris.

— Ce sont les mêmes clefs, dit-il au monarque humilié, qui ont été présentées à Henri IV. Alors le roi avait conquis son peuple; aujourd'hui, c'est le peuple qui a conquis son roi.

Ce rapprochement de Henri vainqueur, et de Louis XVI vaincu, fait une grande impression sur le prince. Aussi ne répond-il rien à Bailly : mais, *roi-sujet*, il s'avance, résigné, vers l'Hôtel-de-Ville, à travers les flots du *peuple-souverain*.

Noble Louis XVI, était-ce donc parce que tu étais bon, toi, et roi selon le cœur de Dieu, que tu allais, pauvre martyr, payer pour les monarques tes prédécesseurs, criminels, eux, et cependant endormis du sommeil de la mort dans toute la pompe de la royauté?

Arrivé sur la place de Grève, on offrit au monarque la cocarde tricolore, insigne de l'insurrection et de la victoire populaire. Louis hésite d'abord, mais faible toujours, par extrême bonté, il enlève la cocarde blanche de son chapeau, ses insignes à lui, roi, et il consent à s'affubler des stigmates de la révolution qui commence.

V

Ce n'est pas assez pour le peuple qu'on lui ait laissé pendre aux lanternes de l'Hôtel-de-Ville et Delaunay, le défenseur de la Bastille, et Flesselles, et Belport, et Delorme : le voici qui prend goût aux immolations, et qui pend aussi et Berthier, et Foulon, et d'autres encore.

Combien de victimes vont suivre et rougir le sol de Paris de leur sang!

Aussi l'émigration commence, et les princes, les nobles et les riches s'enfuient de Paris et se sauvent sur la terre étrangère.

Cependant, les gardes du corps de Versailles invitent les officiers de quelques nouveaux régiments à un repas fraternel. Des officiers de la nouvelle garde nationale, instituée par La Fayette, sont également conviés à ce banquet, pour lequel on a obtenu la salle de spectacle du château. Mais voici que l'on porte la santé du roi, de la reine, du dauphin, de la famille royale. Quoi de plus simple? mais les meneurs ont l'oreille à tout. On a omis la santé de la Nation! quelle faute! Ce n'est pas tout. La reine Marie-Antoinette a présenté le dauphin à ces officiers; la famille royale s'est placée dans sa loge pour voir un moment l'aspect du festin. Alors de bruyantes acclamations ont retenti; des épées ont été tirées; la musique a joué : *O Richard, ô mon roi, l'univers t'abandonne!...* Puis, dit-on, la cocarde blanche a reparu sur quelques têtes, et la cocarde tricolore, ajoute-t-on, a été foulée aux pieds. Ce dernier fait est controuvé; mais c'est égal, les meneurs s'emparent des ouï-dire, et Paris, le soir même, est instruit de ce qui s'est passé à Versailles.

Or, le lendemain, 5 octobre 1789, cinq heures du matin sonnent à peine à l'horloge des Tuileries, que l'on entend retentir, dans le voisinage et du côté des Halles, le bruit d'un tambour que frappe une main inexpérimentée. Une toute jeune fille, vêtue comme les

enfants du peuple, munie d'un tambour, fait entendre en effet le
rappel. Elle a déjà réuni autour d'elle bon nombre de matrones
aux bras nus, aux cheveux épars, et les poings sur les hanches.
Ces femmes semblent tenir conseil. Survient un homme d'assez
piètre apparence. Il leur dit quelques mots, et, tout-à-coup,
comme des Euménides partant en guerre, elles se mettent en
marche, le tambour à leur tête, raccolant ici et là d'autres force-
nées de leur trempe, si bien qu'elles composent peu à peu une
armée nombreuse, et vont envahir la place de Grève, en face de
l'Hôtel-de-Ville.

Là, elles voient un groupe de gardes-françaises qui conduisent
un homme en prison. C'est un boulanger que l'on a surpris ven-
dant du pain au-dessous du poids. Aussitôt ces femmes se chan-
gent en furies. Elles s'emparent du misérable. L'une d'elles monte
à la colonne de bois d'un réverbère, elle détache la lanterne, fait
glisser la corde et en passe le nœud coulant au cou du pauvre
boulanger. Mais alors, pendant que ses compagnes injurient la
victime pantelante, voici que tout-à-coup s'échappe de l'Hôtel-
de-Ville et plane sur le faubourg Saint-Antoine et sur tout Paris
le glas funèbre du tocsin. Les harpies, étonnées, délaissent le
boulanger qui s'enfuit sans tourner la tête, et s'empressent de
courir à l'Hôtel-de-Ville. Au bruit du tocsin, en effet, un grand
mouvement se fait. Le faubourg s'éveille et accourt. La générale
bat sur tous les points du voisinage. Qu'y a-t-il donc? Ce sont les
meneurs encore qui veulent profiter de cette affluence de la foule
qu'ils ont convoquée. On les voit qui vont et qui viennent, donnent de l'argent, distribuent des piques, de mauvais sabres, des
haches, des pistolets, et en même temps hurlent:

— Du pain! du pain!

Et pendant que l'armée révolutionnaire crie avec eux: Du pain!
du pain! ils reprennent à tue-tête, à leur tour:

— C'est à Versailles qu'il faut en aller chercher! à Versailles! à
Versailles!

Et la tourbe de crier aussi: A Versailles! à Versailles!

Sur ces entrefaites, un homme d'allure effrayante, armé d'une
hache, monte sur une borne, et s'écrie d'une voix de stentor:

— Je vous le conseille, allez à Versailles, vous verrez quel pain
on vous donnera! Il y en a pour les gardes du corps, les officiers
et les nobles, mais pour la canaille, point! Allez-y voir. Je sais
comment on vous recevra, moi, Maillard, surnommé le vainqueur

de la Bastille ! Demandez à Jourdan, le coupeur de têtes, que voici !... ajoute-t-il en montrant un homme encore plus déguenillé et plus horrible à voir que lui-même, et muni également d'une hache.

— A Versailles ! à Versailles ! crie Jourdan.

Maillard sourit de triomphe, il atteint son but, en irritant les passions de ces meutes altérées de sang.

En effet, voici que le peuple, par bandes innombrables, se met en mouvement, et débordant sur les quais, commence à marcher dans la direction de Versailles, par masses roulantes et furieuses, comme les vagues de la mer agitées par la tempête. Femmes avinées, filles en haillons, hommes dépenaillés, gars suspects, brigands des provinces accourus et attirés par le flair du sang, et Maillard avec sa hache en tête, et Jourdan avec la sienne rouge d'un meurtre accompli précédemment, et des canons pris à l'Hôtel-de-Ville, et des vieux mousquets, et d'antiques épées, et des piques et des bâtons, servant d'armes à toute cette cohue indescriptible.

La pluie commence à tomber, fine, froide, drue. La boue souille, le vent siffle, les nuages s'amoncellent. Partout, à Sèvres, à Chaville, à Viroflay, le tocsin sonne, de sinistres explosions se font entendre.

Cependant, à Versailles, Louis XVI est à la chasse.

Dans le palais, l'infortunée Marie-Antoinette, et sa pieuse belle-sœur madame Elisabeth, et les tantes du roi, et les ministres, ignorants la tempête qui se prépare, sont calmes et paisibles, livrés à leurs occupations ordinaires.

Tout-à-coup, des fenêtres du château, vers midi, on voit au loin s'approcher, s'avancer, mugir, hurler un flot noir, immonde, tumultueux, sourd et bruyant tout à la fois, comme un immense serpent qui se déroule sur l'avenue de Paris.

De son côté, l'Assemblée constituante, également sans nouvelles de ce qui advient, délibère en paix. Soudain les premières clameurs de la rébellion de Paris retentissent dans la salle des séances.

— Paris marche sur nous ! s'écrie Mirabeau.

— Eh bien ! tant mieux, répond le président Mounier, nous serons plus tôt en république !

Ce mot seul fait comprendre la tendance révolutionnaire.

En un clin d'œil, Suisses et gardes du corps sont à leur poste ;

les grilles du château sont fermées. Vainement l'armée de Maillard et de Jourdan veut pénétrer dans les cours ; repoussée de la demeure du roi, elle se rend à l'Assemblée, investit la salle, force les portes, pénètre, et demande du pain à grands cris.

— Le roi est rentré au château... fait entendre une voix.

Le peuple en rumeur se précipite de nouveau sur la vaste place d'armes de Versailles.

En effet, Louis XVI vient d'arriver. Il voit l'aspect de cette place d'armes, devenue un camp insurgé. Un vieux chevalier de Saint-Louis se jette à ses pieds et le supplie de ne pas avoir peur.

— Je n'ai jamais eu peur de ma vie... répond le souverain.

Aussitôt Marie-Antoinette montrant au roi la place d'armes et les avenues du château couvertes, aussi loin que s'étend la vue, de bandes affamées, mouillées, crottées, frémissantes de colère, cherche à inspirer au prince quelque résolution forte.

— Il faut réfléchir ! lui répond le monarque.

— Non, il faut agir !... lui dit la sage princesse.

Sur ce, le régiment de Flandres abandonne la défense du roi et fraternise avec les révoltés. Le danger monte et approche de minute en minute.

Se présente alors le président de l'Assemblée. Il amène avec lui quelques femmes qu'il présente à Louis XVI. Ces femmes s'extasient naïvement en face des splendeurs du palais. Ce qui les frappe le plus, toutefois, c'est la noble simplicité du souverain, c'est la suprême douceur de Marie-Antoinette... c'est la suave dignité de madame Elisabeth. L'une de ces femmes, jeune et jolie, orateur de la troupe, ne peut que prononcer ces mots : Du pain ! et elle tombe évanouie. Le prince et la reine, la prenant dans leurs bras, la couchent sur une riche ottomane. Aussi, revenue à elle, Louise Chabry, c'est le nom de cette femme, veut baiser les mains royales.

— Vous méritez mieux que cela, mon enfant, lui dit le roi.

Et prenant Louise Chabry dans ses bras, ainsi que la reine, ils l'embrassent l'un et l'autre de tout cœur, pendant que Louis prononce ces mots :

— Votre discours de tout-à-l'heure n'est pas long, mais il est éloquent. J'ai tout fait pour vous avoir du pain, et s'il est rare encore, ce n'est pas de ma faute.

La députation, enchantée de la reine et du roi, descend alors le grand escalier, en criant :

— Vive le roi ! vive la reine !

Mais la foule, fascinée depuis longtemps, et endurcie par les outrages maintes fois répétés de tyran, de fourbe, de traître, appliqués au roi, refuse de croire à cette affectueuse et magnanime réception, que racontent vainement et Louise Chabry et ses compagnes.

Aussi toutes les femmes se précipitent vers les grilles, toutes veulent parler au roi. Les gardes se contentent de contenir cette foule agitée. Mais cette attitude des sentinelles ne fait l'affaire ni de Maillard ni de Jourdan. L'un injurie les officiers ; l'autre veut forcer les entrées. Malheureusement l'un des chefs tire l'épée contre ces hommes déchaînés.

— On assassine les Parisiens ! clament aussitôt ces misérables rebelles.

Alors la multitude se déchaîne. Un coup de fusil fait raison du garde du corps imprudent. La fureur ne connaît plus de frein. Les canons sont approchés ; on veut y mettre le feu : heureusement la pluie du ciel l'éteint. D'ailleurs, un incident nouveau calme l'effervescence.

Des affiches blanches sont placardées partout, annonçant un décret du roi sur les subsistances.

Ensuite on répand la nouvelle que le roi sanctionne les Droits de l'Homme.

Enfin, les gardes du corps sont rappelés au château.

En quelques minutes le champ de bataille se fait désert.

Et puis la nuit vient, la soirée est lugubre ; il fait froid, la pluie ne discontinue pas. Les insurgés se répandent dans la ville, cherchant à manger, cherchant à coucher.

Quel aspect navrant offre Versailles, en cette nuit sombre, glaciale, sinistre et menaçante.

Sur les avenues, dans les rues, sur les boulevards, les femmes, les hommes, une tourbe immense, indescriptible, sont campés sous les arbres, grelottant de faim, grelottant de froid. Des rixes s'engagent avec les patrouilles ; des coups de feu se font entendre. Un garde du corps a son cheval tué sous lui. Aussitôt, comme des cannibales, les femmes se ruent sur le pauvre animal, qui est déchiré, mis en lambeaux, et dont elles grillent les chairs pantelantes aux feux de leurs indescriptibles bivouacs.

Cependant arrive à Versailles, vers minuit, la garde nationale de Paris, ayant à sa tête le jeune général La Fayette. Celui-ci se rend droit à l'Assemblée, qui reste en permanence.

— Que veut votre armée? s'écrie Mounier, mécontent d'avoir vu de ses yeux, le matin, Louise Chabry et ses compagnes sortir royalistes du château.

— Mon armée vient pour exécuter les ordres du roi et de l'Assemblée nationale... répond le général.

Puis il accourt près du monarque et de sa famille :

— Sire, je vous apporte ma tête pour sauver celle de Votre Majesté. Veuillez m'accorder la garde du château, et je réponds de votre salut.

Hélas! on ne lui accorde que la garde des postes extérieurs.

La garde nationale, fatiguée, elle aussi, va grossir les masses du peuple qui se sont réfugiées dans les églises, où on a jeté abondamment de la paille.

Voici que sonnent cinq heures du matin. Une troupe de brigands, cherchant à piller, se glisse, par quelle porte? on ne saurait le dire, dans les bosquets du parc. Ils s'acheminent bientôt jusqu'à la grille intérieure, sans qu'aucune patrouille les repousse, sans qu'aucune sentinelle les empêche de circuler. Un des leurs s'empresse d'aller appeler d'autres bandes. Elles s'empressent d'accourir et bientôt elles inondent les cours des Princes et de la Chapelle.

On s'aperçoit enfin de leur présence. Les gardes du corps prennent les armes et se placent sur le grand escalier.

— Quoi! vous aimez le roi, leur dit-on, et vous venez l'inquiéter jusque dans son palais?

Les brigands s'arrêtent : mais soudain deux coups de fusil, partis du château, blessent un homme et tuent une femme. Cet accident porte la fureur à son comble. On se précipite sur les gardes du corps, qui se replient dans les appartements. Les rebelles envahissent les salles basses, les escaliers et les galeries.

— Sauvez la reine! s'écrie-t-on.

Grâce au ciel, la reine s'était échappée déjà et se trouve tremblante dans l'appartement du roi.

Mais alors la tourbe révolutionnaire s'empare de quelques gardes du corps. On en précipite par les fenêtres, on descend les autres dans les cours. Là se rencontre le terrible Jourdan, armé de sa hache. Il fait coucher sur le sol les infortunées victimes, et le monstre, à coups de hache, sépare leur tête de leur tronc, et ces têtes placées au bout de longues piques deviennent les horribles trophées de cette fatale journée.

Arrive enfin La Fayette. Avec lui officiers et gardes nationaux enlèvent aux mains des sauvages révoltés les sentinelles qui défendent l'accès de l'appartement royal. La multitude est repoussée ; la garde nationale occupe tous les postes ; le calme se rétablit.

Mais il faut céder à la tempête populaire. Le roi et sa famille vont quitter Versailles et venir habiter Paris, conduits par ces hordes immondes qui, en cette circonstance, ont encore la victoire sur leur souverain.

Pendant ces scènes de désordre et de violence, Marie-Antoinette et madame Elisabeth n'ont pas quitté un seul moment le roi. Observant d'un œil chargé de larmes l'odieux spectacle qui se passe, elles tiennent tour à tour dans leurs bras le jeune dauphin éveillé. Cet aimable enfant joue avec les boucles de cheveux de sa sœur, Madame Royale.

Enfin le cortége se met en route. Quel cortége? Il faut dix heures au carrosse du roi pour atteindre l'Hôtel-de-Ville de Paris, tant est innombrable la foule déguenillée qui entoure la famille royale.

Il est nuit quand on touche au perron de l'Hôtel-de-Ville, devant Bailly et les membres de la commune, qui accueillent avec la vénération qui lui est due la majesté royale si menacée en ce moment.

C'était un triste spectacle que cette scène, éclairée par des torches flamboyantes, et répandant des lueurs blafardes sur le prince, la princesse, leurs enfants, les membres de l'Assemblée venus avec le roi, les membres de la commune, la garde nationale, la foule avide, la façade de l'hôtel, et les pignons des maisons placées à distance.

VI

Disons-le tout de suite : le séjour de la famille royale aux Tuileries est la première étape de la voie les conduisant à l'échafaud.

Cependant l'Assemblée ordonne une enquête sur les événements des 5 et 6 octobre : les juges viennent se renseigner jusque près de Marie-Antoinette :

— J'ai tout vu, tout entendu, mais tout oublié... répond la reine avec une générosité parfaite.

Néanmoins les meneurs ne s'arrêtent pas : il faut qu'ils abattent la royauté, ils veulent à tout prix une République. De toutes parts sont ouverts des clubs, club des Jacobins, club des Feuillants, club des Cordeliers, club des Patriotes, etc. Voilà où l'on appelle le peuple, chaque soir, pour y recevoir les leçons sanglantes de Marat, de Danton, de Saint-Just, de Robespierre et de tous les ambitieux qui bientôt prétendront régner à la place du souverain.

Le roi et la reine ne sont plus que de pauvres acteurs que l'on fait parader dans les fêtes publiques, afin d'avoir occasion de les outrager.

La reine, la reine surtout, est l'objet des attaques des plus misérables lâches qui ne craignent pas d'insulter une femme! On ne l'appelle plus que madame Veto, l'Autrichienne, comme plus tard, quand l'infortuné Louis XVI aura versé son sang, elle ne sera plus que la veuve Capet!

Je n'ai pas besoin de vous raconter la fuite de la famille royale et son arrestation à Varennes. Gardés à vue par des sbires insolents qui n'ont à la bouche que les plus infâmes clameurs et les obscénités les plus révoltantes, pendant une nuit sombre, Louis XVI, la reine et leur famille ont quitté Paris. Malheureusement ils sont reconnus à Varennes. De là on les ramène triomphalement dans la capitale. Quelle nouvelle agonie, plus horrible encore que le voyage de Versailles.

Voilà qu'éclate bientôt le lugubre et sinistre 20 juin 1792; puis, le 10 août lui succède.

Je ne vous raconterai point ces horribles drames de l'invasion des Tuileries, les outrages faits à la majesté royale, les infamies adressées à l'admirable Marie-Antoinette : votre cœur aurait trop à souffrir.

La conséquence de ces journées criminelles est que la famille royale est enfermée dans le Temple. Le roi et la reine sont mis en accusation; Louis XVI est jugé, condamné à mort, l'excellent prince, et enfin décapité par la main du bourreau, sur la place Louis XV, devenue la sanglante place de la Révolution.

Le roi mort, Marie-Antoinette est violemment séparée de son fils, le dauphin. Que n'imagine-t-on pas pour l'émouvoir, la châtier, la faire souffrir? Puis on l'arrache à sa fille, à madame Elisabeth; on l'emprisonne dans la Conciergerie, on la plonge dans un cachot humide et malsain. On place même près d'elle de grossiers surveillants, et la reine de France, ne pouvant échapper aux regards de ses persécuteurs, est réduite à s'accroupir derrière un paravent, afin de changer de linge et de vêtements.

Elle comparaît à son tour devant ses juges, et le 5 septembre 1793 elle subit son premier interrogatoire. Le 14 octobre, elle est mise en face du tribunal. La fille des Césars, la reine de France, est jugée par un peintre, un perruquier, un menuisier et un recors. Fouquier-Tainville est son accusateur; c'est tout dire.

On l'accuse d'avoir excité la guerre civile, d'avoir appelé les étrangers en France, et Hébert ajoute qu'elle a *perverti* son fils. A ce dernier coup porté à la tendresse d'une mère, la reine se lève et prononce avec une majestueuse lenteur ces mémorables paroles :

— Je n'ai pas daigné répondre aux autres griefs intentés contre moi. Mais la nature se refuse à cette dernière accusation. J'en appelle ici à toutes les mères!

Ce mouvement sublime produit une grande sensation, mais ne le sauve pas de la mort. Elle entend son arrêt sans effroi, et, rentrée dans son cachot, elle écrit à madame Elisabeth une lettre touchante, où sa belle âme et son amour pour ses enfants se produisent à en émouvoir les cœurs les plus endurcis.

Avant de partir pour l'échafaud, cette innocente victime demande un confesseur. On lui envoie un prêtre constitutionnel.

— Voilà venu le moment de demander à Dieu le pardon de vos crimes... lui dit cet homme.

— De mes crimes? je n'en ai jamais commis... Qu'il me pardonne mes fautes, c'est là ce que je dois lui demander... répond-elle.

A onze heures du matin, la reine sort de la Conciergerie, vêtue de blanc. C'est une robe d'emprunt, qui appartient à une autre reine, une reine de théâtre. Une actrice de la Comédie-Française la lui a prêtée pour aller à la mort.

Quand elle se trouve en présence de la charrette fatale, la pauvre martyre témoigne quelque étonnement de ne pas être conduite au supplice dans une voiture fermée. Mais, achevant son sacrifice, elle s'assied sur le siége de l'infamie, entre le prêtre et l'exécuteur. Son dernier vœu n'est autre que de mourir avec fermeté. Jamais reine ne fut plus majestueuse que ne se montra Marie-Antoinette sur ce trône de la douleur.

La garde nationale escorte la victime, et tout une armée révolutionnaire la suit. Vous devinez de quels éléments se compose cette populace que l'on a recrutée dans la fange. En tête, Grammont, un stupide acteur de je ne sais quel théâtre, du haut de son

cheval, car il est officier de la garde nationale, exhorte le peuple
à applaudir à la justice nationale. Il donne lui-même l'exemple,
car il est le plus hardi à couvrir d'opprobres et d'outrages la
royauté déchue, dans la personne de la reine.

Par ordre de la Convention, le cortége prend le chemin le plus
long. La foule y sera plus compacte; on veut exposer la victime à
de plus nombreuses injures. Un nombre incalculable de curieux
charge notamment les marches de la ci-devant église de Saint-
Roch. Cette station a été choisie à l'avance, pour y faire arrêter
le cortége, et y faire boire à la reine le calice de l'amertume jusqu'à la lie. Là, ce que la populace vomit d'imprécations et d'horribles sarcasmes à la sainte martyre est inimaginable.

Mais, résignée, les yeux levés au ciel, Marie-Antoinette prie, et
trouve sa force dans l'inspiration d'En-Haut.

Cependant la charrette reprend sa marche : elle atteint bientôt
l'ex-rue Royale. Là, en tournant pour aller à la guillotine que l'on
commence à voir, sur la place de la Révolution, étendre ses grands
bras rouges, une première brise d'automne soulève et fait tomber
le petit bonnet dont la reine a couvert ses cheveux. On voit alors
que cette chevelure, jadis si noire, est devenue blanche.

Ah! c'est que bien des nuits d'insomnie ont dû passer sur cette
tête royale.

Arrivé au pied de l'échafaud, le tombereau s'arrête. Marie-
Antoinette se livre résolûment alors. Elle se tourne vers les
Tuileries, promène un long regard sur cette prison de triste
mémoire, descend forte et courageuse, monte l'escalier de
l'échafaud d'un pas ferme, lève une dernière fois les yeux vers le
ciel, s'incline ensuite sur la bascule, ses cheveux ayant été coupés
par elle-même à l'avance, et... sa tête tombe.

Va dormir en paix maintenant, au cimetière de la Madeleine,
pauvre corps royal martyrisé, ton âme monte vers Dieu, et le
Seigneur saura te récompenser des monstrueuses turpitudes des
hommes.

Mais il est encore une autre femme, dont les vertus gênent les
hommes de la nouvelle République.

C'est madame Elisabeth, la sœur du roi.

Philippine-Marie-Hélène-Elisabeth de France est née, à Versailles, le 3 mai 1764. Dernière enfant du Dauphin, fils de Louis XV,
elle n'a pas connu ses parents. Madame de Marsan, gouvernante
des enfants de France, et le digne abbé de Montagut, ont été

chargés de son éducation, et ils n'ont point failli à la noble tâche qui leur a été confiée. Sous leur généreuse inspiration, cette jeune et belle princesse est devenue la fleur la plus délicate, un lis blanc et parfumé. Elle ne connaît autre chose que servir et aimer Dieu, puis soulager les infortunes et les misères des hommes. Jusqu'à 1789, elle appelait auprès d'elle, dans sa maison, les jeunes femmes les plus estimées de la cour, la princesse de Lamballe, madame de Raigecourt, par exemple, et des savants graves et honorés, de dignes vieillards, de bons prêtres déjà blanchis par l'âge, dont elle faisait ses missionnaires de charité.

Tout le monde sut, quoiqu'elle le cachât à tous, que les diamants de madame Elisabeth se transformaient chaque année, secrètement, en dots de jeune filles pauvres. Les présents de pierres précieuses que le roi lui faisait habituellement au premier de l'an, trouvaient toujours le même emploi. Sa vie avait été remplie d'actes de ce genre. C'est ainsi qu'elle soutenait de ses revenus les orphelines de Saint-Cyr.

Quoique jeune, belle et instruite, et quoique souvent demandée en mariage, et par le duc d'Aoste, et par un infant de Portugal, et par l'empereur Joseph II, elle avait repoussé toute alliance.

Mais ce à quoi elle tint surtout, ce fut de partager le sort du roi, son frère, et de la reine, son amie.

Vous comprenez qu'avec un tel dévouement madame Elisabeth, qui aurait pu fuir, demeure et accompagne la famille royale de Versailles à Paris.

On sait, dans Paris, que notre héroïne a résolu de continuer à entendre la messe d'un prêtre catholique, et non d'un prêtre constitutionnel : alors, un jour, on placarde dans le voisinage de son appartement d'infâmes affiches par lesquelles on la voue aux derniers outrages, si elle n'assiste pas aux offices des intrus, à Saint-Germain-l'Auxerrois. Mais la jeune princesse a le courage des premiers chrétiens, et ne refuse pas le martyre.

Elle y est condamnée par le tribunal révolutionnaire. N'est-elle pas sœur du roi? N'est-ce pas à elle que la reine a adressé son admirable testament? Evidemment c'est une conspiration, madame Elisabeth doit mourir, et mourir sur l'échafaud.

Seulement elle ne fut pas conduite seule à la guillotine : on lui donna pour compagnie vingt-trois autres condamnés à mort, dont elle devait être la dernière à gravir l'échelle du supplice.

Quand elle parut, noble et digne, aux yeux de la foule, il y eut comme un frémissement. Le calme de la princesse en imposait à cette tourbe ignoble. Jamais front n'avait paru plus pur et plus serein. Hélas! elle n'avait que trente ans!

Chose étrange! sur le passage du convoi funèbre, on voyait partout une telle quantité de roses, que l'air était saturé de leur parfum. Les lèvres de la sainte femme cependant murmuraient des paroles qui allaient au ciel. Il était à remarquer que souvent elle parlait à une dame, sa voisine sur le char de la mort, et les traits de cette dame exprimaient le prix qu'elle attachait à cette faveur.

Lorsqu'on atteignit le pied de l'échafaud, tous ces fiancés de la mort descendirent les uns après les autres, et ils entourèrent une dernière fois madame Elisabeth de leurs respectueux hommages.

Je l'ai dit, par un raffinement de barbarie bien digne des hommes du pouvoir d'alors, la royale victime devait mourir la dernière.

Donc, vingt-trois fois cette jeune femme, délicate et frêle, dut voir passer devant elle une victime qui, la regardant avec douceur, s'inclinait respectueusement, et allait porter sa tête à la mort. Madame Elisabeth supporta cette cruelle épreuve comme elle avait supporté jusque-là toutes celles dont on l'avait abreuvée. Sa fermeté chrétienne, sa sublime résignation, son admirable patience ne purent être vaincues.

Quand le sang des victimes fut épuisé, le bourreau s'empara de la princesse, rougie des innombrables gouttes de ce sang qui avait jailli sur elle, et la poussa vers l'instrument de supplice. Alors madame Elisabeth regarda la foule, se recueillit et pria pour elle. Puis elle regarda le ciel, sa patrie, et sourit.

Enfin, s'inclinant, elle mourut, tombant comme une fleur que les anges moissonnent pour la porter aux pieds de l'Éternel!

FIN.

TABLE.

FIN DE LA TABLE.

LIMOGES ET ISLE. — Typographies Eugène Ardant et C. Thibaut,